辽海春深

王充闾 ◎ 著

辽宁人民出版社

© 王充闾　2013

图书在版编目（CIP）数据

辽海春深/王充闾著. —沈阳：辽宁人民出版社，
2013.5
ISBN 978-7-205-07534-7

Ⅰ.①辽… Ⅱ.①王… Ⅲ.①散文集—中国—当代
Ⅳ.①I267

中国版本图书馆CIP数据核字（2012）第294453号

出版发行：辽宁人民出版社
　　　　　地址：沈阳市和平区十一纬路25号　邮编：110003
　　　　　http://www.lnpph.com.cn
印　　刷：辽宁奥美雅印刷有限公司
幅面尺寸：170mm×240mm
印　　张：20
插　　页：2
字　　数：268千字
出版时间：2013年5月第1版
印刷时间：2013年5月第1次印刷
责任编辑：艾明秋
封面设计：丁末末
版式设计：郝　强
责任校对：蔡桂娟
书　　号：ISBN 978-7-205-07534-7
定　　价：38.00元

法律顾问：陈光　　咨询电话：13940289230

自　序

在上海世博会上，丹麦人说，安徒生就是他们的名片，美人鱼就是他们的形象。这种说法是切合实际的。世界各地人士到过丹麦的未必很多，但是，通过安徒生的童话和美人鱼形象，却可以认知丹麦，解读丹麦，向往丹麦。这原本是一个普通的道理，可是，过去我们在认识上往往陷入误区，觉得这些都是"空对空"，没用处；除去那些研究人文学科的，其他人用不着过问这些。于是，在涉及到省外、域外的交往活动中，每逢介绍情况时，往往停留在就事论事的层面上，就经济谈经济，就项目谈项目，难免印象肤浅，枯燥无味；而于人文环境、社会风情、地域景观、历史沿革等等，则统付阙如。应该承认，这是一个不小的缺失。只要同江南地区相对照，同域外人士经常接触，我们就会觉察到这方面的巨大差距。

美国成功学大师戴尔·卡耐基说，人的成功，只有百分之十五是建立在技术上，其余的依赖于人文工程。一个地区，一个企业，何尝不是如此。在现代化进程中，起决定作用的，绝非仅仅是人力资源、技术设备、交通货运和资金保证等物质条件，所在城市的民众素质、文化氛围、历史积淀、社会风习等人文环境，同样不可忽视。

也许是有鉴于此吧，辽宁人民出版社而有是书之编选。

辽海春深

　　书中五十六篇文章，写作时间从上世纪 80 年代初直到最近两年，历时达三十载。但综观其内容，与上面所说的设想、要求，基本上是吻合的。所取题材，遍及辽宁十四个市。按照内容分为上下两部分，一为历史，一为现实；或者说，一为背景，一为前景。旨在通过社会风情、人文景观、山川方物，托举出一个形象的、立体的、多方位、多侧面的辽宁。在写作手法上，通过文学语言、形象刻画、场面描写，来写人、叙事、状物、抒情；但它又是史笔与实录，作为现实与历史的真实镜像，绝无任何虚构与悬揣。举凡当下与过往的有价值、有意蕴、有趣味的社会、经济、政治、文化景象，多以典型、具象的情态展现在纸面上。一编在手，可以尽览辽海全境人文风貌与世路人情。论者认为，"它是一部社会风情录、文化大观园、山川方物志、时代发展史"，容或未臻其境，但庶几近之。

2013 年 1 月于沈阳

辽海春深

目　录

辽海春深

辽海春深

辽海春深

近海春深

上编

不羡王公不羡侯，耕田凿井自风流。

昂头信步邯郸道，耻向仙人借枕头。

家　山

踏遍中华窥两戒，无双毕竟是家山。

——龚自珍

一

盛夏的一天，我同三位文友聚坐在北京地坛的一间小亭子里。一番豪雨过去，松林里的空气格外凉爽、清鲜。大家谈论的话题，是退休后到哪里觅个舒适的住所。诗人 G 女士说，烟台最为理想，碧树隐红楼，一枕清幽，春季繁花簇簇，夏天浓荫翳日，冬日又比较暖和。D 兄是写电视剧的，来自云贵高原，他的首选是春城昆明。散文作家 V 先生则主张在地坛附近赁屋小住，风晨月夕，伴着虫吟鸟噪，到这里来信步闲游。但马上遭到了质疑，都说他是受了史铁生的影响。地坛确已成为史氏生命的组成部分，可说是注入了全部情感和意蕴；但其他人则未必受得住那份苍凉与落寞。

大家谈笑风生，颇有一种孔门四子"各言尔志"的意趣。见三人的目光转向了我，便说，我要返回东北，卜居医巫闾山之下。

我出生在闾山近旁，可是，故乡影像在我少年橙色的梦里，却并不是很清晰、很确切的，一切兰因絮果毕落于苍茫之中，只觉得家就是山，山就是家。记得小时候，只要推开屋舍的后门，闾山的清泠泠、水溟溟的翠影，伴着天涯云树，便赫然闪现在眼前，当然，最好是在久雨新晴的夏日，或者气爽天高的初秋。天穹蔚蓝而高远，雪白的云朵，像羊群、棉絮一般，舒卷着，游荡着，转盼间就变换一个新样。山峦、陵谷间饱绽着新鲜，充满了泼辣的生意。

我第一次亲近闾山,正逢梨花开得正闹的时节。山坡上,原野里,到处泛滥着浩荡的春潮,浮荡起连天的雪浪。我们乘坐的马车沿着一条蜿蜒曲折的土路穿行于花树丛中,像是闯进了茫无际涯的香雪海,又好似粉白翠绿的万顷花云浮荡在头顶上。马车跑着跑着,顺着一道斜坡疾速驶下,那花海花潮涌起的冲天雪浪,仿佛立刻要把整驾马车吞没了;而当马车再次爬回到坡岗上,那梨花的潮涌,拥着一团团、一簇簇的雪浪花,又像是顷刻间齐刷刷地退落到地平线以下。

几十年间,这个景象始终定格在我的记忆之窗上,只要一闭上眼睛,便立刻浮现在眼前,特别是当我听到那首名歌《喀秋莎》的时候。年轻时,我喜欢独自哼唱这首苏联名歌。只要"正当梨花开遍了天涯……"溜出了唇边,一种轻纱薄雾般的温馨感,便仿佛导引我返回医巫闾山脚下的故乡。

早在先秦典籍《周礼》中,即有关于全国名山"五岳五镇",东北为幽州,其山镇为医巫闾的记载。"医巫闾"系东胡语音译,意为"大山",在东北三大名山中尤负盛誉,风景绝佳,历代文人骚客登临寄兴,述志抒怀,留下了大量脍炙人口的诗文。

本来,较之于水,山更切近禅关,远于人境,望之辄有潇洒出尘之想。而此间瘦劲的奇松,幽峭的危岩,以及恍惚迷离、颠倒众生的神话传说,更饶有一种清寒入骨的丰神和超然远引的意蕴。

山在人类生活中,是不可分割的一部分。无论是石器时代、青铜时代还是铁器时代,先民们每前进一步,都会感到山是和人一道存活着的。特别是在那类开天神话中,山,更被赋予了新的精魂,具有一种人格化的、超自然的蕴涵。说到不周山,人们会联想起那个天崩地坼中的英雄共工;而庄周笔下的藐姑射山,则是超然世外、无已无功的哲学的物化。

由于大山高插云霄,上接穹宇,常被认为是上达天神的最佳阶梯;而从它的巨大体量和坚劲的线条中，则能读出对于人的藐小与软弱的嘲弄。因此，自古即有"大山崇拜"的习俗。最典型的当数泰山，其次，恐怕就是医巫闾山了。隋唐以降，历代帝王对它都有封爵，唐代封为广宁公，金代、元代晋封王位，明、清两代诏封神号。自北魏文成帝开始，历朝凡遇大典，都要由皇帝亲临或委派官员登山致祭。单是清代，包括康熙、乾隆在内，竟有五位皇帝多次朝觐过闾山。

二

当我们翻检史册时，一定会注意到，历朝历代中，同医巫闾山关系最密切的应该算是辽王朝了。对于这座名山，契丹人似乎葆有一种先验的特殊的情感。公元十世纪之初，医巫闾山即已显现其鲜明的区位优势，它是经略东北、联结漠边、沟通海外、雄视中原的战略要地。加之物产丰富，文化发达，辽王朝视之为挥师南进、与北宋王朝争衡的可靠后方和理想跳板。至今，在闾山上下方圆几十公里的范围内，仍然遍布着许多辽王朝的历史文化遗存。就中以埋葬耶律倍的显陵最为重要。

耶律倍是辽朝开国皇帝耶律阿保机的长子。公元916年，阿保机立国称帝，是为辽太祖。册封耶律倍为太子，确立了阿保机一族世袭皇权的统治。公元925年，辽太祖率兵亲征渤海国，皇后、太子随驾东征。次年攻占王城上京，国王投降，渤海国改为东丹国。耶律倍被封为东丹王，主其国事。所有制度，悉用汉法。

耶律倍自幼聪颖好学，向往汉族封建文明，对于汉文化有很高的修养。他曾将万卷图书，藏于医巫闾山绝顶的望海楼，朝夕诵读。一次，辽太祖征求臣下意见：事天敬神，应以何为先？侍臣"皆以佛对"。耶律倍力排众议，说："孔子大圣，万世所尊，宜先。"太祖大悦，诏建孔庙。他还在闾山脚下，纳汉族医师高洁行之女云云为王妃（俗称高美人）。由于平生十分景慕唐代大诗人白居易，每通名刺，辄拟名"乡贡进士黄居难字乐地"，以自比于白居易字乐天。

公元926年，辽太祖死于东征渤海国的回军途中，述律皇后宣布由她亲自当国，总摄军国大事。《新五代史》记载："述律为人多智而忍。阿保机死，悉召从行大将等妻，曰：'我今为寡妇矣，汝等岂宜有夫！'乃杀其大将百余人，曰：'可往从先帝。'"其实，是要以此为借口，铲除朝中的异己势力，以便为所欲为。紧接着，她就置先帝遗命于不顾，硬性干预，由手握重兵的次子耶律德光继承皇位，是为辽太宗。

德光即位后，担心其兄耶律倍联合渤海遗民起来反抗他，便对其严加控制，采取了一系列的防范措施，最后把他安置在东平郡（今辽阳市）。耶律倍为了全身远祸，将王妃萧氏和长子耶律阮留在东平，只带爱妃高美人，回到闾山过起了隐居生活。他选择桃花洞这块地方修建了一所宅院，并在闾山绝顶构筑读书堂，日夕攻书作画，吟诗抚琴，游览山水，还翻译了《阴符经》。他所画的《骑射图》《猎雪骑》《千鹿图》等画卷，都为宋朝秘府所收藏。在我国绘画史上，耶律倍对于辽、汉文化艺术的交流发挥了积极作用。

《骑射图》现藏于台北故宫博物院，是一幅契丹贵族射猎者的肖像。在一匹装饰得很华丽的骏马前面，站立着一位"髡发左衽"的中年契丹贵族。他腰挎虎皮箭筒，手持雕弓，陷入沉思之中。画风细腻、典雅，与契丹墓室壁画粗犷的风格迥然不同，表明画家受中原汉文化的影响颇深。作为有代表性的北方草原民族画家，耶律倍师法唐时的韩干，特别擅长画马。画中之马为蒙古种，身躯低矮，长胴短脚，十分硕健。宋人黄休复评论其作品："骨法劲快，不良不弩，自得穷荒步骤之态。"

但是，树欲静而风不止，耶律德光对他的监视日益严紧。为了避祸，也为了更好地接受汉文化的熏陶，耶律倍应后唐明宗之召，于公元930年，偕同高美人于辽东半岛南端渡海逃遁，径至汴梁。在离开故国时，曾立木刻诗，抒写其孤危境遇和凄苦的怀抱：

小山压大山，大山全无力。

羞见故乡人，从此投外国。

避祸，再恰切不过地揭示了在武化面前文化的无奈与无为，这在历史上大概也不是特例吧。

后唐明宗很器重他，用天子仪卫迎接，委任他为节度使，赐姓李，名慕华，后改赞华。六年后，为末帝李从珂所杀害，时年38岁。公元947年，其长子耶律阮继辽太宗即皇帝位，将其灵柩运回辽朝，以天子礼葬于闾山脚下，谥为"让国皇帝"。

说到耶律倍的惨痛遭遇，使人想起印度著名史诗《罗摩衍那》中的古代十车王的太子罗摩。十车王听了一位王妃的挑拨，改立次子婆罗多为太子，反把罗摩流放到大森林里去。但婆罗多却不像耶律德光那样狠毒，非常仁爱，想方设法要追回哥哥，把王位交还；实在找不到了，就拿哥哥的一双靴子放在宝座之上，自己算是临时摄政。后来，罗摩终于回来了，弟弟便把王位交回。

辽代帝王的陵墓群，位于闾山脚下、距城十公里的龙岗村。以显陵和乾陵为主陵，另有十三座附陵。显陵为耶律倍终古长眠之地；附于显陵的有耶律倍的长子、辽朝第三代皇帝辽世宗，及其三弟平王耶律隆先、四弟晋王耶律道隐。乾陵葬有耶律倍的孙子景宗皇帝及其妻子萧绰——即摄政二十七年，卓有建树，在中国历史上具有重大影响的杰出的女政治家承天皇太后。附于乾陵的有景宗的子孙耶律隆庆、耶律宗政、耶律宗允等多人。辽代著名政治家、宰相耶律隆运（汉名韩德让）和后来作了金人俘虏的辽朝末代皇帝耶律延禧，也都葬身于此。

就这样，自创国之初以迄呼唤改革的中叶，直至晚岁播迁，契丹皇族特别是耶律倍一支，与医巫闾山胶葛重重，历时长达二百年之久。

闾山自东北逶迤西南，绵延百里。其地为塞外草原文明与农耕文明，游牧民族文化同汉族封建文化交融互汇的结合带，也是儒学与佛、道、萨满各教激荡、糅合的角斗场。如果说，"整个内蒙是古代游牧民族的历史舞台"，呼伦贝尔草原"是他们的武库、粮仓和练兵场"，（著名历史学家翦伯赞语）那么，医巫闾山一线则是他们研习中原文化、接受华风洗礼的大课堂。

闾山原为我的旧游之地，可是，从来没有把它同辽文化联系起来加以研究。这次借会议之便，勘踏了龙岗村辽代帝王墓地。面对着荒坟断碣，不禁感慨系之，即兴成七绝三首：

> 荒冢残碑迹未销，自将勘踏认前朝。
> 强爷无奈儿孙弱，狗尾赓貂葬晚辽。

> 操戈同室叹阋墙，胜败同归一土囊。
> 陵谷翻移成幻梦，苍山无语瞰兴亡。

> 依旧灵山似画图，当年胜迹尽萧疏。
> 完颜耶律风吹浪，"世上升沉一辘轳"（陆放翁句）。

三

辽朝以来，此间文风夙盛，耶律倍和他的八世孙、元朝宰相耶律楚材先后在闾山佳胜处建立了读书堂，殿宇峭然，书香袅绕，千载以还，旧貌一直保持完好。也可能是忆及先祖的皇皇胜业吧，耶律楚材对于医巫闾山有着深厚的感情，《湛然居士文集》收录的七百多首诗作中，忆及闾山的竟有二十来首。原来，他虽然出生于北京，祖籍却是在闾山西麓。十几岁时，他曾回到闾山读过几年书。后来辅佐元太祖万里西征，而闾山旧隐仍然时萦梦寐,有诗可证:"十载残躯游瀚海,积年归梦绕闾山。""闾山旧隐天涯远,梦里思归梦亦难。"回到大都之后,久居禁宸,日理万机,但闾山依然刻刻在念。他想望着回归退隐:"北阙欲辞新凤阁,东州元有旧闾山。""何时致政闾山去,三径依然松菊寒。"

只是,他的这个愿望始终未能实现,直到54岁生命终结的时候,他还在宵衣旰食,勤劳王室。这有些类似当年的卧龙先生。离开隆中时,诸葛亮还嘱托弟弟:"汝可躬耕于此,勿得荒芜田亩。待我功成之日,即当归隐。"谁知,命运之神扳了个道岔儿,出师未捷身先死,星殒秋风五丈原。时间在他身上停止时,正好也是54岁。两个人的相业、德行堪可比并,他们都是中华民族史册上的伟大政治家。

从耶律倍开始,中经许多将相名臣、特别是耶律楚材踵事增华,发扬光大,文化种子流布开来。闾山内外,碑碣如林,题刻触目可见,仅北镇庙即有56座诗文碑,其中,元代的达十二座。过去这一带私塾多,读书人多,藏书家多。现在,文化教育事业仍很发达,民众十分重视人才的教养,学书作画蔚成风气。上世纪80年代中期,他们在闾山举行过一次国画节,我有幸躬逢其盛,曾口占七绝二首:

千载文华一脉延,春工彩笔两争妍。
画图省识神州骨,百幅云绡半写山。

健美鲜灵入目新,画坛接力有来人。
山城二月愁寒雪,笔底千花占早春。

山里民风淳朴,似乎较少世故与机心,只是由于过分质直、认真,有时不免透出几分呆气。当地流传着这样一个趣话:

　　有个过路人向一位老者问询："到大观音阁还得走多长时间？"老者瞠目不答。问路人以为遇见个聋子，便顾自向前走去。不料，刚刚迈出几步，便听老者在后面招呼："回来，我告诉你！"只见他向山那边指了指，说："再有一袋烟工夫就到了。"那人怪他开始时何以漫不作答，他说："因为当时我不知道你的步子多么大。"逗得问路人"扑哧"地笑了。

　　不到阊山，已经十几年了。这次参加《耶律楚材传》研讨会，旧游重到，风物依然。在商品大潮滚滚滔滔、无远弗届的今天，山上山下仍是清幽雅静，整洁一新，没有看到其他名山胜境常见的香烟缭绕、市声鼎沸的景象，置身其间，确有一种回归自然、陶然忘机的感觉。东道主嫌游人稀少，希望我能帮助向外宣扬一下。我说，天生丽质少人识，未必就是坏事。假如它也像有些景点那样，仕女如云，摩肩接踵，恐怕这块心灵的憩园也就化为乌有了。

　　这次回到家山，也留下一点遗憾，就是耶律倍的读书堂我没能蹑履亲登，因为它高踞于阊山绝顶，实在太险峻了。比不得皇太子东丹王，当日他是有肩舆代步的，而且，年龄也小我很多，不过二三十岁。事后反思，觉得堪资解嘲的是，像这类需要仰头方可逼视的事物，毕竟离平常心太远，因此，不去攀援也好。

（1999年）

鱼·鸟·人

菊花岛不大，方圆不足十四平方公里。可是，在地方史志中诗文载记颇多，足见其不同凡响。

辽金时代，这里是佛门胜境；到了明清之际，由于它临近兵家必争之地辽西走廊，又成为一处军事战略要地。然而，我最初注意到它的名字，却源于一则新闻报道：上个世纪50年代初，在菊花岛的海滩上，搁浅了一条巨大无比的鲸鱼。具体有多么重、多么长、多么高，报道中没有交代，只是说，当地渔民把它宰杀之后，纷纷去割肉，这边站满了人，那边什么也看不到。人们还找出一根长长的扁担，用来支撑鲸鱼的大嘴，以便钻进肚子里去刮油。好奇心驱使着我，恨不能立刻就跑到那里看个究竟；可是，实际走近它，却已是四十多年之后了。

菊花岛古称觉华岛、觉花岛，距离兴城海岸9公里。旧籍上说它"望之咫尺，而杭无一苇，淼若蓬瀛"。意思是说，看着不算太远，可是，由于缺少舟楫之便，欲登无路，只好对着"山在虚无飘渺间"，望洋兴叹。现代条件就不同了，乘上汽艇，"突—突—突"，几分钟工夫就上了岸。不过，快捷倒是快捷，却也失去了那种惝恍迷离的神秘感，也解构了几十年酿就的期待心理，这也是很遗憾的。

菊花岛所在的葫芦岛市，有一处天然良港，是上了孙中山先生《建国大纲》的。那天，我们乘船转了一圈儿，都说："怪不得名叫葫芦岛，还真的像个大葫芦哩！"主人告诉我们，要说像葫芦，最惟妙惟肖的还是菊花岛——两头粗，中间细，斜卧在海面上。实地一看，果然如此。大葫芦旁边摆放着一个小葫芦，很有意思。

自古以来，菊花岛就以景色佳丽著称。金代著名诗人王寂誉之为"人间佳绝处"，"凡道经海上，未尝不驻鞍极望，久不能去"。在其即兴抒怀的七言古诗中，有"平生检点江山好，祗有龙宫觉花岛"之句，可知当时岛上风光之壮美。他在《辽东行部志》中还曾记载，辽代的"司空大师"郎思孝，早年举进士，后因厌弃尘俗，到觉花岛为僧，"行业超绝，名动天下。辽兴宗时，尊崇佛教，自国主以下，亲王贵主皆师事之"。原来，九百年前，这里寺院兴隆，僧人云集。辽代名僧圆融大师醵资修建大龙宫寺，斗拱飞檐，雕梁画栋，规模十分宏大。佛寺后来毁于元代兵燹。现在，岛上仍然残存许多处遗迹。

明代晚期，抗击后金军队的进击，把这里作为存粮积草之地。现在，岛西北隅尚有囤粮城遗址。明天启六年（公元1626年）正月，努尔哈赤率军13万围攻宁远城，守将袁崇焕召集军民，刺血为书，激励将士"与城共存亡"，发射"红夷"大炮轰击，后金军队伤亡惨重。努尔哈赤也身负重伤，在决计退兵之际，发现菊花岛乃明军屯粮之所，遂派武格纳率八旗蒙古兵强攻，岛上居民全被捕杀，粮草和船只悉成灰烬。

尔后，在宁远、锦州一线，袁崇焕又多次击败皇太极率领的后金军队，取得了历史上有名的"宁锦大捷"。天启七年秋，袁崇焕在战斗的间隙，曾率员视察了菊花岛，并凭栏赋诗，抒怀寄志：

> 战守逶迤不自由，偏因胜地重深愁。
> 荣华我已知庄梦，忠愤人将谓杞忧。
> 边衅久开终是患，室戈方操几时休？
> 片云孤月应肠断，椿树凋零又一秋！

诗句格调凄苦、低沉，从中丝毫看不到胜利后的慰藉与欣喜之情，相反地倒是溢满了临深履薄、忧谗畏讥的悲愤情怀。

作为一员前线的主将，他缺乏足够的指挥若定的自主权。战固不易，守亦艰难,处于一种国弱主疑、进退维谷的颠危境地。这样,当身临佳胜之地,自然会触景伤怀,倍加感到情怀悒郁,愁肠百结。就主观上讲,自己早已看破了世情,像庄周梦蝶那样,知道功名富贵无非是镜花水月;所不能去怀的,惟有无尽的忠诚、无穷的忧愤。可是,朝野上下又有谁真正能够理解这一苦衷呢?一些醉生梦死之徒,反而笑我"杞人忧天"——"天下本无事,庸人自扰之"。从客观上看,外有"边衅久开",强敌深入;而在朝廷内部,魏阉擅权,党争激烈,互相倾轧,内讧不断,更是大大斫伤了国家的元气。"片云孤月","椿树凋零",极写晚明王朝的风雨飘摇之势。

历史证明,袁崇焕的种种殷忧都不是无谓而发,不到十七个年头,大明江山已尽归敌手;而他本人,未出3年,便在皇太极的反间计下,成了崇祯皇帝的刀下之鬼。

今天,菊花岛已经被开辟为旅游胜地,游船队队,往来于市区、海岛之间。岛上林木葱茏,空气清新,淡水资源丰富,气候宜人,春天雨量丰沛,夏季凉爽,秋暖霜迟,冬无酷寒。沿环岛公路驰行,处处有青林、碧海相伴,波光帆影,娱我情怀。

滩涂开阔,坡势和缓,有的怪石嶙峋,黝黑似墨,有的平沙如坻,细浪堆银。碧水一湾,晴波万顷,"隔断红尘三十里,白云黄叶两悠悠"。很适合建筑高级别墅和旅游度假村。岛上十分重视生态环境的保护,有的企业看中了这个地点,想在这里建厂;但是,经过村民讨论,认为生产过程会带来环境的污染,就给予否决了。

这里的村民质朴好客,古道热肠。见我们的游船不易靠岸,便主动划来小艇摆渡。民风淳厚,各家饲养的牲畜夜间都散放在岛上,住户门不加栓。居民间很少发生吵架斗殴,惟嗜酒如命。看到外间社会秩序不好,一些老年人担心发展旅游业,扩大与陆地上的交往,会失去往昔的安宁和淳朴的民风。

市、县领导人说,这种担心提醒我们,在扩大开放的同时应该注重精神文明建设。当然也应该看到,岛上目前这种文明状态,是在封闭条件下、低层次的物质生活水平上维持的，迟早会受到外界的冲击；而长期停留在耕田而食、凿井而饮的田园生活状态，是无法进入小康境域，赶上现代化的时代步伐的。

在新的社会环境中，物质文明的发展，对于新的道德观念、社会风气的形成，会起着重要的推动作用。正如马克思所说的，"通过生产而发展和改造着自身，造成新的力量和新的观念，造成新的生活方式、新的需要和新的语言"。

午饭后，大家又乘船登上旁边另一个小岛——羊山子。这里处于一种完全与世隔绝的状态。草深没腰，往年的枯草还未芟除，今年的新草又蓬茸而起，里面根本没有路。由于腐殖土层极厚，地面软似毛毡，有很大的弹性。野花自开自落，白云闲去闲来，耳边到处鸣啭着啁啁啾啾的鸟声。步履所及，不时惊起一只只苍凫白鹭。

此时正值野鸭产卵季节，主人告诉我们，只要细心一点，随时都能碰上一窝窝的鸟蛋。这可真是一个富有诱惑力的景象呀！回想童年时代，常常是整天在芦苇棵里钻进钻出，却很难找到几窝雀蛋，不免怅怅而回。眼前，倒是碰上了补偿的机遇，但我却再也不想往前拔步了。我不愿意面对那一窝窝光洁诱人的鸟蛋，更绝对不能因为一己之欲而给鸟类带来覆巢灭门之灾。

地球是人类的家园，也是各种生物包括可爱的鸟类的家园。鸟是人类的近邻和亲密的朋友。在我们的耳边，如果没有百鸟啁啾，莺声呖呖，那该是何等的单调与寂寥！劝君莫拾三春卵，待看凫雏掠地飞。此刻我欣喜地发现，同行的每位朋友，包括菊花岛上的三位村民，全都是"妙手空空"，一无所获。他们都把目光扫向万里云空、苍茫的大海。

时代毕竟是进步了。我进而联想到那条硕大无比的鲸鱼的命运——如果它不是在四十几年前，而是在今天搁浅在菊花岛海域的浅滩上，村民们当会想方设法送它游回大海，而不致惨遭无情宰杀了。

（1993年）

空山鸟语

一

"空山鸟语"这四个字，是旧时说法的沿用。其实，它是很不确切的——既然存在着"关关鸟语"，那么，其间必然是生气充盈，怎么能说是"空山"呢？即使抛开"鸟语"不问，单就"山"的本身来讲，它也不是"空"的，丛林翁郁，绿浪接天，枝头的野果笑对草上的鲜花，显现迷人的风色，蕴蓄着无尽的宝藏。显然，这里反映了一种由来已久、积渐成习的偏见。

本来，人和周围的环境，包括各种虫、鱼、花、鸟，飞、潜、动、植，是相生相长、相互依存的，少了哪一样都不成其为完整的自然界大家庭。在这方面，我们的老祖先，好像比较明智一些。他们虽然也奉行"人为万物之灵"的信条，但同时懂得人并不是唯一的，他们只是自然界的一部分，标准的说法是：万物与我共生，天地与我为一。泛泛而谈说不清楚，不妨以鸟为例。

古人把这种小小的生灵看作是心爱的朋友，对它怀有深厚的感情，经常用它来讴歌美好的情感，寄寓向往自由的理想。我国第一部诗歌总集《诗经》，开篇就讲鸟："关关雎鸠，在河之洲。"三百零五篇中，提到了七十七种鸟。"谁道群生性命微，一般骨肉一般皮。劝君莫打枝头鸟，子在巢中望母归"。唐代大诗人白居易以"老妪能解"的通俗语言，表达了爱鸟护生的殷切之情。

可是，到了后来，特别是"西风东渐"之后，"人定胜天"的思想使人过分迷信自己的力量，认为人可以征服一切，改变一切，应该、也能够成为众生的主宰。这样，就一天天地狂妄自大起来，俨然以霸主的姿态出现，觉得天地间除了人以外，其他任何生物都不在话下，任凭你横行霸道，予取予夺。

其实，要论来到地球上的时间，人类满打满算，还不到一百万年；而昆虫的出现大约是四亿年前的事；鸟类的历史要短一点，也已达到了一亿三四千万年。说这番话的用意，在于要证明一系列的问题：一是在大地母亲怀抱中，人并不是唯一的存在。二是人类生存依赖于自然界，而不是自然界离开了人类就会天崩地陷，"一命呜呼"。三是早在人类出现之前，自然界就已存在了亿万斯年，而且，既无斧斤砍伐之虞，又不必担心各种药害污染；冬有风声林籁，夏有鸟语花香，料应感不到枯燥与寂寞。

特别是我在鸭绿江边的沛源山庄住下之后，更从实践中深化了对这类问题的理解。说是山庄，不过是一座二层小楼，里面住了我们三四个人，而且是暂时的。它经年累月，阒寂无人，像一个孤悬在大树桠杈上的鸟巢，遗落于辽东山区绿涛翻涌的林峦深处，淹没在喧啸如潮的鸟噪虫吟里。我想，人在这种情境下生活过一些时日，那种唯我独尊的心性，那种以"万物主宰"自居的霸气，大概总会有所收敛吧？

用过了简便的晚餐，我搬了一把椅子到平台上，与青山对坐，虫鸟为邻，屏神敛气，收视反听，努力把整个身心融会到神奇的大自然之中。四围林涛涌动，浓绿间杂着青葱，枝分叶布，翠影婆娑，晚风吹过，像波澜起伏的海浪，前波刚刚漫过，后波便又推涌过来。几株高大的槐、楸，闪着略带金光的叶片，撑起遮天的巨伞，从万绿丛中昂然挺出，在明净的碧空里映出整齐的轮廓，展开多节的桠杈。

在这里，乔木、灌木混杂、错落地生长着，随高就低，无争无竞，随心所欲地展现着自己，一切都纯任自然，没有一丝一毫人工的介入。也合乎规律地向外发展、扩张，保持着自然生态的平衡，不存在旱魔、山洪、虫灾、风暴的威胁。鹰隼一类的猛禽，以凶悍的蛇族和柔弱的山鸟为食，蛇类又靠着小鸟及其雏、卵补给营养，而成群结阵的鸟类则以捕捉取之不尽的昆虫来维系生命。它们共同组成一条生物链，消长盈虚，生灭流转，自然地维持着生态平衡，无须虑及林源的枯竭、鸟类的灭绝或虫灾的泛滥，自然，什么护鸟员、杀虫剂、人工投食措施也都成了多余之举。

对于社会关系的价值标准建立在直接利益之上，目光变得越来越浅近、狭窄的现代人群来说，自然的星月风云，林原的野花啼鸟，也许是洗濯污浊已久的尘襟俗虑，进而扩张眼界、给出幻想、挣脱心灵拘束的理想课堂。如果有条件，当然最理想的去处，是九寨沟、张家界、西双版纳雨林、呼伦贝尔草原等等人间胜境。但是，晋简文帝说得很有道理："会心处不必在远，翳然林水，便自有濠濮间想。"我们不妨拨出一点空闲，走出城市的石屎丛林，投入大自然的怀抱，沐浴在"不用一钱买"的清风明月之中，"耳得之而为声，目遇之而成色"，使自己的想象力得以逸出有限的范围，驰骋于梦一般空灵、谜一样神秘的大千世界。那真是一种实实在在的精神享受。

苏东坡的散文名篇《超然台记》中，有一段关于"游于物外"的富含哲理的妙语："凡物皆有可观，苟有可观，皆有可乐。非必怪奇伟丽者也。餔糟啜醨，皆可以醉，果蔬草木，皆可以饱。推此类也，吾安往而不乐！""夫求祸而辞福，岂人之情也哉？物有以盖（义同"遮蔽"）之矣。彼游于物之内，而不游于物之外。物非有大小也，自其内而观之，未有不高且大者也。彼挟其高大以临我，则我常眩乱反复，如隙中之观斗，又乌知胜负之所在。是以美恶横生，而忧乐出焉，可不大哀乎！"反复展读，可以使我们受益匪浅。

二

前面我写到，走出城市的石屎森林，投入大自然的怀抱，本来后面还有一句："静下心来赏鉴一番鸟鸣嘤嘤的笙簧齐奏"，后来想了想，把它划掉了。因为就当前的生态情况看，这原本最普通不过的希求，却已经成了一种很难很难达到的奢望。——不要说城里的孩子，除了鸽子，只能偶尔见到几只乌鸦、喜鹊，即使是生长在农村，又有多少人能够听得到山鸟的啼鸣呢？

早些年，看过一本题为《无鸟的春天》的书，当时觉得那是写西欧的，与我们无关。可是，没过上多少年，在我们神州大地上，也已经是有过之而无不及了。也不只我国，去年晚秋访问越南北部，从海防到鸿基，一路上，风光秀美，草木葱茏，鲜花照眼，徜徉其间，有身在祖国江南的亲切之感；只是丛林中竟没有一声鸟叫，草丛里也听不见秋虫的喧响。无疑这都是普遍喷洒农药的后果。当时，百感中来，我即兴口占了一首七绝："青山如黛水拖蓝，花未凋疏叶未残。等是枝间无鸟语，寂寥光景似江南。"

令人欣慰的是，在这偏远的辽东山区，倒是"鲁殿灵光"，硕果仅存。站在小楼的平台上，你静下心来细听，一片"刷啦——刷啦"、"沙沙沙沙"的虫鸣的繁响，宛如急雨、飞沙，声喧耳鼓。似乎近在身旁，可实际上至少也在几十米开外。待到突然有几只飞鸟骤然拍着翅子掠过，喧阗的虫噪便像听从着统一指挥，立刻一齐哑了下来。至于遥远的丛林深处，偶尔传来的一两声拉着长笛似的野雉的叫声，则不会对虫鸣产生任何影响。

此间鸟类也特别繁盛，纵目林峦，随时可以见到多姿多彩的各种山鸟，有的戴着花冠，有的拖着长长的尾巴，有的额头上长着三道眉，有的浑身靛蓝，有的颈部围着一圈血红的羽毛，像是戴上了脖串儿。不过，却没有见到歌声悦耳的画眉和云雀，也听不到自在娇莺的呖呖鸣啭；至于有"蜀魄"、"蜀鸟"之称、终夜泣血苦啼着"不如归去、不如归去"的杜鹃，就更是杳无踪迹了。

但是，一方水土养育一方生灵，在这边陲之地也有着其他地方所未曾闻见的鸟类，它们终朝每日、不知疲倦地发出千奇百怪的叫声，虽然未登大雅之堂，却也自得其乐。有一种俗称"老太太唤猪"（也有人称为"瞎簸箕"）的山鸟，不断地重复着"叽、叽、叽、叽"，叫声听来单调，倒也兴味十足。还有一种鸟，叫起来似乎在自问自答："你妈是谁？""高黎，高黎。"

大自然的天籁是一部含蕴无穷、备极艰深的交响乐。不要说揭橥它的全部奥秘，即便要读解其某一章节，恐怕也须投入毕生的精力与时间，需要运用整个灵智，包括深邃的文化素养和丰富的生命体验。

就说这"鸟语"吧。最近看到一份资料，里面谈到，我国先民很早就注意到某些鸟的叫声听上去像是汉语中某个词或短语这一现象。《山海经》记载，有一种鸟，形状长得像"夜猫子"，而爪如人手，它的名字叫"鸮"，它整天号叫的也就是这个字音。还有《小演雅》一书，里面收录了古今各种禽言鸟语，最称完备。

至于歌咏鸟鸣的诗文，更是不胜枚举。最早的是《诗经》："伐木丁丁，鸟鸣嘤嘤"，"嘤其鸣矣，求其友声"。一般的解释是，所谓"求友"，其实就是求偶。它们整日动情地叫呀、唱呀，原是体现一种情感的需要、生命的追求。其中尤以雄鸟为甚，从生物学上说，它们为了取悦于雌鸟，不仅亮出美丽的羽毛，使之艳丽夺目，而且要借助悦耳的歌吟，以抒发情感，款叙衷肠。这究竟属于通例，还只是一种特例，还有待进一步考证。

无论如何设论，也都是人们的臆测和悬揣。如果世上真有懂得鸟语、禽音的奇人，我想，那过去已有的成论，无论是鸟类学家、自然哲学家、动物心理学家的许许多多判断，都会遇到无情的挑战，而古今中外有关这个领域的大量学术著作都需要重新改写。好在，这一天离我们还十分遥远。尽管俗话说："近水知鱼性，在山识鸟音。"实际上，却没有谁真的晓得啁啾的山鸟究竟在说些什么。

古书上倒是记载了一个故事，说：孔子弟子公冶长通晓鸟语，结果给他带来了一场牢狱之灾。

那天，公冶长一觉醒来，突然听到窗外有鸟在叫唤："公冶长，公冶长！南山有头羊，你吃肉，我吃肠。"公冶长赶赴现场一看，果然那里有一只刚刚死去的肥羊。他高高兴兴地弄回家去，一股脑儿全吃掉了，却忘记了给鸟留下肚肠。这种失信、违约的行为，激起了鸟的深深愤慨，便想方设法实施报复。过了几天，这只鸟又叫喊他了，还是原来的那番话。公冶长便又兴冲冲地跑去了南山。却没有发现羊的踪影，只有被人谋杀的一具死尸躺在那里。不早不晚，刚好捉拿凶手的人赶到，结果把他作为重大的嫌疑犯抓走了。公冶长有口难辩，只好乖乖地服刑坐牢。孔老夫子对他寄予了深切的同情，由于爱才心切，最后还把女儿许配给他了。

无独有偶，古代的域外也有一个公冶长式的善解鸟语的奇人。这是一个土耳其的故事：

有个国王因为连年对外穷兵黩武，对内横征暴敛，国内人丁萧条，田野荒芜。一天，国王外出狩猎归来，见废墟间的树上有一双鸱鸮聒噪不休。身旁恰好有一位巫师，平素以通晓各类鸟语著称。国王便向他问道："它们在树上唧唧喳喳，叫个不停，究竟说些什么？"

巫师立刻潜伏树下，仔细聆听了一会儿，回来告诉国王说，内容已经了解清楚，只是不敢如实汇报。国王说，你尽管客观叙述，我不会怪罪你。巫师说，这两个鸟分别是两个雌雄雏鸟的父亲，它们在为子女联姻商议条件。雄鸟之父担心孩子们成亲以后生计困难，要求亲家翁陪送50亩荒村作为妆奁，雌鸟的父亲慨然应允，说，50亩荒村算得了什么？500亩我也拿得起，反正咱们国家到处都是荒村！惟望国王长命百岁，我们鸟类就永远不愁吃住问题了。

国王听了深受刺激，当即下令，停止战争，腾出劳动力耕田种地，使过去的所有荒村变成富庶之区。

这显然是一个寓言故事，这位域外的巫师类似中国古代的优孟、淳于髡，都是委婉其词，箴规进谏的智者。其实，他也未必真的懂得什么鸟语。

三

夜已经很深了，凉风阵阵袭来，喧嚣的虫声鸟语也渐渐地沉寂下去。我把椅子搬回了房间，刚要睡下，突然听到很远的林峦深处，响起了一声声的幽幽鸟鸣，细细听去，是真真切切的"王—刚—哥"三个音节，前两个语音，悠悠上扬，最后那个"哥"字短促而低沉，分明是一种哀哀的呼唤，似乎比子规泣血还要悲伤、愁苦几分，简直让人不忍心再听下去。但是，出于好奇心理，我还是把门窗全部打开，躺在床铺上潜心地捕捉那悲情无限的哀鸣。不知是什么时候，沉入了梦乡。

第二天起来，经过向当地朋友请教，才知道这种鸟原是由一位不幸的女郎转化而生的。历代口耳相传：

很早以前，有一对年轻男女从山东半岛跨海来到辽东山区采掘人参，他们白天常常分头出动，穿林跨涧，越岭攀岩，夜幕降临之后，便互相依偎着宿在山洞子里。这天正是情哥的生日，姑娘早早地便返转回来，准备好了食物，盼着同心上人见面，却是直到夜静更深，也不见踪影。她急得坐立不安，便爬上峰头，一迭连声地呼唤着他的名字。这样，足足喊叫了七天七夜，眼中络满红丝，嘴里含着鲜血，最后耗尽了全身的气力，一头栽在清冷的月光之下。后来，这片山岭间便增添了一种山鸟的啼鸣："王——刚——哥。"

关于采参青年王刚的死因，流传着几种说法。有的说是坠崖，有的说是迷路，有的猜测葬身野兽之口，众说纷纭，出现了多种版本。待到那座血字碑铭发现之后，就更增加了扑朔迷离的成分。早年间，有人在夹皮沟的深山里，看到一块平滑的石头上写有六行血书韵语：

> 家住莱阳本姓孙，翻山过海来挖参。
> 三天吃个拉拉蛄，你说伤心不伤心？
> 若是有人来找我，沿着股河往上寻。

为了不使字迹漶漫磨蚀，一位好心的石匠花了两天时间，照着原样把它镌刻下来。这样，这座天然石碑就成了当地的一宗文物。

有人考证，王刚与这个孙姓农民本是一人，之所以被说成"王刚"，是为了与鸟的鸣声附会；也有人持反对态度，认为王、孙之死各有因由，彼此全不相干；当然，也还有人认定，包括"王刚哥"的故事都纯粹是从鸟声中演绎出来的，并举出"婆饼焦"、"行不得也哥哥"和"光棍夺处"，"还我小姑"等多种鸟语的实例，说明这种拟于鸟的鸣声而产生的故事很多。考据者的科学求实精神，是值得尊敬的，而且，这最后一种意见可能具有相当的真理性；但是，当地民众却宁可信其有而不愿信其无，不肯接受这种"大煞风景"的结论。谁说普通民众与美学欣赏无缘？他们在不自觉地追求着诗性人生，钟情于"生活艺术化"的无穷魅力。

是呀，若是都那么一一考据开来，非得把一切神话传说的面纱揭破不可，那还能有多少能够站得住脚的？一个没有神话传说的世界，我们不难想象，肯定会是单调而寡趣。这使我想到著名学者赵鑫珊讲的一段趣闻：

就"露珠"的话题，诗人同科学家展开了激烈的争论。诗人说，挂在树叶上的露珠，是星星在黎明的时候挥手告别地球落下的眼泪。科学家说，什么"星星的眼泪"？简直是一派胡说！露珠本是靠近地面的水蒸气在夜间遇冷凝结而成的小水珠。尽管分明晓得科学家说的准确无误，但我还是要投诗人的赞成票。

其实，生活在村野间的普通民众，不仅仅是美的赏鉴者，同时也担当着民间文学作家的角色。自古以来，由于他们经年累月生活在各种鸟类宛转啼鸣的情境中，遂从中逐渐地获得了一种感兴，从而构思出、幻想出各种各样的神话传说，用以消解烦闷，寄寓情思。这样一来，那种拟于鸟的鸣声而产生的民间传说，便遍布于山村海曲、内地边陲。

我曾听人讲过一个"苦煞鸟"的故事：

这家母亲带着两个儿子过日子，小的为自己亲生，大的是丈夫前妻抛下的。母亲疼爱小儿子，而把大的看作眼刺肉钉，必欲置之死地而后快。这天，她把两个儿子叫到跟前，说你们不能坐吃山空，得想法种地，这里有两袋种子，你们二人到南山去种，谁的种子先出了芽，谁就回家吃饭，不然就该活活饿死。

两个孩子接过母亲交给的口袋，便向南山走去。走累了，中途坐下来歇息，弟弟无意中动了动哥哥的袋子，觉得比自己的轻,便要与哥哥调换,哥哥点头答应。到了南山,两人选好地块,把各自口袋里的种子种下,相并地坐着,等候种子发芽。渐渐地,哥哥的地里露出了尖尖的绿耳朵,而弟弟的却没有一棵出芽。弟弟请求哥哥先回家吃饭,哥哥执意要陪伴弟弟等下去。

他们哪里知道,较轻的口袋中的种子,经过母亲在锅里爆炒过。这样,可怜的两个孩子,便脸对脸地坐在一起,活活地饿死了。母亲痛悔无及,昼夜嚎啕,最后变成了疯子。这时候,忽有一对儿小鸟飞到门前的大树上,向着疯子不停地叫唤:"苦煞,苦煞!""苦煞,苦煞!"村里人就叫它"苦煞鸟"。直到现在,这种鸟还这么鸣叫着。

看来,人们也实在是多事,总爱把世间的各种苦乐悲欢,附加给全无知性的鸟类,让它们去和人类一样承担着情感的重负,终日得不到安宁;而反过来,那些令人肝肠寸断的禽言、鸟语,又日日夜夜响在耳边,炙灼着、裂解着一颗颗善良的心。难怪古人要说:"花如解语还多事,石不能言最可人。"

（2002年）

石上精灵

岁月咶群生，片石存灵迹。对此慨晨夕，沧桑现眼底。

——参观朝阳古生物化石馆题记

一

这是一块形成于一亿二千万年前的古生物化石。定格在画面上的，不是普通标本似的呆板的形骸，而是一幅生意盎然、鲜活灵动的《鱼趣图》：十来条狼鳍鱼悠闲自在地洄游着，摇晃着尾巴，扇动着臀鳍，有的鱼贯而行，有的正在嘴对嘴地唠喋……

想象中的当时的地理环境，大约是这样的：

长城外侧，山势起伏，由南向北渐渐地绵延着，形成了开阔的辽西丘陵地带。这里气候温和，雨量丰沛，到处覆盖着茂密的森林，银杏、苍松、翠柏高耸云天，苏铁和蕨类植物随处可见。湖泊星罗棋布，"河水清且涟漪"，从低等的古鳕鱼、北票鲟、白鲟到比较高等的狼鳍鱼、弓鳍鱼，悬浮上下，畅游其间。葱茏蓊郁的陆地上，怪模怪样的鹦鹉嘴龙和拖着一条尾巴的蝾螈在草丛间悠闲自在地爬行着；池沼边上，青蛙在苇荡中跳进跳出，有时蹲在草棵里发出有节奏的"阁阁"声。薰风轻轻地吹着，晴和温暖的碧云天，不时地掠过各种飞鸟的身影，那里有原始的孔子鸟、辽西鸟、三塔鸟，还有已经趋向进步的辽宁鸟、朝阳鸟；而蜻蜓、蜜蜂和三尾类蜉蝣则在散发着草香的原野上嗡嗡嘤嘤、闹闹哄哄地上下翻飞。坐落在中国北方的这个生机活泼、安定祥和的生物世界,分明是继"侏罗纪公园"之后出现的一个活脱脱的"白垩纪公园"。

但是,厄运突然降临了。伴随着一阵撼天震地的隆隆巨响,石破天惊,岩浆喷溢,烈焰腾空,铺天盖地的灼烫的尘灰,弥漫了浩浩茫茫的苍空大野。一场由火山爆发造成的毁灭性灾难,不期而至。白昼变得混混沌沌,如同昏暗的夜晚,惊恐的鸟群本能地飞向湖泊上空,但是,很快就为火山喷发所产生的大量二氧化碳和一些有毒气体所窒息,扑腾了几下,就败叶般地纷纷落下,同水中的鱼类一道,统统被埋葬在熔岩和火山灰里。

一场远古的浩劫,一场天崩地坼的灭顶之灾,就这样,以其雷霆万钧、无可抗拒的威力,把那些鲜活灵动的生命牢牢地封存于地下。它们是不幸的牺牲品,它们的灭绝展示了生存的无奈、生命的悲哀。

但是,从另一种意义上说,这种突如其来的毁灭,又何尝不是一种幸运呢?就说这些狼鳍鱼吧,在它们的同类中,有多少死于"弱肉强食"的生物间的实力拼争,死于酷寒暴暑、气温骤变的自然灾祸,或者在狂风怒浪的袭击下触礁殒命,或者因老病衰残而奄奄待毙,最后双眼暴突、肚皮翻白,浮上水面,转瞬间归于朽腐,化为泥沙。而这些狼鳍鱼却有幸在亿万斯年之后,作为这场亘古奇观的直接见证者,以一种再生精灵的姿态,撩开岁月的纱帷,带着远古的气息,重新展现在世人面前。

它们以一种永恒形态保存下来,恰如海德格尔所说,是"向死的存在"。这是一种特殊情况下的永生,这种永生是以死亡的形式展现的,死是它生的一种存在方式。在这里,死亡被纳入生命之中,成为生命最辉煌的完成。一如诗人冯至所赞颂的:

> 在历史上,
> 有多少圣贤在临死时
> 就这样完成他们生命里

最完美的时刻！

它们用一种雕塑般的造型，把生命的短暂与恒久、脆弱与顽强、有常与无常、存在与虚无，展现得格外分明。

石上精灵会诉说。这种诉说，无言却又雄辩，邃密倒也直观。面对这些鱼化石，绞尽脑汁地穷思苦索，以求揭橥地质构成、气候变迁、生物演变的奥秘，那是研究生命进化史的科学家们的事情；而我们这些活在当下的普通人，则乐得凭着兴趣，出于好奇心理，追踪这些石上精灵的脚步，穿越时空的隧道，来翻检远古劫余的影集，左猜右猜、里猜外猜生命史中说不清道不明的种种谜团。

沧海桑田，水枯陆现，从前，据说只有麻姑那样的仙人才能亲见，现在，我们这些凡夫俗子，居然可以透过一方古生物化石，借助于联翩的浮想，饱谙眼底的沧桑。不能不说，这是一种幸会，一种机缘。

二

古生物化石是一扇回望远哉遥遥的太古世界的窗户，它帮助人们透过"存在"的现象，去把握已经逝去的本质——虚无，又从这种虚无进一步认识到现实的存在。它也是一部历时性的线型史书，是对地球历史生灭流转过程的忠实载录。面对这一片灵石，无异于展读一部再现我们这个地球的波惊浪诡的史诗，叩问亿万年前奇突、神秘的岁月。我们可以从中揣测地壳的变迁史，读出生物的进化论。它使人记起了英国诗人布莱克的名诗：

> 一颗沙里看出一个世界，
> 一朵野花里现出一个天堂。
> 把无限放在你手掌上，

永恒在一刹那里收藏。

不过，历史从来不拒绝偶然。自然的演进是一种无意识的过程，同社会进程不一样，它的存在方式是自然现象之间的盲目的相互作用。表面看去，有些像偶然性的堆积，常常从一种无序转向另一种无序，由一种混乱过渡到另一种混乱。联系到狼鳍鱼化石的生成，我是这样想的：这种鱼类生长在辽西一带的湖泊，是偶然的；而辽西一带火山突然喷发，从而导致这种鱼类在这一地区的整体灭绝，也是偶然的；它们灭绝之后，经过亿万年间的地质变化，部分形成为化石，又是偶然的；现在，是它们，而不是它们的同类，有幸在阳光下重新面世，纯属偶然；至于凑巧展现在我的眼前，尤其偶然。偶然性丛生的地方，就会带来一种神秘感，产生无边的困惑，难免在科学与迷妄、存在与虚无、规律与宿命之间茫然却顾了。

其实，这也并不奇怪，即便是文化繁荣、科技昌明、智能高扬的现代，人们的思维能力也还是很有限的，以致所面对的外部世界，仍然到处都存在着广大的盲区和空白。大自然中的每一部分，虫鱼草木，飞潜动植，都有其存在的价值，都有思想有精神，都能引领我们到深邃、生动的神奇境域中去，也都蕴藏着独特的魅力和奥秘，使我们不断地发出《天问》式的无穷无尽的设问。

自远古代以来的五六亿年间，在世界范围内，曾发生过六次大规模的生物灭绝，最近的一次发生在六千五百万年前。

为什么每隔一个时期就要发生这种生命的骤变？难道真的如古罗马哲人西塞罗所言："一切事物自然都给予一个界限"吗？

那么，这种"物盛则衰，时极而转"的机制，究竟操纵在谁的手里？能不能说，这种生物灭绝，总有一天也会发生在人类身上？

为什么在每一次生命骤变、生物灭绝的同时，又常常存在着部分生物的孑遗，并伴随着新的生命的大爆发，最后形成更加繁盛的生物群落呢？

银杏、水杉、桫椤和熊猫等有"活化石"之称的动植物，凭借什么能够历尽劫波而存活至今？它们的特殊的适应力表现在哪些方面？

为什么每一次灭绝的，往往都是盛极一时的、在生物链中最强大的物种，像恐龙、猛犸象、剑齿虎，等等？而那些柔弱无比的蚯蚓、蝗虫或者更低等的动物，为什么反而能够存活下来？

还有一个颇为有趣，而且耐人寻味的现象，就是人对客观世界的认识总是从中间开始，而后再向两极延伸。比如，我们知道这片狼鳍鱼化石形成于中生代，在它的前面还有数不完的世世代代，在它的后面，永远不能穷尽，至少是到现在的一亿二千万年。还比如，人出生后，最先认识的是眼前的事物，逐渐地晓得外面还有山川、草木、海洋、地球，直至银河系、太阳系，不断地向无限大扩展；同时还向超微处延伸，细胞、分子、电子、质子、介子、粒子。"前不见古人，后不见来者"，为什么认识事物总是从中间开始，向无限延伸？其中的奥秘在哪里？

从古至今，人类关于客观世界的探究，一刻也没有止息过。但是，我觉得最重要的还是古希腊哲学家苏格拉底所提出的："认识你自己。"在一系列的设问中，恐怕首要的还是应该问一句：大自然所加于人类的灾难，为什么日益频繁，日趋厉害？换句话说，我们要不要反思一番：人类过分迷信自身的威力，以致无情地掠夺自然、糟蹋环境，带来了怎样的后果？

我们的地球母亲，已经有四十六亿年的高寿了，她诞生了十多亿年之后，开始有生命形成，而人类的出现，大约只是二三百万年前的事。人和一切生物都是自然的创造物，自然则是人类诗意的居所。在直立之前，人类和所有的动物共同匍匐在漫长的进化之路上，依靠周围世界提供必要的物质与精神资源，生存繁衍，原本没有资格以霸主自居，摆什么"龙头老大"。可惜，后来逐渐地把这个最基础的事实、最浅显的道理淡忘了，结果无限制地自我膨胀，声威所及，生态环境遭受到惨重的破坏，制造出重重叠叠的灾难。"天作孽，犹可违；自作孽，不可活。"种种苦头，人类自身算是吃尽了。

三

在整个人生之旅中，时间与生命同义。与古生物化石一亿多年的生命史相比较，真是觉得人生所能把握的时间实在是过于短暂了。古人曾经慨叹："朝菌不知晦朔，蟪蛄不知春秋"，又说："寄蜉蝣于天地，渺沧海之一粟。"朝生暮死的蜉蝣也好，活过了初一到不了十五的朝菌也好，比起历经过无数次的晦朔轮回、春秋代谢的人类来说，生命的久暂不成比例。可是，难道人类的生命就真的那么长吗？恐怕也不见得。《圣经》上说，亚当一百三十岁时生了儿子塞特，以后又活了八百岁；塞特在八百零七岁时还生儿育女，前后活了九百一十二岁；塞特的儿子以挪士活了九百零五岁。这些都是神话。须知，上帝、神人是长生不死的。普通人能活上一百岁，就被称为"人瑞"。这又怎样？也只不过是这片狼鳍鱼化石的一百二十万分之一。真个是："叹吾生之须臾，羡宇宙之无穷。"

以浪漫主义诗人著称于世的唐代的李贺，发挥无边的想像力，也只是吟出："王母桃花千遍开，彭祖巫咸几回死。"王母娘娘的仙桃三千年开一次，开过一千遍也不过三百万年，只是狼鳍鱼化石的四十分之一。即使有八百年寿命的彭祖，也不知已经死过多少万回了，更何况普通人呢！仙家的岁月不去说它了，尘世上每一个人所能享用的时间，都是非常有限的，不过是"弱水三千，只能取一瓢饮"。这么珍贵的有生之年，究竟应该如何地度过？如何去支配那似水韶华？实在是一个"悠悠万事，惟此为大"的问题。

遗憾的是，在许多情况下，人只有到了生命的尽头，才开始悟解到生命的可贵、生存的价值，出现重新看待生命的"惊蛰"——对于生命的觉醒。人生就是这样，只有失去之后，才懂得加倍地珍惜。在这里，虚无为存在提供了参照物。盲姑娘海伦·凯勒的"假如给我三天光明"的设想，正是建立在这一基础之上。而且，只有到这个时候，人才能看淡一切身外之物，从而变得清醒一些、聪明一些，省悟到世俗那些蜗角虚名、蝇头微利，连"泰山一毫芒"都谈不上，实在没什么可拼争的。

死亡，与其说使人体验到生命存在的长度，毋宁说是使人体验到解悟生命的深度。西哲有句名言："只有死亡才能够使人了解自己。"是呀，有些人平时贪求无厌，私欲贲张，自以为可以无限度地掠夺一切，到了生命再不能延续的时候就会知道，原来自己也不过是个普通的角色，任何人都逃不过死亡的关口。征服死亡，或者说长生不老，这是人类永远解决不了的难题。世上许多苦难，都可以想法躲避，实在躲避不开就咬牙忍受，一挺也就过去了，唯独死亡是个例外。七百多年前，成吉思汗西征奏凯归来，踌躇满志地说："直到如今，我还没有遇到过一个不能击败的敌手。我现在只希望征服死亡。"但是，这番话出口不多日子，他就在清水县行营里"呜呼哀哉"了。

真正的永恒属于时间。在生命流程中，时间涵盖了一切，任何事物都无法逃逸于时间。现代交通工具、现代通讯网络可以缩短以至抹杀空间的距离，却无法把时间拉近，就在键盘上敲着这几个字的时候，时间不知又走出多远。一切生命，包括"万物之灵"的人群，都是作为具象的时间，作为时间的物质对应物而存在的。他们始终都在苍茫的时空里游荡。只有当他们偶然重叠在同一坐标上，才会感到对方是真实的存在。

对于时间的思考，是人类生命体验、灵魂跃升的一束投影。

（2006年）

童年的风景

一

人，不知不觉就来到这个世上了，就长大了，就老了。老了，往往喜欢回忆小时候的事情，——在一种温馨、恬静的心境里，向着过往的时空含情睇视。于是，人生的首尾两头便接连起来了。

我的回忆是在一种苍凉的感觉中展开的。这种感觉，常常同梦境搅和在一起，在夜深人静之时悄然而至——

这时候，仿佛回到了辽河冲积平原上故家的茅屋里。推开后门，扑入眼帘的是笼罩在斜晖脉脉中的苍茫的旷野。岁月匆匆，几十载倏忽飞逝，而望中的流云霞彩、绿野平畴却似乎没有太多的变化。我把视线扫向那几分熟悉、几分亲切而又充满陌生感的村落，想从中辨识出哪怕是一点点的当年陈迹。谁知，一个不留神，血红的夕阳便已滚到群山的背后，天色渐渐地暗了下来。晚归的群鸦从头顶上掠过，"呱、呱、呱"地叫个不停，白杨林幽幽地矗立在沉沉的暮霭里。

荒草离离的仄径上，一大一小的两头黄牛慢条斯理地走过来，后面尾随着憨态可掬的小牧童，一支跑了调的村歌趁着晚风弥散在色彩斑驳的田野里。恍恍迷离中，忽然觉得，那个小牧童原来是我自己，此刻，正悠闲地骑在牛背上，晃晃摇摇地往前走啊，走啊，居然又像是躺在儿时的摇篮里。"摇啊摇，摇过了小板桥，"伴随着母亲哼唱的古老的催眠曲，悠然跌入了梦乡……

蓝天，远树，黄金色的谷浪，故乡绚丽的秋天。少年时代。我骑在一匹四蹄雪白的大红马上，蹄声嘚嘚，飞驰在禾黍丰盈的原野上。忽而又踏上了黄沙古道，上岗下坡，颠颠簸簸，有几次险些从马背上跌落下来。不知是为了搔痒，还是蓄意要把我甩掉，大红马突然从一棵歪脖子柳树底下钻过去。亏得我眼疾手快，弯起双臂抱住了大树杈桠，才没有被刮落下去，马却已经逃逸得没有了踪影。"啊——"随着一声刺耳的惊叫，我醒转了过来。

这时，似乎依然身在茅屋里。北风"呜呜"地嘶吼着，寒潮席卷着大地。置身其间，有一种怒涛奔涌，舟浮海上的感觉。窗外银灰色的空间，飘舞着丝丝片片的雪花，院落里霎时便铺上了一层净洁无瑕的琼英玉屑。寒风吹打着路旁老树的枝条，发出"刷拉、刷拉"的声响。这种感觉十分真切，分明就在眼前，就在耳边，却又有些扑朔迷离，让人无从捉摸、玩索。

渐渐地，我明白了，也许这就是童年，或者说，是童年的风景，童年的某种感觉。它像一阵淡淡的轻风，掀开记忆的帘帷，吹起了沉积在岁月烟尘中的重重絮片。

旧时月色，如晤前生。窃幸"忘却的救主"还没有降临，纵使征程迢递，万转千折，最后，也还能找回到自家的门口。

于是，我的意绪的游丝便缠绕在那座风雪中的茅屋上了。

茅屋是我的家，我在这里度过了完整的童年。茅屋，坐落在医巫闾山脚下的一个荒僻的村落里。说是村落，其实也不过是一条街，五六十户人家，像"一"字长蛇阵那样排列在一起，前面是一带连山般的长满了茂密的丛林的大沙岗子。

入冬之后的头一场雪刚刚停下来，满视野里一片白茫茫的世界。太阳爷把那淡黄色的光芒随处喷射，顷刻间，这列新旧不一的茅草房、土平房便涂上了一层炫目的金色。

家家户户的屋顶上，袅动着缕缕升腾的乳白色的炊烟。圈了一夜的大公鸡，从笼子里放出，扑棱棱飞到土墙上，伸长着脖子，甩动着血红的冠子，一声高过一声地啼叫着。谁家的小毛驴也跟着凑热闹，像是应和着阵阵鸡鸣，重重地喷打了一个响鼻儿，然后，就"咕—嘎，咕—嘎"地叫唤起来没完。荒村的宁寂被打破了，一天的序幕也就此正式拉开。对小孩子来说，新的游戏又从头开始了。

二

在每个人的生命途程中，都曾有过一个抛却任何掩饰、显现自我本真的阶段，那就是童年。在这段时间里，游戏是至尊至上的天职，在天真无邪的游戏中，孩子们充分地享受生命，显露性灵。原本苦涩、枯燥、沉重、琐屑的日常生活，通过游戏，一变而为轻松、甜美，活泼、有趣。无论是摆家家、娶媳妇、搭房子、建城堡，还是上房、爬树、荡秋千、捉迷藏，乃至种种恶作剧、"讨人嫌"，孩子们都玩得意兴盎然，煞有介事，都以最大的热情和高度的认真，全神贯注地投入进去。

在游戏过程中，孩子们可以异想天开地进行种种创造性的、甚至破坏性的实验，而不必像成年人那样承担现实活动中由于行为失误所导致的后果，并且可以保留随时随地放弃它的权利，而不必像成年人那样瞻前顾后，疑虑重重，从而创造一个绝无强制行为和矫饰色彩的完全自由、从心所欲的特殊领域。

孩子们的头脑中，不像成年人那样存在着种种利害的斟酌，实用的打算，也没有形形色色的心理负担。想说就说，想闹就闹，不顾虑哪些行为会惹起人们气恼，也不戒备什么举动有可能遭人忌恨，被人耻笑。小孩子没有欣赏自己"杰作"的习惯，也不懂得眷恋已有的辉煌。一切全都听凭兴趣的支配，兴发而作，兴尽而息。

有一次，我耗费了整个的下午，晚饭都忘记吃了，用秫秸内穰和蒿子杆扎制出一辆小马车，到末了只是觉得车轱辘没有弄好，就把它一脚踏烂了，没有丝毫的顾惜；睡了一个通宵的甜觉，第二天兴趣重新点燃起来，便又从头扎起。有些在成年人看来极端琐屑、枯燥无味的事，却会引发孩子们的无穷兴味。小时候，我曾蹲在院里的大柳树旁边，一连几个钟头，目不转睛地观察着蚂蚁搬家、天牛爬树。好像根本没有想过：这样做的目的是什么？究竟有什么价值？一切都是纯任自然，没有丝毫功利的考虑。

小时候，我最喜欢的游戏是"过家家"。几个小伙伴认认真真地扮演着各自的丈夫、妻子、儿女、外婆的角色，学着大人的样子，盖房，娶亲，抱孩子，喂奶，拾柴火，做饭，担负起"家庭"的各种义务和责任。而一旦小伙伴之间发生了什么不如意、不快活的事情，也并不觉得怎样的忌恨与懊恼，只须轻描淡写地说上一句："我不跟你好了"，就可以轻松、自在地结束各种关系，没有依恋，没有愧悔，无须考虑什么影响和后果，更不会妨碍下次的聚合，下次的游玩，下次的欢好。

人有记忆，但也有善忘的癖性。本来，任何人都是从童年过来的，游戏本是儿童最正当的行为，贪玩，淘气，任性，顽皮，原属儿童的天性，也是日后成材、立业的起脚点。可是，一当走出了童话世界，步入了成人行列，许多人便往往把自己当年的情事忘记得一干二净，习惯于以功利的目光衡量一切，而再也不肯容忍那些所谓无益且又无聊的儿时玩意儿。

我是早已做了父兄的人，曾经不只一次地做过鲁迅先生在散文《风筝》中所自责的对于儿童"精神的虐杀"之类的蠢事。但是，过去总是心安理得，以为那是出于好意；直到读过了先生的美文，才觉得"我的心也仿佛同时变了铅块，很重很重的堕下去了"。

其实，即使单就功利而言，成年人需要借鉴孩子们的东西也是不少的。比如，无论大人小孩，原本生活在同一空间里，可是，感觉却大不一样。成年人由于顾忌重重，遮蔽太多，时时有一种"出门常有碍，谁云天地宽"的局促之感，而孩子们却无惧无虑，无私无我，又兼借助于无穷的想象力，他们的空间却是云海苍茫，绵邈无际的。

　　记得一部电视剧中有这样一个情节：老师在黑板上画了一个圆圈，让坐在下面的几类人群回答：它像什么？幼儿园的孩子答案最多，成绩最好，竟然说出了几十种；小学生次之，讲出了十几种；中学生就差一些了，但也讲出了八九样；大学生只举出了两三样，没有及格；而成年人，有的还是局级干部，竟连一种也回答不出来，最后吃了个大零蛋，原因在于他们思虑太多，有的即使想到了也不肯讲。这实在是颇为发人深省的。

三

　　小时候，我经常去的地方，是大沙岗子前面那片沼泽地。清明一过，芦苇、水草和香蒲都冒出了绿锥锥儿。蜻蜓在草上飞，青蛙往水里跳，鸬鹚悠然站在水边剔着洁白的羽毛，或者像老翁那样一步一步地闲踱着，冷不防把脑袋扎进水里，叼出来一只筷子长的白鱼。五六月间，蒲草棵子一人多高，水鸟在上面结巢、孵卵，"嘎嘎叽"，"嘎嘎叽"，里里外外叫个不停。秋风吹过，芦花像雪片一般飘飞着，于黄叶凋零之外又点缀出一片银妆世界。

　　春、夏、秋三个季节，各种水禽野雀转换着栖迟，任是再博学的人也叫不全它们的名字。这里本是孩子们的乐园，可是，我在小时候却从来不敢下到水里去洗澡。听大人说，泡子里面有锅底形的深坑，一脚踏进去，"刺溜"一下就没了脖儿。还有一种大蚂蟥，见着小孩儿的细皮嫩肉就猛劲儿往里叮，扯也扯不出来，直到把血吸干为止。

　　游玩之外，就是盼望着叫卖烧饼、花生、糖球的上门了。只是，平素这些小摊贩来的很少，因为没有几家能够拿出钱来购买。来得比较勤的要数那个卖豆腐脑儿的了，个头儿不高，担着两只木桶，桶底几乎擦着了路面；嗓门却很大，"豆腐脑儿热乎啦——"直震得窗户纸绷绷响，可是，好像也没有几个搭茬的。

倒是货郎担子很招人。随着拨浪鼓的"拨浪浪、拨浪浪"的声响，一副货郎担子已经摊在了门前，花布彩绸、针头线脑儿、发网、纽扣、毛巾、火柴，可说是应有尽有。大姑娘、小媳妇、老妈妈，围得水泄不通，只是没有小孩子。大人们说，那货郎里说不定有"拍花的"，袄袖子一甩，就给你拍上迷魂药，你会不知不觉地跟着走，最后，五块大洋卖给"人贩子"。

小伙伴们听了，怕还是怕，但总觉得货郎担好玩；不敢近前，怕袖子甩到脑袋上，就骑在墙头上看热闹，远远地望着新奇的货色发呆。待到货郎哥一边向这面眨眼睛一边招手时，我们便飞快地溜下墙头，一溜烟似的跑掉了。耳边却还响着"拨浪浪、拨浪浪"的鼓声，心里总觉得痒丝丝的。

说来，大人们对付小孩儿的道眼实在是多，可是，许多时候也并不能收到实效。因为小孩子和成年人不一样，逆反心理和好奇心要强得多，——禁果总是分外甜的。其根源，从小处说是求知欲望作祟；从大处说，人类本身具有积极探索未知世界的意向，就这方面来说，成年人也不例外。

普希金在长诗《叶甫根尼·奥涅金》中曾经写道：

> 呵，世俗的人！你们就像
>
> 你们原始的妈妈——夏娃，
>
> 凡是到手的，你们就不喜欢；
>
> 只有蛇的遥远的呼唤
>
> 和神秘的树，使你们向往；
>
> 去吧，去吃那一颗禁果——
>
> 不然的话，天堂也不是天堂！

在现实生活中，也往往是如此。如果你要想使某件事情为公众所周知，只须郑而重之地申明一句："某某件事，千万不要去打听。"就足够了。

后来，小朋友们渐渐地知道了，那"拍花的"说法其实并没有多少根据，多半是家长们为着对付小孩子的纠缠编造出来的。待到货郎担下次再来时，我们便一窝蜂似的涌了过去。

有一次，可真是大开眼界啦，货郎哥带来了各种彩绘的泥玩具，木头做的刀枪剑戟，黄绸子缝制的布老虎，泥塑木雕的彩人、彩马，脑袋会动的大公鸡，能发出"咕、咕、咕"叫声的鹁鸪，还有一套十二只的猴娃，有坐有立，或哭或笑，能跳能跑，一个个惟妙惟肖，活灵活现，神情动态却各不相同。我们没有钱买，便紧紧地跟在货郎担后面，从东街转到西街，饭都不想吃了。

说起猴娃之类的玩具，使我想起那回看猴戏的事。好像是从山东那面过来的，两口子搭成了一个小戏班。领班的一手敲着堂锣，大声吆喝着，一手牵着戴有假面具、穿着红绿袍褂的猴子，有的后面还跟个小山羊。另一个人在后面挑着担子，随时出售一些江湖野药和新奇的玩具。

如果猢狲的面具是黑漆漆的，领班的就唱着："包龙图打坐在开封府，昼断阳来夜断阴。"这时，猴子就围着圆场走台步，翻筋斗，还不时地抠抠耳朵，搔搔皮肤，出着各种洋相；有时还会从胳肢窝里抓出几个虱子，放进嘴里"嘎嘣、嘎嘣"地嚼起来，逗得满场的观众哄堂大笑。

过了一会儿，领班的又给猢狲换上了花脸的面具，于是，"猴哥儿"就伴随着"窦尔敦在绿林谁不尊仰……"的唱词，摇着帽翅，装腔作势、狐假虎威地走起"四方步"来。为了鼓励猢狲的乖巧听话，领班的这时就会从口袋里摸出几个花生角，放进它的嘴里。

闹哄过一阵之后，猴子就会托出一个小竹盘，转着圈儿收取零钱。给与不给都是自愿的。我们这些小孩子，"一文不名"，从来都是白看的，有时还要跟着戏班转上个五里三村，耍猴戏的也不作兴往回撵，乐得借助我们的声势招人聚众。

但是，有一次，不知为了什么缘由，领班人忽然从扎着腰带的背后扯出了一把皮鞭，照着猴子的脊梁"啪啪啪"地抽打起来。只见"猴哥儿"痛得哀哀地嗥叫，还顺着眼角"滴滴、嗒嗒"地流出了泪水。这给了我很深的刺激，从此，就再也不想看猴戏了。

四

小时候，我感到天地特别广阔，身边有无限的空间，有享用不尽的活动余地。长大以后，随着年龄的增长，倒反而觉得生存空间越来越狭小了，活动起来窒碍也越来越多了。当听到人们谈论地球正在变成"地球村"时，便在惊悚之余，平添了几分压抑感。这里反映了儿童与成年人心性的差异。

我常常想，今天的儿童实在幸运，他们有那么多丰富多彩的读物和花样翻新的玩具，又有设备齐全的儿童乐园、少年活动中心。电视看腻味了，随手打开 VCD；收音机听够了，又换上了"随身听"。但是，他们也有很大的缺憾，就是离大自然太远，也缺乏必要的社会交往。特别是城里的孩子，整天生活在楼群中、围墙里。高层公寓使邻居之间的物理距离紧缩到一两米之内，完全丧失了属于个人的保护性空间。可是，尽管彼此的咳嗽、私语都依稀可闻，见面却形同陌路，心灵世界得不到沟通。有时，碰上了强梁破锁撬门，邻人也视若无睹；相反地，如果哪家遇到了小小的麻烦，或者因种种传闻出现了"不虞之毁"，便会有一群人扯起耳朵来"包打听"，直到把苍蝇渲染成大象。这种环境，对于正处在心理学称之为开始建立"自我意识"阶段的孩子，显然是不利的。

活泼贪玩，天真烂漫，原本是生命初期的一种个性的袒露。任何形式、任何动因的限制与禁锢，都会扭曲孩子的心灵，妨害他们健康地成长。如今的父母，对孩子的期望值普遍过高，从登龙门、上虎榜，直到具备音乐、美术、外语、计算机等各方面的才能。可是，由于路子不对头，方法不得当，到头来常常事与愿违，适得其反。

这些方面的才华，至今我无一具备，也许和当年父母没有那样苛刻的要求有关。不过，也有一点好处，童稚时的心灵倒是无拘无束的。尽管其时缺乏优裕的物质条件，一年到头难得穿上一套新装，也吃不着几次糖果，但是，由于没有背负着父母望子成龙的殷殷企望，基本上还能做到自己扮演自己。如今，让孩子长大了当这个"家"，做那个"师"，成为什么什么"长"，已经成为时尚，都不能说没有道理。只是，这些梦做得再美满，再高级，无非都是家长的；我们应该鼓励孩子做他们自己的梦。

现在，城里的儿童过早地懂得了许多，却也过早地失去了许多。他们几乎认得出每一个台湾、香港的著名歌星，唱得出许多首流行歌曲，张口闭口离不开金属怪兽，可是，却往往认不出鸽子、麻雀之外的其他禽鸟，分不清月季和玫瑰、麦苗和韭菜，听不到雨后庄稼的拔节声，接触不到松风林籁，涛吼溪鸣。——这是一种巨大的缺憾。

人类是自然之子。婴儿脱离了母体，有如人类从树上走向平地，并没有因为环境的改变而与自然隔绝，相反，倒是时时刻刻都在保持着、强化着这种血肉的联系。博大精深的大自然是吸引童心的强力磁场。在那里，孩子们的生命张力能够发挥得淋漓尽致，能够培育出乐观向上的内在基因，激发起探索未来世界的强烈愿望。实在应该创造条件，在孩子们的成长过程中，带他们更多地接触自然，贴近田野，体验山林，以便长大成人以后，心胸能够像大地一样宽广，具有健康的心灵，鲜活的情趣。

记忆中有这样一句话："人之初"镶嵌在大自然里，没有亲近过泥土的孩子，永远不会真正懂得什么是"童年"。忘记了是谁说的，但它体现了真理性的认识。

（1999年）

青灯有味忆儿时

一

谈到我的经历，有些朋友常常不解：二十世纪四十年代初期，不管是乡村、城市，早都办起了学校，为什么却读了那么多年私塾？我的答复很简单：环境、条件使然。

我的故乡在辽西的医巫闾山东面一个名叫"大荒"的村落里。当时的环境，是兵荒马乱，土匪横行，日本"皇军"和伪保安队不敢露面，那里便成了一处"化外"荒原，学校不要说兴办，当地人见都没有见过。说到条件，就要提到我的一位外号"魔怔"的族叔。他很有学问，但由于性格骨鲠，不行于时；靠着家里的一些资产，刚到四十岁便过上了乡下隐居的生活。他有一个男孩，小名唤作"嘎子"，生性顽皮、好动，三天两头招惹是非。魔怔叔自己没有耐心管教，便想延聘一位学究来加以培养、造就。于是，就请到了有"关东才子"之誉的刘璧亭先生。他是"魔怔"叔早年的朋友，国学功底深厚，做过府里的督学和县志的总纂。只因不愿仰承日本人的鼻息，便提前告老还家了。由于对我有好感，魔怔叔同时说服我的父亲，把我也送进了私塾。

这样，我们这两个无拘无管、疯淘疯炸的顽童，便从"百草园"来到了"三味书屋"。其时为 1941 年春，当时我刚满六岁，嘎子哥大我一岁。学生最多时增至八人，但随进随出，坚持到底的只有我们两个。

私塾设在魔怔叔家的东厢房。这天，我们早早就赶到了，嘎子哥穿了一条红长衫，我穿的是绿长衫，见面后他就要用墨笔给我画"关老爷"脸谱，理由是画上的关公穿绿袍。拗他不过，只好听从摆布。幸好，魔怔叔陪着老先生进屋了。一照面，首先我就吓了一跳：我的妈呀，这个老先生怎么这么黑呀！黑脸庞，黑胡须，黑棉袍，高高的个子，简直就是一座黑塔。

魔怔叔引我洗净了脸盘，便开始举行"拜师仪式"。程序很简单，首先向北墙上的至圣先师像行三鞠躬礼，然后拜见先生，把魔怔叔事先为我们准备好的礼物（《红楼梦》里称之为"赞见礼"）双手奉上，最后两个门生拱手互拜，便算了事。接着，是先生给我们"开笔"。听说我们在家都曾练习过字，他点了点头，随手在一张红纸上工工整整地写下了"文章得失不由天"七个大字，然后，两个学生各自在一张纸上摹写一遍。这样做的意义，我想，是为了掌握学生写字的基础情况，便于以后"按头制帽"，有的放矢。

先生见我们每人都认得许多字，而且，在家都背诵过《三字经》《百家姓》，便从《千字文》开讲。他说，《三字经》中"宋齐继，梁陈承"，讲了南朝的四个朝代，《千字文》就是这个梁朝的周兴嗣作的。梁武帝找人从晋代"书圣"王羲之的字帖中选出一千个不重样的字，然后，让文学侍从周兴嗣把它们组合起来，四字一句，合辙押韵，构成一篇完整的文章。一个通宵过去，《千字文》出来了，周兴嗣却累得须发皆白。先生说，可不要小看这一千个字，它从天文、地理讲到人情世事，读懂了它，会对中国传统文化有个基本的概念。

当时，外面的学堂都要诵读伪满康德皇帝的《即位诏书》《回銮训民诏书》和《国民训》，刘老先生却不去理会这一套。两个月过后，接着给我们讲授"四书"。书都是线装的，文中没有标点符号。先生事前用蘸了朱砂的毛笔，在我们两人的书上圈点一过，每一断句都画个"圈"，有的则在下面加个"点"。先生告诉我们，这种在经书上断句的工作，古人称作"离经"，就是离析经理，使章句断绝。也就是《三字经》里说的"明句读（读音为'豆'）"。"句读"相当于现代的标点符号。古人写文章是不用标点符号的，他们认为，文章一经圈点，文气就断了，文意就僵了，文章就死了。但在读解时，又必须"明句读"，不然就无法理解文章的内容。有时一个标点点错了，意思就完全反了。先生说，断句的基本原则，可用八个字来概括："语绝为句，语顿为读"，语气结束了，算作"句"，用圈（句号）来标记；语气没有结束，但需要顿一下，叫做"读"，用点（逗号）来标记。

先生面相严肃，令人望而生畏，人们就根据说书场上听来的，送给他一个"刘黑塔"（实际应为"刘黑闼"）的绰号。其实，他为人正直、豪爽，古道热肠，而且饶有风趣。他喜欢通过一些笑话、故事，向学生讲述道理。当我们读到《大学》的"知止而后有定，定而后能静，静而后能安，安而后能虑，虑而后能得"的时候，他给我们讲了一个两位教书先生找"得"的故事：

> 一位先生把这段书读成"知止而后有定定，而后能静静，而后能安安，而后能虑虑，而后能得"，发觉少了一个"得"字。一天，他去拜访另一位塾师，发现书桌上放着一张纸块，上面写个"得"字。忙问："此字何来？"那位塾师说，从《大学》书上剪下来的。原来，他把这段书读成了"知止而后有，定定而后能，静静而后能，安安而后能，虑虑而后能"，末了多了一个"得"字，就把它剪了下来，放在桌上。来访的塾师听了十分高兴，说，原来我遍寻不得的那个"得"字跑到了这里。说着，就把字块带走，回去后，贴在《大学》的那段书上。两人各有所获，皆大欢喜。

书中奥义无穷无尽，尽管经过先生讲解，也还是不懂的居多，我就一句句地请教。比如读到《论语》，我问：夫子说的"四十而不惑"应该怎么理解？他说，人到了四十岁就会洞明世事，也能够认清自己了，何事做得何事做不得，何事办得到何事办不到，都能心中有数；再过一些年就是"五十而知天命"，便又进入一个新的境域。但有时问到了，他却说，不妨先背下来，现在不懂的，随着世事渐明，阅历转深，会逐渐理解的。

读书生活十分紧张，不仅白天上课，晚上还要安排自习，温习当天的课业，以增强理解，巩固记忆。那时家里都点豆油灯，魔怔叔特意买来一盏汽灯挂在课室，十分明亮。没有时钟，便燃香作记。一般复习三排香的功课，大约等于两个小时。散学后，家家都已熄了灯火，偶尔有一两声犬吠，显得格外瘆人，我一溜烟地往回跑着，直到看见母亲的身影，叫上一声"妈妈"，然后扑在她的温暖的怀里。

早饭后上课，第一件事，便是背诵头一天布置的课业，然后讲授新书。私塾的读书程序，与现今的学习方法不尽相同，它不是在理解的基础上把它记牢，而是先大致地讲解一遍，然后背诵，在背诵的基础上，反复玩味，进而加深理解。魔怔叔说得很形象："这种做法和窃贼偷东西类似，先把偷到的财物一股脑儿抱回家去，然后，待到消停下来，再打开包袱一一细看。"魔怔叔后来还对我说过，传道解惑和知识技能的传授，有不同的方法：比如，学数学，要一步步地来，不能跨越，初等的没学习，中等、高等的就接受不了；学珠算，也要先学加减，后学乘除，一个台阶一个台阶地上。而一些人情道理，经史诗文，是可以随着年龄、阅历的增长逐步加深理解的。

记得魔怔叔说过这样一个例子：《千字文》里有"易辎攸畏，属耳垣墙"这句话。他从小就会背，但不知什么意思。后来，读《诗经·小雅》遇见了"君子无易由言，耳属于垣"这句话，还是不懂得。直到出外做事了，一位好心的上司针对他说话随便，出言无忌，劝诫他要多加小心，当时还引用了《千字文》中这句话。这时，他才明白了其中含义：说话轻率是可怕的，须知隔墙有耳呀！"辎"是古时的一种轻车，"易辎"就是轻易的意思。后来，我也逐渐体会到，这种反复背诵的功夫十分有益。只要深深地印进脑子里去，日后总会渐渐理解的；一当遇到待人接物、立身行事的具体问题，那些话语就会突然蹦出来，为你提供认识的参照系。这种背诵功夫，旧称"童子功"，必须从小养成，长大以后再做就很难了。

说到童子功，有一句古语叫"熟读成诵"。说的是，一句一句、一遍一遍地把诗文吞进口腔里，然后再拖着一种腔调大声地背诵出来。拙笨的方法常能带来神奇的效果，渐渐领悟，终身受用。不过，这一关并不好过。到时候，先生端坐在炕上，学生背对着他站在地下，听到一声"起诵"，便左右摇晃着身子，朗声地背诵起来。遇有错讹，先生就用手拍一下桌面，简要地提示两个字，意思是从这里开始重背。背过一遍之后，还要打乱书中的次序，随意挑出几段来背。若是不做到烂熟于心，这种场面是难以应付的。

我很喜欢背诵《诗经》，重章叠句，反复咏唱，朗朗上口，颇富节奏感和音乐感。诵读本身就是一种欣赏，一种享受。可是，也最容易"串笼子"，要做到"倒背如流"，准确无误，就须下笨功夫反复诵读，拼力硬记。好在木版的《诗经》字大，每次背诵三页左右，倒也觉得负担不重，可以照玩不误；后来，增加到五页、八页；特别是因为我淘气，先生为了用课业压住我，竟用订书的细锥子来扎，一次带起多少页来就背诵多少。这可苦了我也，心中暗暗抱怨不置。

我原以为，只有这位"黑先生"（平常称他"刘先生"，赌气以后就改口叫他"黑先生"，但也止于背后去叫）才会这样整治生徒；后来，读了国学大师钱穆的《八十忆双亲》的文章，方知"天下塾师一般黑"。钱先生是这样记述的："翌日上学，日读生字二十，忽增为三十。余幸能强记不忘，又增为四十。如是递增，日读生字至七八十，皆勉强记之。"塾师到底还有办法，增加课业压不住，就以钱穆离座小便为由，"重击手心十掌"。"自是，不敢离座小便，溺裤中尽湿。"

我的手心也挨过打，但不是用手掌，而是板子，榆木制作，不甚厚，一尺多长。听人说，木板经尿液浸过，再用热炕猛烙，便会变得酥碎。我和嘎子哥就趁先生外出，如法炮制，可是，效果并不明显。

二

塾斋的窗前有一棵三丈多高的大树，柔软的枝条上缀满了纷披的叶片，平展展地对生着，到了傍晚，每对叶片都封合起来。六月前后，满树绽出粉红色的鲜花，毛茸茸的，像翩飞的蝶阵，飘动的云霞，映红了半边天宇，把清寂的塾斋装点得浓郁中不乏雅致。深秋以后，叶片便全部脱落，花蒂处结成了黄褐色的荚角。在我的想象中，那一只只荚角就是接引花仙回归梦境的金船，看着它们临风荡漾，心中总是涌动着几分追念，几分怅惘。魔怔叔说，这种树的学名叫做"合欢"，由于开的花像马铃上的红缨，所以，人们又称它为马缨花。

马缨花树上没有挂着马铃，塾斋房檐下却摆动着一串风铃。在马缨花的掩映中，微风拂动，风铃便发出叮叮咚咚的清脆的声响，日日夜夜，伴和着琅琅书声，令人悠然意远。栖迟在落花片片、黄叶纷纷之上的春色、秋光，也就在这种叮叮咚咚声中，迭相变换，去去来来。

先生是一位造诣很深的书法家。他很重视书法教学，从第二年开始，隔上三五天，就安排一次。记得他曾经讲过，学书不仅有实用价值，而且，也是对艺术的欣赏。这两方面不能截然分开，比如，接到一封字体秀美、渊雅的书信，在了解信中内容的同时，也往往为它的优美的书艺所陶醉。

学写楷书，本来应该严格按照摹书与临书的次序进行。就是，先要把"仿影"铺在薄纸下面，一笔一笔地描红，熟练了之后，再进入临帖阶段。由于我们都具备了一定的书写基础，先生就从临帖教起。事先，他给我们写好了两张楷书的范字，记得是这样几句古文："幼怀贞敏，早悟三空之心，长契神情，先苞四忍之性。""江山之外，第见风帆沙鸟、烟云竹树而已。"嘱咐我们，不要忙着动笔，先要用心琢磨，反复审视（他把这称作"读帖"），待到谙熟于心，再比照着范字，在旁边一一去临写。他说，临帖与摹帖不同，摹帖是简单的模仿，临帖是在借鉴的基础上进行自我创作，必须做到眼摹、心悟、手追。练习书法的诀窍在于心悟，读帖是实现心悟的必由之路。

我们在临帖上下过很大功夫。先是"对临"，就是对着字帖临写。对临以形为主，先生强调掌握运笔技巧，注意用笔的起止、转折、顿挫，以及章法、结构。然后实行"背临"，就是脱离字帖，根据自己的记忆和理解去临写。背临以意为主，届时尽力追忆读帖时留下的印象，加上自己的理解与领悟。尔后，他又从书局为我们选购了一些古人的碑帖范本，供我们临摹、欣赏。他说，先一后众，博观约取，学书、学诗、作文都应该这样。

老先生有个说法："只读不作，终身郁塞。"他不同意王筠《教童子法》中的观点，认为王筠讲的儿童不宜很早作文，才高者可从十六岁开始，鲁钝者二十岁也不晚，是"冬烘之言"。老先生说，作文就是表达情意，说话也是在作文，它是先于读的。儿童如果一味地读书、背书，头脑里的古书越积越多，就会食古不化，把思路堵塞得死死的。许多饱学的秀才写不出好文章，和这有直接关系。小孩子也是有思路的，应该及时引导他们通过作文进行表达情意、思索问题的训练。

为此，在"四书"结业后，讲授《诗经》《左传》《庄子》《纲鉴易知录》之前，首先讲授了《古文观止》和《古唐诗合解》，强调要把其中的名篇一一背诵下来，尔后就练习作文和写诗。他很重视对句，说对句最能显示中国诗文的特点，有助于分别平仄声、虚实字，丰富语藏，扩展思路，这是诗文写作的基本功。他找出来明末清初李渔的《笠翁对韵》和康熙年间车万育的《声律启蒙》，反复进行比较，最后确定讲授李氏的笠翁《对韵》。这样，书窗里就不时地传出"天对地，雨对风，大陆对长空……"

的诵读声。

他还给我们讲，对句讲究虚字、实字。按传统说法，名词算实字，一部分动词、形容词也可以算是实字，其余的就算虚字。这种界限往往不是很分明的。一句诗里多用实字，显得凝重，但过多则流于沉闷；多用虚字，显得飘逸，过多则流于浮滑。唐代诗人在这方面处理得最好。

先生还常常从古诗中找出一个成句，让我们给配对。一次，正值外面下雪，他便出了个"急雪舞回风"的下联，让我们对出上联。我面对窗前场景，想了一句"衰桐摇败叶"，先生看了说，也还可以，顺手翻开《杜诗镜铨》，指着《对雪》这首五律让我看，原句是"乱云低薄暮"。先生说，古人作诗，讲究层次，先写黄昏时的乱云浮动，次写回旋的风中飞转的急雪，暗示诗人怀着一腔愁绪，已经独坐斗室，对雪多时了。后来，又这样对过多次。觉得通过对比中的学习，更容易领略诗中三昧和看到自己的差距。

秋初，一个响晴天，先生领我们到草场野游，回来后，让以《巧云》为题，写一篇五百字的短文。我把卷子交上去，就注意观察先生的表情。他细细地看了一遍，摆手让我退下。第二天，正值旧历八月初一，民间有"抢秋膘"的习俗，父亲请先生和魔怔叔吃饭。坐定后，先生便拿出我的作文让他们看，我也凑过去，看到文中画满了圈圈，父亲现出欣慰的神色。

原来，塾师批改作文，都用墨笔勾勒，一般句子每句一圈，较好的每句双圈，更好的全句连圈，特好的圈上套圈。对欠妥的句子，勾掉或者改写，凡文理不通、文不对题的都用墨笔抹去。所以，卷子发还，只要看圈圈多少和有无涂抹，就知道作文成绩如何了。

三

先生年轻时就吸鸦片烟，久吸成瘾，每到烟瘾上来之后，茶饭无心，精神颓靡，甚至涕泗交流，只好躺下来点上烟灯，赶紧吸上几口，才能振作起精神来。后来，鸦片烟也觉得不够劲了，便换上由鸦片里提炼出来的吗啡，吸了两年，又觉得不过瘾了，只好注射吗啡的醋酸基衍生物——海洛因（俗称"白面"），每天一次。先生写得一手漂亮的行草，凡是前来求他写字的，都带上几支"白面"作为贽礼。只要扎上一针，立刻神采飞扬，连着写上十张八张，也没有问题，而且，笔酣墨饱，力透纸背。

由于资金有限，他每次只能买回四支、五支，这样，隔上几天，就得去一次高升镇。"阎王不在，小鬼翻天。"他一出门，我们就可以放胆地闹学了，这真是快活无比的日子。这天，我眼见着先生夹个包袱走出去了，便急急忙忙把我和嘎子哥的书桌摞在一起，然后爬到上面去，算是登上了皇位，让嘎子哥给我叩头请安，山呼万岁。他便跪拜如仪，喊着"谢主隆恩"。我也洋洋自得地一挥手，刚说出"爱卿平身"，就见老先生风风火火地走了进来。这是我绝对没有料到的。原来，他忘记了带钱，走出二里地才忽然想起。往屋一进，正赶上我"大闹天宫"，据说，当时他也只是说了一句："嚯！小日子又起来了。"可是，却吓得我冷汗淋淋，后来，足足病倒了三个多月。

病好了以后，略通医道的魔怔叔说我脸色苍白，还没有恢复元气。嘎子哥听了，便悄悄地带我去"滋补"，要烧小鸡给我吃。他家后院有块韭菜地，几只小鸡正低着头在里面找虫子吃。他从后面走过去，冷不防腾起一脚，小鸡就糊里糊涂地命归了西天。弄到几只以后，拿到一个壕沟里，逐个糊上黄泥，再捡一些干树枝来烧烤。熟了之后摔掉泥巴，外焦里嫩的小烧鸡就成了我们丰盛的美餐。

这类事干了几次，终于被看青的"大个子"叔叔（实际是个矬子）发觉了，告诉了魔怔叔，为此嘎子哥遭到了一通毒打。这样一来，我们便和"大个子"结下了怨仇，决心实行严厉的报复。那天，我们趁老先生上街，两人跑到村外一个烂泥塘边，脱光了衣裳，滚进泥坑里，把脸上、身上连同带去的棍棒通通涂满了黑泥，然后，一头钻进青纱帐，拣"大个子"必经的毛毛道，两个黑孩拎着黝黑的棍棒分左右两边站定。只见他漫不经心地低头走了过来，嘴里还哼着小曲。我们突然大吼一声："站住！拿出买路钱！"竟把他吓得打了个大趔趄。

与这类带有报复性质的恶作剧不同，有时候儿童淘气，纯粹出于顽皮的天性，可以说，没有任何前因后果。住在我家西邻的伯母，平时待我们很好，桃子熟了，常常往我们小手里塞上一两个。我们对她的唯一不满，就是她一天不住嘴，老是"嘞嘞嘞"，一件事叨咕起来没完，怪烦人的。

这天，我发现她家的南瓜蔓爬到了我们这面墙上，上面结了一个小盆大的南瓜，便和嘎子哥一起给它动了"手术"：先在上面切一个四四方方的开口，然后用匙子把里面的瓜瓤掏出来，填充进去一些大粪，再用那个四方块把窟窿堵上。经过我们观察，认为"刀口"已经长好了，便把它翻墙送过伯母那面去。隔上一些天，我们就要找个事由过去望一望，发现它已经长到脸盆一般大了，颜色也由青翠转作深黑，知道过不了多久，伯母就会用它炖鱼吃了。

一天，见到伯母拎了几条河鱼进了院子，随后，又把南瓜摘了下来，搬回屋里。估摸着将要动刀切了，我和嘎子哥立刻赶到现场去看"好戏"。结果，一刀下去，粪汤"哗哗"地流满了灶台，还散发着臭味。伯母一赌气，就把整个南瓜扔到了猪圈里。院里院外骂个不停，从正午一直骂到日头栽西。我们却早已蹦着跳着，"得胜还朝"了。

在外面跑饿了，我和嘎子哥就回到他家菜园子里啃茄子吃。我们不是站在地上，把茄子摘下来一个一个吃掉，而是平身仰卧在垄沟里，一点点地往前移动，用嘴从茄秧下面去咬那最甜最嫩的小茄苞儿。面对着茄秧上那些半截的小茄子，"魔怔"叔和园工竟猜不出这是受了什么灾害。直到半个月以后，我们在那里故伎重演，当场被园工抓住，才揭开了谜底。告到魔怔叔那里，罚我们把半截茄子全部摘下来，然后一个一个吃掉，直弄得我们肠胃胀痛，下巴酸疼，暗中发誓以后再也不干这类"蚀本生意"了。

但是，正如一位心理学家所说，顽童是没有记忆的。没过多久，我们又"作祸"了，而且，情节更为恶劣。那天，我的书包里装了一把炒熟的黄豆，放学后忘记带回家去，第二天发现书包被老鼠咬个大窟窿。这是妈妈花了两天工夫精心缝制的，我心疼得流出了眼泪。嘎子哥说，别哭别哭，看我怎样收拾它们。

他的本事也真大，不知道怎么弄来的，一只大老鼠已经被关进小箱子里。晚上自习结束，他引我到马棚里，就着风灯的亮光，用一块麻布罩住老鼠的脑袋，让我用手掐住，他把事先准备好的半把生黄豆一粒粒塞进老鼠的肛门里，再用针线缝死，然后放出门外。当夜，院子里发生了一场群鼠大战。原来，那个老鼠因腹中黄豆膨胀而感到干渴，就拼命喝水，水喝得越多就越是膨胀，憋得实在忍受不住了，便发疯似的追咬它的同类，结果，当场就有三只老鼠送了命。

四

私塾不放寒假，理由是"心似平原野马，易放难收"。但进了腊月门之后，课业安排相对地宽松一些。因为这段时间没有背诵，晚自习也取消了，我便天天晚上去逛灯会，看高跷。但有时，先生还要拉我们命题作诗，或者临机对句，也是很难应付的。

古制："嘉平封篆后即设灯官，至开篆日止。"意思是，官府衙门到了腊月（嘉平月）二十前后便要封存印信，停止办公，临时设置灯官，由民众中产生，俗称"灯笼太守"，管理民事。到了正月下旬，官府衙门印信启封，灯官即自行解职。乡村结合本地的实际，对这种习俗作了变通处理。灯官的差使尽管能够增加一些收入，但旧时有个说法："当了灯官的要倒霉三年"，因此，一般的都不愿意干。村上只好说服动员那种平时懒惰、生活无着的"二混子"来担任，帮助他们解决一些生计中的困难。

到了旧历除夕，在秧歌队的簇拥下，灯官身着知府戏装，头戴乌纱亮翅，端坐于八抬大轿之中，前有健夫摇旗喝道，两旁有青红皂隶护卫，闹闹嚷嚷地到全村各地巡察。遇有哪家灯笼不明，道路不平，或者随地倒置垃圾，"大老爷"便走出官轿，当众训斥、罚款；街头实在找不着岔子，就要走进院子，故意在冰雪上滑溜一下，然后，就以"闪了老爷的腰"为名罚一笔款。

这笔钱，一般用来支付春节期间各项活动开支，同时给予灯官这类特困户以适当的补助。被罚的对象多为殷实富户，农村所谓"土财主"者，往往都是事先物色好了对象，到时候找个名堂，走走过场。这样，既解决了一些实际困难，又带有鲜明的娱乐性质，颇受民众欢迎。

每当灯官出巡，人们都前呼后拥，几乎是全村出动。这天晚上，刘先生也拄着拐杖出来，随着队伍观看。第二天，就叫我们以此为题，写一篇记叙文和一首即事诗。嘎子哥写了什么，忘记了；我写的散文，名曰《"灯笼太守"记》，诗是一首七绝：

声威赫赫势如狂，查夜巡更太守忙。
毕竟可怜官运短，到头富贵等黄粱！

先生看过文章，在题目旁边写了"清顺可读"四个字；对这首七绝，好像也说了点什么，记不清楚了。散学时，先生把这两篇文字交还给我，让带回家去，给父亲看。

记得还有一次，那天是元宵节，我坐在塾斋里温习功课，忽听外面锣鼓声越来越近，知道是高跷队（俗称"高脚子"）过来了。见老先生已经回到卧室休息，我便悄悄地溜出门外。不料，到底还是把他惊动了。只听得一声喝令："过来！"我只好硬着头皮走进卧室，见他正与魔怔叔共枕一条三尺长的枕头，凑在烟灯底下，面对面地吸着鸦片烟。由于零工不在，唤我来给他们沏茶。我因急于去看高跷，忙中出错，过门时把茶壶嘴撞破了，一时吓得呆若木鸡。先生并未加以斥责，只是说了一句："放下吧。"

这时，外面锣鼓响得更欢，想是已经进了院里。我刚要抽身溜走，却听见先生喊我"对句"。我便规规矩矩地站在地下。他随口说出上联：

歌鼓喧阗，窗外脚高高脚脚；

让我也用眼前情事对出下联。我正愁着找不出恰当的对句，憋得额头渗出了汗津，忽然见到魔怔叔把脑袋往枕头边上挪了挪，便灵机一动，对出了下句：

云烟吐纳，灯前头枕枕头头。

魔怔叔与塾师齐声赞道："对得好，对得好！"且不说当时那种得意劲儿，真是笔墨难以形容，只讲这种临时应答的对句训练，使我后来从事诗词创作获益颇深。

我从六岁到十三岁，像顽猿箍锁、野鸟关笼一般，在私塾里整整度过了八个春秋，情状难以一一缕述。但是，经过数十载的岁月冲蚀、风霜染洗，当时的那种凄清与苦闷，于今已在记忆中消融净尽，沉淀下来的倒是青灯有味、书卷多情了。而两位老师帮我造就的好学不倦与迷恋自然的情结，则久而益坚，弥足珍视。

"少年子弟江湖老。"半个世纪过去了，无论我走到哪里，那繁英满树的马缨花，那屋檐下空灵、清脆的风铃声，仿佛时时飘动在眼前，回响在耳边。马缨—风铃，风铃—马缨，永远守候着我的童心。

（1999年）

"子弟书"下酒

一

这已经是十五年前的往事了。

春节过后，友人佳生先生冒着北风烟雪来到舍下。进屋以后，我一面忙着为他扫掉身上的雪花，一手接过他递过来的用厚纸包裹的东西。他笑着说："盘飧市远无兼味，行李家贫只旧书。——这么一点意思。不过，这件东西可能还是你最喜欢的。"

什么是我"最喜欢的"呢？当然只有书籍了。打开一看，果然不错。这是一部由北京市民族古籍整理出版规划小组辑校的《清蒙古车王府藏子弟书》，上下两册，装帧精美，收录"子弟书"近三百种，达一百万字。

"知我者，张子也！"我高兴得叫了起来。

我告诉他，这里面的许多段子，小时候我都听过。摊开"子弟书"的册页，立刻就忆起了我的童年，我的父亲。"书卷多情似故人"这句诗，过去虽然也常说，但是，现在才倍感真切。

我的家乡，离满族聚居区北镇县城（从前叫广宁府）比较近，都在医巫闾山脚下。这一带，盛行着吟唱"子弟书"的风习，我父亲就是其中的痴迷者。童年时在家里，我除去听惯了关关鸟语、唧唧虫吟等大自然的天籁，经常萦回于耳际的就是父亲咏唱《黛玉悲秋》《忆真妃》《白帝城》《周西坡》等"子弟书"段的苍凉、激越的悲吟。

客居旅舍甚萧条，

采取奇书手自抄。

偶然得出书中趣，

便把那旧曲翻新不惮劳。

也无非借此消愁堪解闷，

却不敢多才自奥比人高。

渔村山左疏狂客，

子弟书编破寂寥。

这段《天台传》的开篇，至今我还能背诵出来。

原来，清代雍、乾之际，边塞战事频仍，远戍边关的八旗子弟不安于军旅的寂寞，遂将思家忆旧的悲怨情怀——形之于书曲，辗转传抄，咏唱不绝。当时，称之为"边关小调"或"八旗子弟书"。迨至嘉庆、道光年间，尤为盛行。满族聚居地的顺天、奉天一带的众多八旗子弟，以写作与吟唱"子弟书"段为时髦，有的还组成了一些专门的诗社。

"子弟书"文词典雅，音调沉郁、悠缓，唱腔有东城调和西城调之分。东城调悲歌慷慨，清越激扬，适合于表现沉雄、悲壮的情怀；西城调缠绵悱恻，哀婉低回，多用于叙说离合悲欢的爱情故事。总的听起来都是苍凉、悲慨的。因此，常常是唱着唱着，父亲就声音呜咽了，之后便闷在那里抽烟，一袋接着一袋，半晌也不再说话了。这种情怀对于幼年时代的我，也有很深的感染。每逢这种场合，我便也跟着沉默起来，或者推开家里的后门，望着萧凉的远山和苍茫的原野，久久地出神。

二

父亲少年时读过三年私塾。按当时的家境，原是可以继续深造下去的。岂料，人有旦夕祸福，在他十岁那年，我的祖父患了严重的胃出血症，多方救治，不见转机，两年后病故了，年仅三十七岁。家里的二十几亩薄田，在延医求药和处理丧事过程中，先后卖出了一多半。孤儿寡母，再也撑持不起这个家业了，哪管是办一点点小事都要花钱找人，典当财物，直到最后把村里人称做"地眼"的两亩园田也典当出去了。生活无着，祖母去了北镇城里的浆洗坊，父亲流浪到河西，给大财主"何百万"家做佣工，开始当僮仆，后来又下庄稼地当了几年长工。

听父亲讲，这个大户人家是旗人，祖居奉天，后来迁到此地。大少爷游手好闲，偏爱鼓曲，结交了一伙喜爱"子弟书"和"东北大鼓"的朋友。一进腊月门，农村收仓猫冬，便让长工赶着马车去锦州接"说书先生"（这一带称艺人为"先生"），弹唱起来，往往彻夜连宵。遇有红白喜事，盖新房，小孩办满月，老人祝寿诞，都要请来"说书先生"唱上三天两宿。招待的饭菜一律是高粱米干饭，酸菜炖猪肉、血肠。所以，艺人们有一套俏皮嗑儿："有心要改行，舍不得白肉和血肠；有心要不干，舍不得肉汤泡干饭。"何家藏有大量的"子弟书"唱本，都是由沈阳"文盛堂"和安东"诚文信书局"印行的。父亲从小服侍大少爷，在端茶送水过程中，经常有机会接触这种艺术形式，培养了终生的爱好。

成家立业、自顶门户以后，父亲也还是在紧张的劳动之余，找来一些"子弟书"看。到街上办事，宁可少吃一顿饭，饿着肚子，也要省出一点钱来，买回几册薄薄的只有十页、二十页的唱本。冬天闲暇时间比较多，他总是捧着唱本，唱了一遍又一遍。长夜无眠，他有时半夜起来，就着昏暗的小油灯，压低了音调，吟唱个不停。有些书段听得次数多了，渐渐地，我的母亲、我的姐姐、我，也都能背诵如流了。这对我日后喜爱诗词、练习诗词写作起到了熏陶、促进作用；甚至，对于我的父亲以及我小时候情绪的感染、性格的塑造都有一定的影响。

当然，这种影响毕竟是有限度的。那个时候的乡下，本质上还是一个日常生活、日常观念的世界。人们有限的精力和体力，几乎全部投入于带有自然色彩的自在的生活、生产之中，而非日常所必需的社会活动领域和自觉的精神生产领域尚未得以建构，或者说尚未真正形成。尽管我父亲算是一种例外，他的酷爱曲艺，喜欢文学作品，并不止于单纯消遣的层面；但是，也还谈不上进入自觉的非日常生活主体的创造性审美意境。而就绝大多数的读者、听众来说，这类通俗的曲艺作品，不过是作为一种日常生活的添加剂，发挥着解除体力劳动的疲倦，消磨千篇一律的无聊光阴的功能。这样，在这些曲艺作品走向千家万户的同时，也就失落其固有的内在审美本质，变成了一种同纸牌、马戏差不多的纯粹的日常消遣品。

父亲喜爱"子弟书"，可说是终生不渝，甚至是老而弥笃。在我外出学习、工作之后，每当寒暑假或节日回家之前，父亲都要写信告诉我，吃的用的，家里都不缺，什么也不要往回带。但在信尾往往总要附加一句：如果见到新的"子弟书"唱本出版，无论如何也要买到手，带回来。遗憾的是，上世纪五六十年代，这种书出得很少。为了使他不致空盼一场，我只好到市图书馆去借阅，那里有我一个老同学，我所有的借书都记在他的名下。1969 年春节前夕，我回家探亲，父亲卧病在床许多天了，每天进食很少，闭着眼睛不愿说话。但是，当听我说到带回来一本《子弟书抄》时，立刻，强打起精神，靠着枕头坐了起来，戴上了老花镜，一页一页地翻看着，脸上时时现出欣悦的神色。当翻阅到《书目集锦》这个小段时，还轻声地念了起来：

> 有一个《风流词客》离开了《高老庄》，
> 一心要到《游武庙》里去《降香》。
> 转过了《长坂坡》来至《蜈蚣岭》，
> 《翠屏山》一过就到了《望乡》。
> 前面是《淤泥河》的《桃花岸》，
> 老渔翁在《宁武关》前独钓《寒江》。

那《拿螃蟹》的人儿《渔家乐》，

《武陵源》里面《蓼花香》。

《新凤仪亭》紧对着《旧院池馆》，

《花木兰》《两宴大观园》。

《红梅阁》《巧使连环计》，

《颜如玉》《品茶栊翠庵》。

《柳敬亭》说，人生痴梦耳，

《长随叹》说，那是《蝴蝶梦》《黄粱》。

……

"很有意思，很有意思。"父亲连声地称赞着。但是，身体已经过于虚弱，实在是支撑不住了，慢慢地把书本放了下来。

三

听母亲讲，父亲年轻时，热心、好胜，爱打"抱不平"、管闲事；看重名誉，讲究"面子"；喜欢追根、辩理，愿意出头露面，勇于为人排难解纷。村中凡有红白喜事，或者邻里失和、分家析产之事，都要请他出面调停，帮助料理。由于能说会道，人们给他送了个"铁嘴子"的绰号。

后来，年华老大，几个亲人相继弃世，自己也半生潦倒，一变而为心境苍凉，情怀颓靡，颇有看破红尘之感。他到闾山去进香，总愿意同那里的和尚、道士倾谈，平素也喜欢看一些佛禅、庄老的书，还研读过《渊海子平》《柳庄相法》，迷信五行、八卦。由关注外间世务变为注重内省，由热心人事转向寄情书卷，寻求精神上的寄托。但所读诗书多是苍凉、失意之作。记得，那时他除了经常吟唱一些悲凉、凄婉的"子弟书"段，还喜欢诵读晚年的陆游、赵翼的诗句："时平壮士无功老，乡远征人有梦归"，

"众中论事归多悔，醉后题诗醒已忘"，"绝顶楼台人散后，满堂袍笏戏阑时"，等等。在我的姐姐、两个哥哥和祖母相继病逝之后，他自己也写过"晚岁常嗟欢娱少，衰门忍见死丧多"的诗句。

我家祖籍河北省大名府。他每次回老家，路过邯郸，都要到黄粱梦村的吕翁祠去转一转。听他说，康熙年间有个书生名叫陈潢，有才无运，半生潦倒，这天来到吕翁祠，带着满腔牢骚，半开玩笑地写了一首七绝：

> 四十年来公与侯，虽然是梦也风流。
> 我今落拓邯郸道，要向仙人借枕头。

后来，这首诗被河督靳辅看到了，很欣赏他的才气，便请他出来参赞河务。陈生和卢生有类似的经历，只是命运更惨，最后因事入狱，一病不起。说到这里，父亲读了一首自己唱和陈潢的诗：

> 不羡王公不羡侯，耕田凿井自风流。
> 昂头信步邯郸道，耻向仙人借枕头。

吟罢，他又补充一句："还是阮籍说的实在，'布衣可终身，宠禄岂足赖'呀！"

从前，父亲是滴酒不沾的。中年以后，由于心境不佳，就常常借酒浇愁，但是，酒量很小，喝得不多就脸红、头晕。酒菜简单得很，一小碟黄豆，两块咸茄子，或者半块豆腐，就可以下酒了。往往是一边品着烧酒，一边低吟着"子弟书"段，魔怔叔见了，调侃地说："古人有'汉书下酒'的说法，你这是'子弟书'下酒。"父亲听了，"呵呵呵"地笑了起来。

在我入私塾读书期间，每次请塾师刘璧亭先生和"魔怔叔"吃饭，父亲都要陪上几杯，有时甚至颓然醉倒。私塾开办的最后一年的中秋节，他们老哥仨又坐在一起了。因为是带有一点饯别的性质，每人都很激动，说了许多，也喝了许多。喝着喝着，便划起拳来，行着酒令，什么"一更月在东，两颗亮星星，三人齐饮酒，四杯、五杯空，六颊一齐红，……"，每人从一说到十，说错了就要罚一杯酒。后来，又改成"拆合字谜"。一直闹腾到深夜。

这次聚会给人留下了很深的印象，多少年以后，父亲还同我谈起过。他的记性特别好，仍然清楚地记得每人即兴说出的字谜和酒令。当时，按年齿顺序，刘老先生第一个说：

> 轰字三个车，两丁两口合成哥。
> 车、车、车，今宵醉倒老哥哥。

接着，是我父亲说：

> 矗字三个直，日到寺边便成时（指繁体字）。
> 直、直、直，人生快意把杯时。

最后，"魔怔叔"张口就来：

> 品字三个口，水放酉旁就成酒。
> 口、口、口，劝君更尽一杯酒。

父亲还记得，这天晚上，他唱了"子弟书"段《醉打山门》。说到这里，他就随口轻吟起来：

这一日独坐禅房豪情忽动，
不由得仰天搔首说"闷死洒家"。
俺何不踱出山门凌空一望，
消俺这胸中浩气眼底烟霞。
……

（2000年）

成功的失败者

张学良将军晚年说过:"人呀,失败成功不知道,了不起的人一样会有失败。我的一生是失败的。"应该说,他的政治生涯是不同凡响的。尽管为时很短,满打满算也不过十七八年,但却成就了惊天动地的伟业,被誉为千古功臣、民族英雄。古人说:"偶然一曲亦千秋。"就此,我们可以说,他的人生是成功的。当然,如果从他的际遇的蹉跌、命运的残酷,他的宏伟抱负未能得偿于什一来说,又不能不承认,他是一个成功的失败者。

他的人生道路曲折、复杂,生命历程充满了戏剧性、偶然性,带有鲜明的传奇色彩;他的身上充满了难于索解的谜团与悖论,存在着太大的因变参数,甚至蕴涵着某种精神密码;他的一生始终被尊荣与耻辱、得意和失意、成功与失败纠缠着,红黑兼呈,大起大落,一会儿"鹰击长空",一会儿"鱼翔浅底"。1930年9月18日,他一纸和平通电,平息了中原大战,迎来了人生第一个辉煌;然而时过一年,同是在"九一八"这一天,面对日本关东军的侵略罪行,他束手退让,背上了"不抵抗将军"的恶名。辉煌之时,拥重权,据高位,一人之下,万人之上,举国膺扬;落魄时节,蒙羞辱,遭痛骂,背负着"民族罪人"的十字架,为世人所不齿。

他的一生始终都与"矛盾"二字交织在一起,可说充满了悖论:他自认是和平主义者,有志于悬壶济世、治病救人;但是,命运却偏偏扳了个道岔,厌恶打仗的人竟当上了领兵上将。挥师临阵,在战场上杀人;有时还滥杀无辜,以达成其政治需要。他对吸食鸦片原本是深恶痛绝的,主政之后即发布《禁止军人吸食鸦片》令;孰料,时隔不久,他本人就因忧患缠身，寻求慰藉，以致吸毒成瘾，形销骨立，几于不治。他是一个"爱国狂"，对国家的统一梦寐以求；可是同时，又追求东三省的利益最大化，为保住东北军这个命根子，不惜牺牲整体利益。他访问过日本，结交了一些日本朋友，与法西斯分子本庄繁私交不错；游历过欧洲，对墨索里尼、希特勒推崇备至；可是，却怒斥军国主义，坚决拒绝受日本人操纵，直到多次请缨，最后兵谏逼蒋，誓死要为反法西斯战争献身。他一生憧憬自由，放浪不羁，不愿受丝毫束缚；却身陷囹圄，失去人身自由长达半个多世纪。而绝意拘禁他、发誓"决不放虎"的独裁者，恰恰是他多年矢志效忠、有大恩大德于彼的金兰结拜的"把兄"。他热爱祖国，眷恋乡土，想望着落叶归根；却始终未能还乡一望，晚年竟定居海外，埋骨他乡。

"本来是要驰向草原，没曾想却闯入了马厩。"这种动机与效果恰相悖反的现象，在很大程度上，源于人性的复杂和机缘的有限。生活在现实中的各色人等，伟人也好，常人也好，都不可能一切随心所欲，为所欲为。实际上，世间任何人的愿望、追求，都不能不受制于他人，都无法完全摆脱环境的影响。在终极的意义上，或者从总体上说，个人的命运是由环境决定的，其中社会环境的作用尤其不容忽视。对张学良来说，具有决定意义的社会环境，或者说，影响他整个一生的客观对象，有四个方面：一为他的父亲"东北王"张作霖；一为他的顶头上司蒋介石；一为他的死对头日本侵略者；最后还有"化敌为友"的共产党与红军。荣辱、成败集于此，功过、是非亦集于此。

当然，外因是由内因所决定的。一切看似神秘莫测的事物，其实，它的背后总是有规律可循的。即以人的命运、人的种种作为来说，那个所谓的"冥冥之中背后看不见的手"，恰恰应该、也能够从自身上寻找。张学良的性格特征极其鲜明，属于情绪型、外向型、独立型。正直、善良，果敢、豁达、率真、粗犷，人情味浓，重然诺，讲信义，勇于任事，敢作敢为。在他的身上，始终有一种磅礴、喷涌的豪气在。那种无遮拦、无保留、"玻璃人"般的坦诚，有时像个小孩子。而另一面，则不免粗狂，孟浪，轻信，天真，思维简单，容易冲动，而且，我行我素，不计后果。

张学良不同凡响的个性，是在其特殊的家庭环境、文化背景、人生阅历诸多因素的交融互汇、激荡冲突、揉搓塑抹中形成的。

他出生于一个富于传奇色彩的军阀家庭。父亲张作霖由一个落草剪径的"胡子头"，像变魔术一般迅速扩充实力，招兵买马，最后成为名副其实的"东北王"。从青少年时期开始，张学良就把父亲奉为心中的偶像，看做是绿林豪杰、英雄好汉。他从乃父那里，不仅接过了权势、地位、财富和名誉，承袭了优越、舒适的生活环境，还有自尊自信、独断专行、争强赌胜、勇于冒险的气质与性格。而活跃在他的周围、与他耳鬓厮磨的其他一些领兵头目，除了郭松龄等少数进步人士，也多是一些说干就干、目无王法、"指天誓日"、浑身充满匪气的"草莽之徒"。

文化背景对于一个人性格的形成，也是至关重要的。它主要表现为一定文化环境影响下的价值观念、道德规范、思维方式与行为模式。瑞士心理学家荣格有一句十分警辟的话：一切文化都会沉淀为人格。从六岁起，张学良就被送进家塾，系统学习儒家经典，先后就教于东北地区享有盛誉的崔明耀、金梁、白永贞等硕学宿儒。中国古代博大精深的传统文化，包括"孝悌忠信"、"三纲五常"等封建伦理道德，自小就深深地印在他的脑海里，对他的文化人格的塑造影响深远。当年郭松龄起兵反奉，曾以拥戴少帅为号召，敦请他"取老师而代之"，重整东北政局，而他的回答则是："良对于朋友之义尚不能背，安肯见利忘义，背叛予父！""良虽万死，不敢承命，致成千秋忤逆之名。"说明封建伦理观念在他的头脑中还是十分牢固的。

当他进入青年时代，资产阶级民主革命正在蓬勃兴起，中西文化、新旧思潮激烈冲击、碰撞，因而，他在接受传统教育的同时，又被西方文化投射进来的耀眼光芒所吸引。先是师从奉天督军署一位科长学习英语，并参加基督教青年会活动，后又结识了郭松龄、阎宝航、王卓然等新派人物，还有几位外籍朋友，逐渐地对西方文化发生了浓厚兴趣。随着视野的开阔、阅历的增长，他性格中的另一面，热情开朗、爱好广泛、诚于交友、豪放旷达开始形成；社交能力增强，对新生事物充满了好奇心。

人生阅历对于性格的形成也至关重要。由于父亲的荫庇，他年未弱冠，即出掌军旅，由少校、上校而少将、中将、上将，直到继承父业当上了东北最高首脑，最后出任全国陆海空军副总司令，成为一人之下、万人之上，名副其实的副统帅。一路上，春风得意，高步入云，权力与威望与日俱增。因此，在他的身上少了必要的磨练与颠折，而多了些张狂与傲悍。他未曾亲历父辈创业阶段披荆斩棘、筚路蓝缕的艰难困苦，不知世路崎岖，人生多故；不像其他那些起身民间，饱经战乱，通过自我奋斗而层级递进的军阀那样，老谋深算，渊深莫测，善于收敛自己的意志和欲望去适应现实，屈从权势。他少年得志，涉世未深，缺乏老成练达、纵横捭阖的适应能力；加上深受西方习尚的濡染，看待事物比较简单，经常表现出欧美式的个人英雄主义和热情豪放、浪漫轻狂的骑士风度；又兼从他父亲那里，只是继承下来江湖习气、雄豪气概，而抛弃了那种狡黠奸诈，厚颜无耻，反复无常，少了些匪气，而多了些稚气。从做人方面讲，无疑获得了助益；但要适应当时危机四伏、诡谲莫测的政治环境，就力难胜任了。

张学良的思想观念十分驳杂，而且随着客观环境的变化，经常处于此消彼长、翻腾动荡之中。在他身上，既有忠君孝亲、维护正统、看重名节的儒家文化传统的影响；又有拿得起放得下、旷怀达观、脱略世事、淡泊名利、看破人生的老庄、佛禅思想的影子；既有流行于民间和传统戏曲中的绿林豪侠精神，"滴水之恩，涌泉相报"，"宁可人负我，决不我负人"，侠肝义胆，"哥们义气"；又有个人本位、崇力尚争、个性解放、蔑视权威的现代西方文化特征。这种中西交汇、古今杂糅、亦新亦旧、半洋半土的思想文化结构，使他经常处于依违两难、变幻无常之间，带来了文化人格上的分裂，让矛盾与悖论伴随着整个一生。

他的夫人赵一荻说得更是生动形象："汉卿是三教九流，背着基督进孔庙。"其实，儒家传统、庄禅思想、西方观念也好，三民主义、社会主义也好，还有什么法西斯主义、国家主义，他都没有进行过精深、系统的研究。至于被幽禁后，红尘了悟，云淡风轻，先是信奉佛教，后来又皈依基督教，说是精神上的寄托未为不可；至于哲学上的信仰恐怕还谈不到。

当然，再复杂的事物也必有其本质特征，表现为事物的规定性。同样，张学良的思想观念无论怎样驳杂，其本质特征是鲜明而坚定的，那就是深沉博大的爱国主义精神。作为思想上的主旋律，他终其一生，坚守不渝，并且有所升华。从东北易帜到西安兵谏，无一不源于民族大义，系乎国运安危。尤其是捉蒋、放蒋一举，体现得至为充分。他说，把蒋介石扣留在西安，"是为了争取停止内战，一致抗日，假如我们拖延不决，不把他尽快送回南京，中国将出现比今天更大的内乱，那我张学良真就成了万世不赦的罪人。如果是这样，我一定要自杀，以谢国人"。赵一荻也说："他爱的不是哪一党、哪一派，他所爱的就是国家和同胞，因而，任何对国家有益的事，他都心甘情愿地牺牲自己去做。"

海外著名史学家唐德刚先生是这样评论的：

> 如果没有西安事变，张学良什么也不是。蒋介石把他一关，关出了个中国的哈姆雷特。爱国的人很多，多少人还牺牲了生命，但张学良成了爱国的代表，名垂千古……张学良政治生涯中最后一记杀手锏的西安事变，简直扭转了中国历史，也改写了世界历史。只此一项，已足千古，其他各项就不必多提了。

（2009年）

西厢里的房客

小时候，我家院子里有座西厢房，靠南面那间一年四季总是空闲着。那年春节过后，我从外祖父家串亲回来，一进院，瞥见一个陌生的男人，挑着满满的两桶水，走进了这间空房子。妈妈告诉我，这是靳叔叔，刚从很远很远的山东老家搬迁过来。

靳叔叔大约四十来岁，个头不高，黑黑脸膛上长着半圈黄胡子，说起话来眼睛眨个不停，看上去觉得有些滑稽。有什么事要告诉他，必须大声叫喊，原来他是个聋子。

出于好奇心的驱使，我总想接近他，和他唠上几句嗑儿，——多么聋我也不怕，我能够喊叫，我的嗓门尖、喉咙响。怎奈他是一个大忙人，一天到晚没有闲的时候，撂下耙子就是扫帚，院里院外收拾得干干净净。他平素没有多少话语，闷怵怵的，人缘却很好。左邻右舍的婶子大娘们，看他"光杆子"一个，日子过得怪清苦的，便试探着给他提媒，要把邻村一个智力有些缺陷的女人介绍给他。

"我是一个伤残人，"他说，"家里又穷得叮当响，耗子溜进门来都要掉下几滴眼泪。只要人家不嫌弃，我没有任何挑剔。"这样，没过上半个月，这门婚事就做成了。于是，西厢房里便又添了一个长头发的女人。

新娘比新郎年轻，手大、脚大、脸盘大，个头也比他高，外表上看，眉眼倒也顺顺当当；整天笑嘻嘻地，好像心里没有半点愁事。我们便称她为"笑婶"。"笑婶"特别喜欢戴花，无论是真花假花，山花野花，见着了就往头上插，十朵二十朵，叠叠层层，满头花枝摇曳，然后，就对着镜子前后左右地照。却不懂得坐下来唠唠家常嗑儿，和丈夫说句体己话。

　　随着新人的到来，一向寂无声响的西厢房里，突然变得不宁静了，有时候是"笑婶"的笑语喧哗，有时候又是聋子叔叔的吵吵嚷嚷。听嫂嫂她们讲，办喜事那天，深更半夜里，聋子新郎一遍又一遍地催促着新娘脱衣服，而新娘却只是"呵呵呵"笑着，硬是不动弹。她越是在那里傻笑，新郎便越是恼火，最后，竟至蛮声蛮气地大吼起来："你要脱裤啊！你怎么就不脱裤呢？……哎呀呀，真是不懂事。"自此，"脱裤啊，脱裤啊"，成了村里的一个笑料。

　　这个"笑婶"确是有些"缺心眼"。眼见得天气一天天地冷起来了，她还穿着一件花布单衫跑出跑进，脚上却穿着一双大棉鞋。妈妈看她不会做针线活，便将一件年轻时穿过的带大襟的旧棉袄送给她。不料，她却将前后两面颠倒过来穿反了，结果，费了很大劲也系不上纽扣，逗得人们在一旁窃笑。有时，在大门外，还会围上一群孩子、大人，抓住"笑婶"的一些话柄来耍笑她。

　　每逢见到这种情景，妈妈都要喊我回家，不但不让我跟着掺和，连看热闹都不许。她很看重这类问题，总是严辞厉色地告诫说，这样地取笑别人，是很不道德的，——痴茶呆傻没有罪过。妈妈没有上过学，说不出来"尊重别人也就是尊重自己"和"己所不欲，勿施于人"那番书本上的大道理，却从实际出发，悟出一条颇有些辩证色彩的"理论"：太阳爷不在一家头顶上红，三十年风水轮流转。上辈子聪明伶俐的，下辈人难免痴茶呆傻，现在你们笑人家，将来人家笑你们。

　　与"笑婶"整天嘻嘻哈哈形成鲜明的对比，靳叔叔却总是显得心事重重，终日里愁肠百结，紧皱着眉头。俗话说，人不可貌相，海水不可斗量。逐渐地村里人发现，这是一个很有本事的汉子。村里有不少打鱼摸虾的，却没听说过谁能捉鳖，靳叔叔倒是一个捉鳖的能手。一到闷寂了，他就拎着一根棍子，带上一个网兜，光着脚板，在沙岗子下面的池沼边上来回转悠，目不转睛地盯着水面。我好奇地跟着去看，他也并不往回拦我，只是做个手掌捂住嘴巴的姿势，我懂得，那是示意不要说话。

我便悄悄地跟在他的后面，照他那样定睛地看，也没有发现任何变化，他却从小小的水泡上察觉到了老鳖的踪迹。尔后，弯身捡起一块拳头大小的石头，轻轻地往水里一投，那个刚要露头的家伙便赶忙缩紧脑袋，沉下水底，并且猛劲地往沙子里钻，再就一动不动了——这些都是事后听靳叔叔说的。

这时，只见他不慌不忙，挽起裤脚，慢慢地走进水里，站在冒水泡的地方，一面用脚丫子往复地踩着，一面拿木棍试探，当察觉到下面有东西了，便弯下腰杆去摸，总是手到擒来，有时，竟能接连抓出两个老鳖，统统放进网兜里。然后，他又回到水边沙滩上来回转游了。一天过去，总能带回家去十斤八斤，第二天，一起送到集镇上的中药铺去。

到了秋天，靳叔叔凑了一笔钱，从集市上买回来一张张网片，然后连缀起来，分别固定在一些细竹竿上。我猜想，他肯定又要有新的动作了，便定定地跟在他的身后，等着瞧热闹。他说，时间还早，需要再等些天。一天，气候突然降温了，夜里下了很厚的清霜，早晨有些寒凉。我听见他在窗子外面喊了一句："抓鹰去！"便赶忙穿好衣服，步出屋外，见他扛着缝在竹竿上的几片立网，手里还提着一只冠子血红、"扑棱扑棱"乍翅的公鸡，出门一直向东，直奔村外的一片林莽走去。

我们来到一块林间的隙地，把竹竿立网架设起来，看去宛如四面围墙。在网墙的里边，插了一个木橛，把公鸡拴在上面。然后，他就拉我走开，躲在远远的地方悄悄地抽着老旱烟。大约靳叔叔抽过了两锅旱烟吧，就见一只老鹰从半空中盘旋而下，几次试探着要把公鸡叼走，却由于有绳子扯着，没有达到目的，它就左冲右突，飞上飞下，终于触到了立网上，滑子一动，立网齐刷刷地扑倒在地，老鹰被严严实实地罩了起来。

"这是一只黄鹰，你看它的个头多么大！"说着，靳叔叔便从网里把它取出，用绳子紧紧地勒住了双翅，叫我把它拴在远处的树丛里。他看了看大公鸡，说，受了伤，不碍事，咱们趁便再抓一个。于是，便又把立网架了起来。

回到拴鹰的场所，我发现它有两根毛羽折断了（也许是猛劲勒断的），心痛地说，毛羽一断，明天到集上就不容易出手了。不料，靳叔叔却呲着牙狞笑着："明天！我还能让它活到明天？"话音刚落，他一抬腿，就把黄鹰踢个翻白，再也不动弹了。一时我竟惊呆了，见他没有好气，也没敢问个究竟。沉闷了好一会儿，他才又说了一句："看来老鹰也知道，落在我手里没个好。"这话是一语双关的，因为后一次架网战果不佳，足足守候了两个时辰，也未见老鹰的踪影，我们只好怅然返回。

转眼间，又到了"猫冬"时节。一天傍晚，不知他从哪里弄来了一些炒熟的驴肉，还有一瓶烧酒，硬拉上我父亲到他的屋里小酌，——这里面自然带有酬谢房东的意思。母亲看他家没做晚饭，就让我给送过去一大盘菜饺子。靳叔叔便拉我也坐了下米。这大晚上，显然他是喝过量了，平素寡言少语的他，此刻却说起来没完，说着说着，竟落下了眼泪。我们这才了解到有关他的身世，听到了一桩发生在三年前的惨痛的往事——

他们家祖居山东临沂县，已经不知道多少代了。到了父亲这一辈，遇到了从城里搬来的"土霸王"赫连福。此人心黑手狠，欺男霸女，无恶不作。靳叔叔形容他是"三角眼，吊梢眉，眼睛一眨巴一个坏点子"。一只鹰，一条狗，加上这个赫连福，被称为"村中三害"。狗是两条腿的，指他的狗腿子，是个有名的打手。鹰，据说是从俄罗斯买进来的，勾勾着嘴，圆瞪着眼，翅膀一张三尺挂零，整天怒气冲冲的，凶神恶煞一般。

鹰是赫连福的爱物，整天不离身旁，走到哪里带到哪里，以致老太太们早晨揭鸡窝时，总要唠叨两句："小鸡小鸡细留神，小心碰上赫家人。"这当然无济于事，年复一年，被这只老鹰叼走的鸡，毛血淋漓，无计其数。眼看着自己精心喂养的大母鸡被老鹰叼走，老太太们心疼得都要流出血来，却只能忍气吞声。如果有谁敢于说出半个"不"字，狗腿子便会立刻闯进门来，敲锅砸灶，闹得倾家荡产。

靳叔叔的父亲从年轻时就在赫家当长工，已经在这座黑漆大门里熬过四十个春秋了。这年秋后，他起了一个大早，赶着牛车去拉秫秸，路上坡坎很多，不慎翻了车，右腿被砸伤了。伙伴们把他背回家去，刚刚躺下，赫连福就打发人叫他过去，一照面，便恶狠狠地吼着："真是个窝囊废！你跌伤了，倒没有啥；这大忙季节叫我到哪里去雇人？"老人越听越觉得不是滋味，气得"回敬"了一句："怎能说坏了腿还没有啥呢？"赫连福冷笑一声，说："有啥没啥，与我没关系，找你来是让你收拾收拾，赶紧回家歇着去。"就这样，苦奔苦曳了四十年的老长工，一句话就辞退了。

老人家回到家里，没吃又没烧，三天两头揭不开锅。这天早晨喝了一碗高粱面糊糊，就一瘸一拐地下地去拾柴禾。也是"冤家路窄"，合该出事，刚走出大门口，就和"村中三害"碰上了头。——赫连福摇摇晃晃地从东面走了过来，一只胳膊上挎着文明棍，另一只手臂上架着那只外国的老鹰，身后紧跟着那个打手。见到场院里有几只鸡正在低头啄食，赫连福便止住脚步，把鹰撒开。只听"嗖"的一声，那老鹰便闯入了鸡群，对着那只肥大的母鸡开始搏击。靳爷爷一见被捉的正是自家那只下蛋最多的母鸡，一时怒从心上起，恨自胆中生，照着老鹰就是一耙子。

靳叔叔说，当时老人想的是：撕了龙袍也是死，打了太子也是死，反正是一码事。一不做二不休，干脆搂死这个鬼东西，也算给村中除去一害。说来也巧，耙子一抢出去，不偏不倚，正好打穿了老鹰的天灵盖，翅膀一扑棱就玩完了。

这可闯下了弥天大祸。老人被赫连福和打手劈头盖脸地揍了一顿，最后又被带回去关押起来。靳叔叔当时在外村扛活，听说家里出了事，连夜赶了回来，托人说情，争取和解。赫连福对来人说，若要放人回去，必须应下三个条件：第一件，这只鹰是神物，要为它举行隆重葬礼，出殡那天，他们父子二人要给它披麻戴孝；第二件，要像对待他家的老太爷一样，葬在坟茔地里；第三件，犯案的本人干不动活了，要由他的儿子献工三年，赔偿损失。

靳叔叔一听，立刻就火冒三丈，觉得实在是欺人太甚；但一想到遭受苦刑的老父亲，也便忍着怒气答应下来。可是，当去接父亲回家时，老人却死活不肯挪动地方，说是干脆死在他赫家就算了，也省得受这份窝囊气。结果，伤势本来就重，已经奄奄一息，加上又气又恼，第三天就一命呜呼了。靳叔叔急火攻心，两耳嗡嗡作响，当时便什么也听不见了。草草地埋葬了父亲，趁着夜静更深，索性一跑了之，隐姓埋名，下了关东。

这时候，我才知道，他原本姓葛，靳是母家的姓氏。

后来，临沂解放了，他便捆起了行李卷，只身回去了。过了几天，"笑婶"也不知去向。我家的西厢房重新空了下来，依旧寂然无声。

（2000年）

沙山趣话

小时候，我们村子前面有一座沙山。远远望去，威威赫赫地横在那里，几丈高，几百米长，挂天挂地的，遮云蔽日。上面长满了林木，杨柳榆槐，还有人们叫不出名字的珍稀树种，亲亲密密、热热闹闹地挤在一起，枝杈都交结在一块了。密密丛丛的深绿色叶片，在阳光下闪耀着夺目的光彩。

说来也令人纳闷，这里本是一片平原沃野，附近既没有沙漠，又没有河套，它是怎么形成的呢？沙山上又是从什么时候，开始长出这么多的大树呢？我问父亲，父亲统统不知道。这使我对他这个号称"天下知"的角色，减少了几分崇拜，几分信仰。

于是，我就自己钻到树林中去"格物"。你看那树，粗的要两人合抱，细的也赛过水桶口。整日里，没拘没管，适情任性，眼看就要顶天了，可它还是不停地往上长。它们倒活得挺自在，愿往高里长就往高里长，愿往斜里伸就往斜里伸，不想往高长、又不想往斜里伸，就自己往粗里憋，最后憋成个矮胖子，也没有人嫌它丑。

听人说，沙山上的树，根须扎得特别深，为的是能够接上水分。也正因为这样，年年刮大风，大风掀开了茅屋顶，吹动了场院里的石碌子，都说"树大招风"，可是，高高的沙岗上，却从来没有一棵大树被刮倒过。经过多年的水冲风蚀，有的树根裸露在沙土外面，弯七扭八的，像老爷爷手上的青筋。裸露在外面也不影响生长，树干照样钻天插云，枝叶照样遮荫蔽日，生命力真是够旺盛的了。

春天来了，杨花、柳絮、榆钱，纷纷扬扬，随风飘洒，织成一片烟雾迷离的空濛世界。清晨起来一看，家家的院里院外，都是一片洁白，恍如霜花盖地，雪压前庭。父亲早早起来，手把着长长的竹扫帚，从院里扫到院外，"刷刷刷，沙沙沙"，现在回忆起来，还仿佛在耳边回响。

再旺盛的树上也有枯枝。严冬季节，庄户人脚上绑着皮靰鞡，手里拿一条拴着铁坠儿的长麻绳，踏着厚厚的积雪，攀上了沙岗子，见到枯枝，就把带着铁坠儿的绳索抛上去，轻轻地纽个结，然后猛劲一拉，只听"咔嚓"一声，枯枝就下来了。当地人叫做"扯干枝儿"。背回家去，这些干枝儿便成了最好的烧柴。

只有一棵老树却是谁也不去动。老树长在沙岗的西端，孤零零的，挺立在高岗之上。说是树，其实已经没有一个青枝嫩杈了，只剩了一根两三搂粗的树干，撑着几个枯黄的枝桠。树干上有个门洞似的大窟窿，残存着火烧过的痕迹。听老辈人讲，那是一棵三百年的老槐树，过去树洞里藏匿着一个狸子精。一个大雨滂沱的夜晚，炸雷劈死了黄狸，把大树也劈开了，树身着了火，当年就枯死了。

一天，我在沙山上，贪看蚂蚁倒洞搬家，竟忘记了回家吃午饭，母亲在沙岗下面连声地喊。还没等我走下来，黑压压的云头就从西北方向铺天盖地地涌过来了。隆隆的雷声响过，突然间火光一闪，整个沙山似乎都燃烧起来。霎时，一阵狂风挟着瓢泼暴雨倾洒下来。我慌乱地滚下沙山，跑回院子里，然后爬上炕头，把鼻子顶在窗玻璃上，便见来路上已经被雨浇得冒了烟儿了。

沙岗上的林木黝黑黝黑的，分不出个数量，模糊了轮廓，乍看像是一座铁山，偶尔闪亮一下，接着便是震天的雷响。院子里，雨水从屋檐、墙头、树顶上跌落下来，像开了锅似的冒着泡儿，然后，滔滔滚滚地向房门外涌流出去。

待到雨过天晴，出了太阳，树叶显得分外浓绿，分外光鲜，亮晶晶的，像是万万千千的小圆镜悬在空中。只是树下却乱糟糟的，这里那里散落着一些细碎的干枝，许多鸦巢倾坠了下来。当时正赶上鸟类哺育期，一些光秃秃的鸦雏摔死在地上，令人惨不忍睹。

小时候，气温比现在低，冬天里雪很多，三天两头一场。人们早早地就封上了后门。外面还用成捆的秫秸夹上了迎风障子。夜间，北风烟雪怒潮奔马一般，从屋后狂卷到屋前，呜呜地吼叫着，睡在土屋里就像置身于汪洋大海的船上。一宿过去，家家都被烈雪封了门，只好一点一点地往外推着，一两个时辰挤不出去。西院的"二愣子"找个窍门，把糊得严严实实的窗户打开，从窗户跳出去清除积雪。结果，半截身子陷进雪窝窝里，好长时间爬不出来，险些冻伤了手脚。

每逢大雪天气，起来最早的往往都有丰盛的收获。有人悄悄地溜出大门，一溜烟似的向沙岗下面的一排秫秸垛跑去。干什么去呢？《正大综艺》的主持人可以发动观众猜上一猜。大概十有八九的人会猜测他是去解手。——错了。原来，秫秸垛南面向阳背风，暴风雪再大也刮不到这里，于是，便有许多山雉、鹌鹑、野兔跑来避风。由于气温过低，经过一宿的冻饿，它们一个个早都冻麻了腿爪，看着来人了，眼睛急得咕噜咕噜转，却趴在那里动弹不得，结果，就都成了早行人的猎物。

雪天里，大沙岗子最为壮观。绵软的落叶上铺了一层厚厚的积雪，上面矗立着烟褐色的长林乔木，晚归的群鸦驮着点点金色的夕晖，"呱、呱、呱"地噪醒了寒林，迷乱了天宇，真是如诗如画的境界。

最有趣的还是那白里透黄、细碎洁净的沙子。这是当地的土特产。用处可多着哩。舀上一撮子放进铁锅里，烧热了可以炒花生、崩爆花，磨得锃亮的锅铲不时地搅拌着，一会儿，香味就出来了，放在嘴里一嚼，不生不糊，酥脆可口，——那味道儿，走遍了天涯也忘怀不了。

遇上连雨天，屋地泛潮了，墙壁呀、门框呀，都湿漉漉的了，潮虫也乱乱营营地满地爬了。只要把沙子烧得滚烫，倒在地上，笤帚慢慢地一扫，地很快就干爽了。各家盘炕时，总要往炕洞里填进许多沙子。热量积存在沙子里，徐徐地往外散发，炕面便整夜温呼着。

　　沙子还能治病。劳累了一辈子的老年人，常常闹身子骨酸痛，夏天找一处向阳的沙滩，只穿一个裤头，把整个身子埋进去，不出一个时辰就会满身透汗，酸啊痛哪，一股脑儿都跑到爪哇国了。

　　按照当地人的习惯，孩子生下来是不用襁子包裹的。温热的火炕上铺上洁净的细沙子，婴儿躺在上面，随随便便搭上一方粗布。沙子随时更换，既免去了洗洗涮涮的麻烦，而且，据说长大了不易患关节炎。所以，姑娘嫁到外村去，生了小孩之后，当舅舅的总要套上一辆牛车，装上几草袋干净的细沙子送过去，作为新生儿的贺礼。

　　沙山又是一个狐鼠横行、狸兔出没的地方。湿润的沙土地上，叠印着各种野生动物的脚印。人们在林丛里，走着走着，前面忽然闪过一个影子，一只野兔"嗖"地从茅草中蹿出来了。野狐的毛色是火红的，二尺长的身子拖着个一尺多长的大尾巴，像是外国歌剧院里长裙曳地的女歌星，款款地在人行道上溜过去。

　　野狐、山狸、黄鼠狼，白天栖伏在大沙岗子的洞穴里，实在闷寂了，偶尔钻出来找个僻静的地方，晒晒太阳、亮亮齿爪、捋捋胡须，夜晚便成群结队、大模大样地流窜到岗子后面的村庄里，去猎食鸡呀、鸭呀，大饱一番口福。它们似乎没有骨头，不管鸡笼、鸭架的缝隙多么狭小，也能够仄着身子钻进去。

　　人们睡到半夜，经常被窗外"吱吱咯咯"的鸡叫声吵醒，可是，任谁也不肯出去看看。女人说："又抓鸡了，"揉了揉眼睛，给孩子弄一弄被，再也没有下文；男人侧着耳朵听了听，也说："又抓鸡了，"翻了个身又睡去了，不大工夫就响起了鼾声。清晨起来，打开鸡栏一看，里面空空如也，外面满地散落着凌乱的鸡毛，撒布着几摊淋漓的血迹。处理起来也很简单，掘个坑把鸡毛掩埋了，再从灶膛里铲出一些草木灰盖上血迹，算是完成了"鸡之祭"。一句怨言也没有，实际上是不敢有。过了些天，再孵出几只鸡雏，找根木棍板条把鸡栏重新加固一下，就此了事。

"罗锅王"的大儿子是个出名的犟种，"叫他往东他偏往西，叫他撵狗他偏撵鸡。"他看东房山处有个两米多宽的过道，里面猪屎夹着人尿，气味难闻，便要把它堵上。两家的老人都说："使不得，绝对使不得。"他梗着脖子，不管这一套，硬是脱坯和泥给砌死了。一切倒也安然。不料，半年过后，犟种的九十一岁的老奶奶正扶着门框同家人说话，说着说着，涎水下来了，没等接来药房先生，人已经断气了。于是，左邻右舍都说，这是堵空场造成的罪孽，——你把胡仙的通道堵死了，还能善罢甘休吗？人们一面说，一面指点着房后的"小堂子"，说"胡仙"平素住在门前的沙山上，"小堂子"是享受香火、施威显圣的场所，通道堵死了，还怎么领受香火？犟种刚说出："既然是神仙，还找不着通道？"冷不防被"罗锅王"一巴掌扇了个大趔趄。

村子留给我的鲜明印象，就是那里是个土的世界。路是土路，墙是土墙，屋是土屋。那时候，住砖瓦房的全村不过三四户，绝大多数人家都是土里生，土里长，住土房，垒土墙，风天吃土，雨天踏泥。

一年四季，街道总是灰土土的，显得十分冷清。冬天，上冻后的路面高低不平，那种木轱辘车一过来，就格格楞楞地响个不停。半夜里，这种响声伴和着赶车人哼哼的小曲，一同跌进土屋人的睡梦里。春天里倒是有点美的意味，道上经常铺着一层轻雪般的柳絮杨花，大车轧过去，现出两道细细的辙痕，可是，不到一袋烟工夫，新飘落的飞絮又把辙痕抹平了。

雨季一到，整条街便成了一道过水的沟渠。常常是两个人一前一后、深一脚浅一脚地跋涉着，"扑"的一声，前一个闹了个仰巴叉，爬起来，带着满身满脸的泥水；后一个人见到这副模样，刚咧开大嘴笑着，一不留神，自己也闹了个前扑儿，挣扎着站起来，简直比前一个还要狼狈。好在，这里是沙土地，身上的泥土并不那么"多情"，太阳出来一晒，用手扑打几下，就掉得一干二净了。

阴雨连绵的季节，免不了有些土屋土墙倒坍下来，倒坍了也没有什么了不起，重新垒起来就是了。地广人稀的荒村僻野，要别的没有，泥土是取之不尽、用之不竭的。重新垒起来的院墙上，用不了多久，就会胡乱地生出一些细草棵来，稀稀拉拉，毛毛茸茸，像街西头李保长的大氅上的貉皮领子。

土屋之外，一般人家还要套上个土的院墙，并要就着临街的院墙盖上个土的猪圈，朝外留出个方方的或圆圆的洞口。春天种地之前，粪从那里扔出；平常不用它，便用柴草堵起来，周围还要画上个大白圈儿，防备着野狼从这里钻进去。那时候，野地里的狼是很多的，白天躲着人，一到夜深人静时节，就悄悄地溜进村里来觅食。暗夜里，狼的眼睛犹如鬼火，闪着绿幽幽的光，嗥叫起来怪吓人的。但是，据说，野狼从来也不敢钻白圈儿。

我的伯母家的院墙外面，有一口古旧的水井。四面围着木板的护栏，伏下身去看，井壁是用方木砌起来的，上面挂满了青苔，一泓碧水清冷幽深，偶尔有一两个青蛙伸腿游动着，平静的水面便荡起了涟漪。水是甘甜适口的。暑天炎日，常见有的小伙子穿着短裤，提上一桶"井底凉"来，"咕嘟嘟"，喝下去一小半，再把剩下的多半桶水从头上浇下去，任凭气温再高，炎天播火，也会"嘚嘚嘚"地敲打起牙门骨来。

井旁原有一棵大柳树，人们嫌它春天往井里飞絮毛，秋天往井里飘黄叶，硬是锯掉了。听老辈人讲，井边还曾立过一块贤孝碑，记载着同治年间一个孝顺的媳妇，为了给年迈的公婆做饭，三九天来挑水，冰冻雪滑，一头栽进井里。此后，井边就安设了护栏。

我还看见过，东院的四嫂子和四哥吵架，披头散发地跑出来，坐在井口旁，一手把着护栏，一面嚎啕大哭，声声地喊着"再也不想活了"。我急出了一身汗，忙着去喊四哥："快、快、快去搭救！晚了，命就没啦！"四哥却慢条斯理地磕着烟袋，说："没事，没事。她若真是狠心跳井，就不会大哭大叫了。"事后，我把这番话讲给四嫂听，四嫂脸一红，"呸"地吐了一口痰，从牙缝里挤出几个字："这个没良心的，看我晚上怎么收拾他！"

（2000年）

吊 客

　　童年的记忆，宛如朦胧的月光，披着薄雾般的夜色，悄手蹑脚地透过轻纱的窗帘，向梦中的我露出恬静而意味深长的笑靥。而童年旧事，则好似这梦中情景，许许多多都变得模糊不清了，有的却又异常清晰地浮现在脑际，像是刚刚发生过的一样。

　　现在，我仿佛回到了生活过十四年的土屋前，紧跟在父亲、母亲的身后，到门前的打谷场上纳凉。场上的人渐渐地增多了，左邻右舍的诸姑伯叔们吃过晚饭，都搬出小板凳或者拎着麻袋片，凑在一起，展开那种不反映信息、也没有明确目的和特殊意义的"神聊海侃"。

　　几乎每天晚上都是这样，人们闲话的主题和内容散漫无际，随机性相当大。大都围绕着衣食住行、饮食男女、婚丧嫁娶、人情世相，以及狐鬼仙魔、奇闻异事，天南海北地胡扯闲拉，不过是为了消磨时光，解除烦闷。

　　夜静更深，月光暗了下去，只能听得见声音，却看不清人们的面孔，时而从抽烟人的烟袋锅里闪现出一丝微弱的红光。对那些张家长李家短的生活琐事，我们这些小孩子是没有多大兴趣的，最爱听的还是神仙鬼怪故事。听了不免害怕，可是，越是害怕，越想听个究竟，有时，怕得紧紧偎在母亲怀里不敢动弹，只露出两个小眼睛，察看着妖魔鬼怪的动静。最后，小眼睛也合上了，听着听着，就伴着荷花仙子、托塔天王遁入了梦乡，只好由父亲抱回家去。

　　"说书讲古"，在旧时农村文化生活完全空白的情况下，未始不是一种世俗化的文化消遣手段。但是，现在回忆起来，当时人们的兴味似乎也并不浓烈。每个人的神情都有些木然，再逗趣的事儿也很少听到有谁"咯咯咯"地笑出声来。一个个总是耷拉着脑袋，无聊中夹上几分无奈，持续着百年如一日的浑浑噩噩、自发自在的生计流程。

那个年月，人们活着无聊，死了倒是出奇地热闹，——当然也是活人的热闹。最有意思的要算是祭灵、哭灵了。

在我入塾读书的第六年，我的一个伯母故去了，母亲让我请一天假，去给一向待我很好的伯母吊灵送终。进了大门，见到长长的院落里搭起了灵棚，一口红漆棺材摆放在灵堂正中，两旁挂着许多蓝幡素幛，微风拂过，发出"刷拉刷拉"的声响；纸车纸马、纸糊的衣箱被褥，摆满了半个院子。为这种悲凉、肃穆的气氛所感染，我忍不住一腔悲痛，暗暗地滴下了两行清泪。可是，马上就被另一种异样的氛围吸引住了。

从我的身后急匆匆地走过来几个吊丧的女客，还离灵堂远着呢，她们竟同时喧腾起一阵响亮的哭声，一直哭到灵前，然后，一个个半跪半伏在地下。伴着那一阵阵的拉着长声的嚎哭，一无例外地有节奏地舞动着胳膊，接连不断地向空扑打着；长嚎过去之后，转为哀哀地哭泣，开始有韵味、有腔调地数落着，咏唱着，肩头上下耸动不停，却不见有泪珠滴落。

细听起来，这种半是数落、半是咏唱的内容，倒是十分丰富的，不仅包括了对于死者的空泛的溢美之词，还表达了生者的思念之情，诉说着无边的哀痛、悲戚和无法舍身替死的遗憾。

我有个族叔，绰号"魔怔"，博学多识，阅历丰富，对于民俗也颇有研究。一天，我和"魔怔"叔说起了这件事。他讲，这种咏唱属于挽歌性质。它的起源可以追溯到先秦时期，经历了一个由俗入礼，后又依礼成俗的发展过程。《庄子》里有"绋讴"的记载。绋，是牵引灵车的绳子。绋讴——拉灵车的役夫唱的劳动号子，后来演进为挽歌。《礼记》上也有"执绋不笑"的规定。

总之，当时唱挽歌的都是局外人，并不是丧家自身的事。所以，到了晋代，还曾发生过一场"挽歌该不该进入丧葬礼仪"的激烈争论。结果，主张进入的观点占了上风，后来也就相沿成习了。

"魔怔"叔还说，年轻时候他去过四川，那里讲派头的大户人家办丧事，不仅请吹鼓手，还要花钱雇嚎丧的，借以渲染气氛，壮大声势。嚎丧在那里成了一种专门职业，从业的要学会多种嚎丧调，什么《送魂调》《追魂调》《安魂调》《封棺调》啦，一嚎就是三两个小时，而且，调门特别高亢，抑扬顿挫，回环曲折，都能收纵自如。——现在，哪家的女人或者孩子，遇到伤心、委屈的事了，哭起来没完没了，嗓门又高，人们就说她们简直是"嚎丧"，说法就是从这里来的。

唱挽歌也好，嚎丧也好，既然都是他人的逢场作戏，也就难怪如此这般的装腔作势了。其实，那天吊丧的女客，多数我都认得。说是孝子、孝妇的七姑八姨，实际上，与死者并没有什么切近的关系，可说是"八竿子打不着的"，无非是左邻右舍，街坊邻居。但她们一个个却都装做"如丧考妣"似的深悲剧痛的样子，不过是走走过场，凑凑热闹，送个浮情。群众早就把参加这类活动叫做"随人情"了，实在是再贴切不过的。

当时，我注意到，一当这类表演式的举动进行得差不多了，伯母家里的当事人便及时过来加以劝解。只是，这些吊客非要做到"尽情尽意"不可，光是一般的嘴上劝说还不肯起来，必须有人上前一个个搀扶，并一再地说，千万不要哭坏了身子，才勉强站起。其实，这话也是拣好听的说，同样是一种"虚应故事"。哭也好，唱也好，不过是做戏给旁人看，哪里会弄得哀恸伤身呢！只见这几个女人站起来以后，没有过上五分钟，就同周围的人"叽叽嘎嘎"地说笑去了。

晚上掌灯之后，要给亡灵"送关门纸"，这也是"哭灵"表演最充分的时刻。伯母的三房子媳和女儿、女婿以及娘家方面来的亲戚，十几个人，按照男左女右的规矩，分跪在灵堂两侧，算做"陪灵"。每当亲戚故旧来到灵前祭拜，他们都要跟着陪哭一场。男客女客，分别由丧家的男人、女人陪哭。

走马灯似的人群川流不息，宾主操着同一种腔调，带着同一样的表情，哭诉着同一种内容，例行着同一类的公事，大家都在围着这个亡灵忙碌着，应付着，敷衍着，使得那本来应该是极度哀伤的祭奠，变成了一种形式，一种摆设，一种毫无意义的过场。回回如此，年年照旧。

任何人都看得出，这种借死人凑热闹、为活人争面子的吊丧活动，无非是做戏弄景，可是，却没有一个人敢于违俗，敢于进行一番讲求实际的革新。因为，当一种习俗或者礼仪为某一人群所共同认可之后，它就会自然而然地成为每一个体所必须遵循的准则。"随人情"的"随"字，精确之处就在这里。在传统社会中，如果有谁不肯随俗，或者直接违背了它，就必然会遭到公众的非议，受到人们的耻笑。

这使人想起了鲁迅先生的小说《孤独者》。那个魏连殳是精通这些治丧礼仪的，为他祖母入殓时，般般礼仪都安排得井井有条，因而赢得了别人发出"仿佛是个大殓的专家"的赞叹；可是，作为身戴重孝的长孙，魏连殳竟又"始终没有掉过一滴眼泪，只坐在草荐上"，这又太不合乎大殓的礼仪了，因此，"大家忽而扰动了，很有惊异和不满的形势"。

旧时代的丧葬、婚嫁习俗，是一个一切都以过去的成规为基准的文化领域。一些生活习俗、礼节仪式的传承，全是靠着模仿长辈的行为实现的。那些终生奔波于生计的劳动者，从来不会、也没有那份精力，去过问这些属于日常经验世界的事情。当被问到"为什么要这样做"时，他们的答复总是"刻板"式的一句话：祖祖辈辈都是这么过来的。

在那种年月里，对于这些乡亲，日常生活的长河似乎已经失去了鲜活感，像一种无生命、无差别的静止的画面，被挤压在按固定程序与同一格式展开的模式之中。每个人每天都在重复着前一天做过的事情，基本上看不出什么变化。从脱下胎衣、跨上摇篮到穿上寿衣、走进坟墓，几十年间，每个人都同别人一样重复着那种平静、缓慢、庸常、单调的漫漫流程。

世世代代，他们穿着大体上一样的衣服，吃着相差无几的饭菜，住着类似的房舍，种着同一品种的庄稼，一切都是那么按部就班，那么机械、被动，每天都在"演奏"着没有任何变调的慢板，经历着生、老、病、死的种种近似于麻木的生命演绎。

有一件很小的事，给我留下了深刻的印象：一天傍晚，绰号"罗锅王"的大伯门前那棵半枯的老榆树起了火，烟雾弥漫，呛得纳凉的人们一个劲儿地咳嗽。任谁都叽咕这烟实在呛人，却又谁也不肯换个地方，更不想动手把它浇灭，尽管不远处就有一眼水井。

人们就是那么因循将就，得过且过。讲故事的偶尔插上一句："哎呀，这棵树烧完了。"旁边有谁也接上说："烧完了，这棵树。"

听不出是惋惜，还是惬意，直到星斗满天，各自散去。

（2000年）

"胡三太爷"

古语说，物以类聚，人以群分。一个地方一种物产，有出金丝枣的，有产枸杞子的；有的地方出蟒蛇，有的地方产熊猫。人群也不例外，一方水土出一方人。过去人们常说，浙江的绍兴府出师爷，直隶的河间府出太监，天津卫的三河县出"老妈子"。那么，我们关外旧时代有什么"特产"呢？很多很多，要说"两条腿的"，那就非"胡三太爷"莫属了。

在东三省，六七十年前，外面的世界有日本关东军和伪满的宪兵队"守候"着，什么"营造日满亲善的王道乐土"的鼓噪，甚嚣尘上；可是，我家所在的那个角落，却好似被人遗忘了一般，"膏药旗"从来也没有插过。当局说它是"兵荒马乱"、"土匪如毛"之地。私塾里，老师出作文题也确实有过《"三人行必有一匪"说》。每当青纱帐起，那些手持各种兵器、"不服天朝管"的"顽民"便四出活动，闹得个云低日暗，沸反盈天。"皇军"的本事大大的，可是，却偏偏对这些"胡三太爷"没有招法，觉得这块人烟稀少又没有什么宝贵资源的"瘦骨头"特别棘手，伪满统治十四年，从来不沾苇塘的边。结果，这里竟成了一片"化外"的荒原。

这种人，在我们那一带通称"土匪"，或者调侃地称为"胡三太爷"，也有叫他们红胡子、棒子手、马贼的。这是一种以抢劫为职业的武装暴力集团，有别于砸门撬锁的流贼、小偷小摸的绺窃，突出的特点是武装化、集团化。成分十分复杂，成因多种多样。有的是家贫如洗，衣食无着，为着混口饭吃，走进这个行列的；有的是抗租、逃税，或者逃避抓壮丁、下煤坑、当炮灰，遛到里边"暂栖身"的；有的由于命案、奸案、盗案或民事纠纷遭到缉捕、追杀，走投无路，"逼上梁山"的；也有的因为输钱、欠款，无力偿还，为逃债而"上山"的；还有一些市井无赖之徒和个人野心家，往小里说，要闹个一官半职、发家致富，往大里说，则想威震一方，称王立"棍"，结伙搭帮，铤而走险，正所谓"乱世英雄起四方，有枪就是草头王"。当地的土匪头子、后来成了奉系军阀首领的张作霖，便是最典型的一个。

我的一个舅爷早年就曾吃过这碗饭。据祖母说，他原是个纨绔子弟，花花公子，一次嫖娼中争风吃醋，失手打死了衙门里的什么人，就落草为寇了。到了晚年，好像他也没有攒下多少钱，却落下了残疾——瘸了一条腿，右手少了两个指头。小时候我见过他，高高的个头，挺大的脑袋，坐在炕上腰板标直，说起话来瓮声瓮气的；见着酒就馋得流涎水，左手端着酒碗，拇指和无名指翘成一朵兰花，不管碗里面酒多酒少，总是一饮而尽。

每逢来到我们家，特别是三杯老酒下肚之后，他就滔滔不绝地讲起当日匪帮内部的情况。原来，土匪里面多数都是本地人，绝大部分不识字，粗野、暴戾、凶狠是他们的特性。内部虽然不如帮会那样组织严密，但是，也都具有松散的指挥系统和应该遵守的不成文的"帮规"。比如，遇到送亲的喜车和送葬的丧车一般的不劫不抢，主要是图个吉利。摆渡的、行医的，一般也不抢，这倒不是因为他们身上没有金银细软，主要是土匪渡河离不开"船老大"；经常出现伤号，总要找医生治疗。耍钱、赌博的不抢，有这样的歌谣：

> 西北连天一片云，耍钱劫道一家人；
> 清钱耍的赵匡胤，混钱耍的十七尊。

传说，赌钱的祖师爷是宋太祖赵匡胤；而胡匪的开宗初祖是"布袋和尚"——他是"十八罗汉"里的第十七尊。所以，许多土匪的胸前要挂一个小铜佛。另外，他们出于生存的考虑，不到万不得已，不去打扰本家和当地的父老乡亲（实力雄厚的大财主除外），所谓"兔子不吃窝边草"。

土匪都特别迷信，他们嘴边不离八个字："逢凶化吉，遇难呈祥。"匪帮头目往往都把烧杀劫掠等各种活动罩上一层神秘的外衣，以便于笼络徒众的情绪，鼓励他们在绝望中挣扎。记得一本书上记载过这样一件趣事：

> 有个老汉在大风雪天撞上了土匪。一个新入伙的"崽子"见老汉胡子上冻了一层冰溜子，顺口说出："嘀，这天头真冷，冰把胡子围住了。"其他人一听，愣神儿了。为了除掉晦气，他们想要拿老汉开刀。老汉反应很快，忙着用手一抹胡子上的冰，说："没关系，围不住。冰是临时的，胡子是长久的。"匪徒听了，高兴地说："这话中听。放他走吧！"

书上还说，土匪都有二样必备的东西：一件是后面带有长毛的狗皮帽子，因为他们常把短枪藏在脖梗子后面；一件是"护屁子"——一块绑在屁股上的毛皮，便于随地而坐，防凉防潮；一件是腰带子，一般都是十二尺六寸长，遇有紧急情况，一头拴在楼房里的凳子上，一头攥在手中，然后纵身跳下，有时候上树、爬房，长长的腰带子也能提供方便。究竟是不是这么回事，我倒没有问过那个土匪舅爷，因为他早已死去了。

我还有个表姑父，他也当过土匪。他的寿命倒很长，上世纪70年代初还在世。他在匪窝里面混了三个年头，后来改邪归正，逃到大兴安岭当了伐木工人。每到旧历年根，他都休假探家，有关土匪的许多知识，我都是从他那里听来的。他说，当土匪有两个门径：一种是自起炉灶，占山为王，内部黑话叫"起局"；另一种叫"挂柱"，就是搭帮入伙——他自己就属于这种情况。

那年秋天，县公署抓壮丁去给"皇军"修炮垒，轮到了我这个表姑父头上。走在路上，他听人说，为了怕走漏风声，炮垒修完了，鬼子要把民工统统活埋。表姑父心想，左右都是一个死，干脆跑它个"狗日的"，有幸逃出虎口，还能捡一条小命。于是，在一个夜黑天里，趁着"解手"，一溜烟似的钻进了高粱地里。尔后，转悠了三天三夜，终于找到了"四海"绺子，入了伙。

原来，土匪把队伍拉出之后，都要报个"字号"。这种"字号"，一般的既是匪帮的名头，也是它的大头目的代称。除了这个"四海"，那个时期横行在我们那一带的，还有"青山"、"老二哥"、"四虎"、"大海"、"大老疙瘩"等十几伙。

表姑父开始"入围"时，不懂得匪帮内部的专用语言（通称"黑话"），一张嘴就遭人嗤笑。以后听人说惯了，逐渐地也学会了：把推牌九叫"搬砖"，把银子叫"老串"，把信件叫"海叶子"；懂得了"眼线"就是通风报信，"插千的"就是密探，"拉线"是给匪帮带路，"打闷棍"是劫道。这些黑话，据说共有五百多种，三年过去，他也说不完全。

土匪的活动天地，一般都是啸聚山林，而在我们那一带主要是占据苇塘。每到苇叶齐腰时节，便进入了活动旺季。大帮的土匪主要是"砸窑"（即攻打大户人家的宅院），人数不太多的往往把重点放在"绑票"（掠劫活人为质，藉以勒索钱财）上。

听父亲讲过，早年他给"何百万"家扛活。这是辽西一户有名的大财主。家里有枪支、炮手，防守严密，"砸窑"是很困难的。可他又是一块"肥肉"，不叼进嘴里，匪徒岂能甘心。于是，他们便通过智取，把"大掌柜的"抓走了。

本来，为了防备"绑票"，"何百万"一年到头蹲在家里，不走出大门一步。这天，他正躺在炕上，和小老婆面对面地抽鸦片烟，突然，守门的进来报告，说：房后祖坟上有人祭祖，大队人马，穿袍结带，吹吹打打，闹得不亦乐乎。"何百万"说："不管他！"过了一会儿，来人再次禀报：

这伙人点名骂他'是姑娘养的',说他吃喝嫖赌,抢男霸女,无恶不作,把祖上的阴德全败坏了。"何百万"感到蹊跷,他也弄不清楚这是族中的哪一支人,究竟来自何方,到底有什么来头。盛怒之下,抛下了烟枪,走出大门,后面紧跟着四个"打手"。那伙"祭祖"的人像是没看见一样,根本不和他打招呼,照样地焚香磕头,照样地骂骂咧咧。他气得大吼一声:"还不给我打!"可是,没等"打手"上前,已经有两个被那边的"神枪手"揭开了脑壳。然后,三拳两脚,就把"何百万"摞倒,捆起来,带走了。

匪帮给他蒙上双眼,带到一处匪窑里,一张口,"票价"就是五千块大洋。"何百万"岂肯答应,又羞又怒,愤然绝食。第二天早晨,匪徒割下了他的一个耳朵,让"花舌子"(负责联络的说客)给送回家去。这下可吓蒙了他的一妻二妾和大少爷。他们满口应承,两天之内,就把这笔天大的款项如数凑齐交上,才算保住了一条老命。

地了场光、庄稼进院之后,土匪便转入了"猫冬"期,分红,结账,有家的回家,没有家的投亲靠友,或者带上银两和姘头远走他乡。这时,正是他们挥霍资财、寻欢作乐的时刻,有的吸大烟、听小戏,有的耍钱弄鬼、设局抽红,有的去找过去相好的女人鬼混。待到第二年春夏之交,青纱帐起,他们又都回到事先约定的固定地点集结,继续劫掠一些殷实富户。

我们附近有个姓张的大赌棍,没钱下赌注,把老婆押上了,最后眼睁睁地看着"结发妻"被人带走,回家被伯父、叔叔绑在电线杆子上打得皮开肉绽。一赌气投了军,最后当上了旅长,要回家祭祖,连续三年给家里汇来巨款,嘱咐重修父母的坟墓,可是全被老弟赌钱输光了。眼看着祭祖日期逼近,怎么交差呢?有人给老弟出主意——抓紧在父母坟茔上堆起个大土包,就说一切豪华工程都埋在了地下。老弟依计行事,从邻近村屯动员了二百民工,日夜突击上土,大馒头、菠菜汤供个饱,随便吃。我父亲当时还年轻,也跟着干了两天两夜。总算赶在祭祖之前完工了。

　　这一天，旅长大人骑着高头大马耀武扬威地衣锦还乡了，老弟和众乡亲郊迎八里，当晚住在村公所里。第二天要巡视墓地，老弟的"军师"按照事先准备好的言辞秉报说，高坟起冢本是王公贵族的形制，考虑到旅长大人也是公侯一级，这样做也不算越轨。接着就顺口胡诌了阴宅的工程如何讲究、如何浩大。旅长本想亲眼看一下，后来听说阴宅一经封土再也动不得，否则就破了风水，也就作罢。三天的祭典结束，正待勒马回营，忽然有人给他打了小报告，说他受了骗，"一切都是弄虚作假"，于是，旅长学着日本人的做法，给老弟和"军师"往鼻子里灌了辣椒水，终于侦得了实情，一怒之下打断了老弟的三根肋骨，长叹一声，催马扬鞭而去。

　　在我们村子东面，影影绰绰看得见一点轮廓的是高升镇。这是周围几十里粮菜、柴草、畜禽的集散地和交易场。我五岁那年，第一次跟随父亲去赶集，觉得除了天大地大，就是高升街最大了。说是只有八里地，可是，我却觉得很远很远，那段路老半天也走不完。高升镇的东北方，三十里外有个詹家堡子。本来没有什么出奇的，只因为这里是少帅张学良的出生地，远近就闻了名。五里八村的人提起这个"小六子"，个个眉飞色舞。有的说，这个人厉害得很，眉毛一耸，连小鬼子也惧怕三分。也有的说，他喜欢跳舞，身旁有两个能干的女人。在我的想象中，这个人一定是个挎双枪、骑大马、脚登高勒皮靴、身长八尺、一跳一丈高的武把式。不然，怎么会那么出名呢！

（2000年）

押 会

一

在从拉斯维加斯返回洛杉矶的途中，我结识了国内的一位社会学家张先生。他考察过世界几个著名赌城，眼下正在从事赌徒心理研究，于是，我们就围绕着这个中心展开了话题。

赌博有瘾，这种瘾如同毒蛇一般，一经缠在身上，就再也难以摆脱。这是无分中外都没有差别的。凡是赌徒都有渴望赢钱的心理，赢了还想赢，输了更想赢，要赢就得赌，赌上就没完。所以有"只怕你不来，不怕你不赌"的说法。结果，有些嗜赌终生的人，把辛辛苦苦挣得的血汗钱全部押在赌注上，"聚之尽锱铢，散之如泥沙"，最后，一贫如洗，走投无路。

西方有一种观点，认为赌瘾的成因，源于一种化学物质在起作用，如同酒瘾来之于酒精，烟瘾是由尼古丁所致。据英国的格里菲斯博士最新研究显示，人在赌博时体内分泌出一种叫做内啡肽的化学物质，它可以使人获得一种超乎寻常的快感。正是这种快感，诱使赌徒一次又一次地拿起赌具而不想放开。因此，一些科学家设想找到一种可以抑制内啡肽分泌的阻滞剂，以救助赌徒消除赌瘾，跳出迷津。

这种观点完全排除赌瘾与金钱的诱惑、与人的精神状态有关等社会因素，单纯地看做是一种化学物质在起作用，起码是不够全面，甚至可以说没有抓住问题的实质。应该承认，一个人之所以耽于赌博以至逐渐成瘾，起关键作用的还是心理影响、精神状态和思想意志。即使确有一种化学物质在起作用，那它也只是久赌之后所产生的果，而不是因。

我以为，西方也好，东方也好，赌徒的形象可说是大同小异。小时候我在旧中国的农村看到过嗜赌成性的赌棍，这次在赌城拉斯维加斯又仔细观察了一些全身心投入进去的赌徒，觉得大体上和英国作家狄更斯笔下的吐伦特老头相似——平素总是无精打采，散荡游魂一般，可是进了赌场，就立刻变了个样：面孔急得发红，眼睛睁得很大，牙齿咬得紧紧的，呼吸又短又粗，手颤抖着。坐在那里仿佛是个疯子，又像是服了兴奋剂一样，片刻也安定不下来，紧张，激动，贪婪，狂想。当然，这是那类初涉赌场、财力相对微薄的人群。而那些沧海惯经、精于此道的职业赌徒，则呈现另一副神态。他们一个个安详地坐在那里，不慌不忙地下着赌注，显得成竹在胸，老谋深算。即使是等待着观察结果，也还是冷冷的静静的。他们坐在那里，除了手中的赌具，对于其他任何事物都很淡漠。外表上总是一副超然姿态，好像是一具石雕塑像。

至于赌博的方式方法，中外城乡的差异却是很大的。张先生年轻，他很想了解一下旧时国内赌场的情况。我说，那时城市的赌场我也没有见过，但农村的聚赌情景倒是熟悉一二。解放前夕的东北农村，赌博极为盛行，没有现在西方那种吃角子老虎机，主要是推牌九、摸大点、看纸牌、掷骰子，还时兴一种叫做"押会"的赌博形式。

二

据说，押会起源于浙江黄岩，时在道光初年；但也有人说，清初，广东即有人发起，拣取三十六位无稽可考的古人姓名作为会名，当地俗称"买古人"。《清稗类钞》上也讲，最初是书写三十四（一说三十六）个古人名，任取其一，各注钱数，中者以三十倍酬之。由于古人名不易区别与记忆，设赌者便在古人名下缀以花牌图案，因而又以"花会"名之。

在东北农村，可能是受当地土匪帮规、习俗的影响，三十六个会名中，许多都和匪帮的"字号"相似，什么天龙、龙江、太平、至高、万金、青云、坤山、茂林、光明、元吉……有的类似土匪的黑话、隐语，像"板柜"就是棺材，"红春"就是婊子，"根玉"隐喻男性生殖器，等等。

办会事先要贴出告示，说明出会地点、时间，"中彩"回报指数，押会办法。参赌的人可以任选一个会名押上赌注，钱数多少不限。设赌者每天当众爆出一门会名，押对了的能够得到相当于赌注五至十倍，甚至三十倍的回报，因此，村民都趋之若鹜。但是，命中的概率是很低的，十次总有九次落空，加之纯粹受偶然因素支配，没有任何规律可循，所以，一些愚夫愚妇便把希望寄托在神示、梦寐、异兆等种种迷信上。可以说，赌博这个人类社会病态的畸形文化，从它产生伊始，就与迷信占卜结下了不解之缘。

有的到庙宇里或卦摊上讨签，根据签上提示，确定押哪一门；有的把所有会名一一写在纸上，团成纸阄，让不懂事的小孩去抓，抓出哪个就押哪个；有的早早起来，出门上街，捡到什么东西，回来由大家去猜解；有的根据梦境来分析解释，以确定要押的会名。

但是，不管你怎么运筹、谋划，到了晚上，跑会的人回来一通报，仍然是"孔夫子搬家——全是书（输）"。当时，我的叔叔、婶娘两口子是最热心、最活跃的押主，因而也是输得最狠、最惨的一对儿。他们晚上饭也不吃，只顾按照这天出的会名，把昨晚那些梦兆之类的征象，不厌其烦地一一加以核实、验证，结果，常是恍然大悟，万分悔恨当时错断了机缘。人们诙谐地说，这叫做"早晨闷死鳖，晚上鳖醒腔"。

也不光是我那个叔叔、婶娘，输的次数一多，任谁都会急红了眼睛，有的便"饥不择食，荒不择路"，什么千奇百怪、骇人听闻的道眼都想得出来。于是，露宿荒坟旁的，有之；跪拜在石翁仲、石马、石兽前祈祷者，有之；将骷髅或神像放在枕边共眠，意在求得梦中鬼神昭示者，亦有之。人们还施行一些突破成规、漠视伦理的做法，如大伯子背兄弟媳妇，长辈给晚辈拜年，公爹早起用灰耙子掏儿媳的灶炕（民俗把翁媳间有不正当关系称作"掏灰耙")等，一当发现当事人有些什么异样反应，或说了什么反常的话语，便都作为选定会名的依据。

三

当时，村里有个外号叫"赵大胆"的，听外村人讲，有人通过"打鬼"，勒令鬼魂给提示线索，结果一次赢了两千块大洋，这使他动了心，也想要试上一试。但是，只有具备下述两个前提条件才能灵验：一是必须是非正常死亡，民间称为"横死"的；二是必须是新近死去的亡魂。他正在愁着这两个条件没有着落，恰好邻居牛三到家串门来了。牛三外号叫"翟眼牛"，平时不信鬼，不信神，曾经往土地庙里撒过尿，给地藏王菩萨画过黑脸，专门惹是生非，经常弄一些令人哭笑不得的恶作剧。这些，"赵大胆"都是一清二楚的，不过，由于他们从前都曾在河西当过长工，平素像亲兄弟一样，到一起无话不谈，所谓"明知不是伴，事急且相随"，也就把要"打鬼"的事说出来了。

一听说"赵大胆"要去打鬼，"翟眼牛"眨了眨三角眼睛，呲着牙狞笑，便说："这事儿倒很新鲜。不管我信不信，哪怕是捏着鼻子，我也得帮大哥一把。待我出去访察访察。"两天过后，牛三又进了门，告诉说，前杜屯新近出了个死鬼，是个过门不久的新媳妇，因为婆婆骂她"不正经"，一气之下上吊身亡，棺材就停在屯西大草甸子上，要待明春冻土开化才能落葬。"赵大胆"自是万分高兴，但他却说："这事儿只能由我一个人悄悄地干，不然，就失去灵验了。"临分手时，他还郑重地嘱咐牛三："千万不要走漏了消息。"

好不容易，挨到了半夜时分，"赵大胆"喝了几口烈性酒，腰间挨上一条马鞭子，悄没声地溜出了家门，先是奔南，后又转西，直向大草甸子扑去。这是一个夜黑天，对面五米不见人，风吹草叶子刷拉刷拉地响，偏偏两只老鸹也来凑趣，不知从哪儿飞了起来，"嘎嘎"地叫了几声，怪瘆人的。他停下脚步来四下辨识一番，终于找到了那口白茬棺材。

他也顾不得害怕了，便面朝着棺材的头，毫不迟疑地纵身跨了上去，挺直了腰杆，抽出马鞭子，对着棺材前后左右地胡乱抽打起来，嘴里高声喊着："快说！明天上会押什么？"

"'根玉'！"棺材里应声吼出一句。

尽管他殷切地期望着死鬼答话，而且早作了思想准备；可是，当里面真的出声应答时，在他来说，还是大感意外的。登时，吓得三魂出窍，一头便从棺材上跌了下来。

这时，棺材里答话的人也钻了出来。你道是何人？原来正是牛三。他赶忙上前把"赵大胆"抱了起来，不住声地叫喊："大胆，大胆！你怎么了？""赵大胆"却寂无声息，摸了摸腕子，脉搏已经停了，这回，他才觉察到事态的严重。背起"赵大胆"来，疯了似的直奔赵家跑去，什么累啊，冻啊，全都忘到脑后了。叫开了门，"扑喀"一声把人放在炕上。然后，就低下头来，一把一把地抹着泪水。

他向赵家的媳妇呜咽地诉说着：听说"大胆"要去打鬼，他就提前赶到坟场，把死尸扯出来，自己躺在棺材里，无非是想和他开个玩笑，没想到……

那妇人早已哭成个泪人儿，牛三说了些什么，她根本没有听进去。只是不停地扑打着炕沿，口里喊叫着："他没了，往后我可怎么活呀！"停放了三天之后，由牛三披麻戴孝，擎幡引灵，棺材停放在房后的祖茔里。从此，他包下了赵家全部的农活，直到后来加入了农业合作社。

经过这一次的折腾，这两家再也无心押会了。可是，办会的人却照常地办下去。"打鬼"的损招儿没人干了，又兴起了"扶鸾"的事。

四

"扶鸾"也叫"扶乩"，是旧时迷信求神降示的一种方法。《红楼梦》

里多次写到这种活动，第九十五回里说，邢岫烟走到栊翠庵，便求妙玉扶乩。妙玉先是推辞，后来见拗不过，只好笑了一笑，叫道婆焚香，在箱子里找出沙盘、乩架，书了符，命岫烟行礼祝告毕，起来同妙玉扶着乩，不多时，只见那仙乩疾书道："噫！来无迹，去无踪，青埂峰下倚古松。欲追寻，山万重，入我门来一笑逢。"书毕，岫烟便问："请的是何仙？"妙玉说是拐仙。下面的事就是找人去解那"仙机隐语"。鲁迅先生在小说《高老夫子》中也写到了乩坛请仙的事。

我所见到的也正是这样。道具很简单，只有两件：一个乩架——小型的箩圈上，安设一个插有竹筷子的"十"字形木条；加上一个铺着细沙的沙盘。事前，由一个女巫书符、念咒，然后由两个人双手托着乩架，任它在沙盘上随意走动，画出种种符号或文字来。

实际都是糊弄人的。你看，由知书识字的人托乩，就能够写出字句；若是换上两个文盲，则绝对写不出来，要么停着不动，要么就乱画圈圈。可是，当时人们已经陷入一种痴迷状态，竟然坚信不疑，结果自然是照样输钱。个别也有凑巧碰正的时候。有一回求乩，沙盘上画的是一个圆圈，周围又涂了一些小杠杠，人们这天就押了个"旱云"。原来，会名里的"旱云"是隐喻乌龟的。结果押正了，赢了一笔钱。然而，这种"瞎猫碰见死耗子"的事，可以说是百不一遇。

由于赌博是将随机性、偶然性掩藏在某种超验的非理性的模式之中，以侥幸、投机、冒险为存在的基石，致使胜负之争蒙上了一层先定的神秘命运色彩，所以，封建迷信在这里才大有市场。赌博活动和一般的比赛完全不同，胜负的取得不仅与整体的体力、智力的高下无涉，甚至也不关乎当下的客观条件。它植根于人性弱点的现实把握和对人类理性的完全蔑视，迎合了人们以较少的投入获得较多回报，甚至不劳而获的投机心理。

押会形式的出现，表明了赌博的社会化，设局的职业化，形式的集中化、规模化。赌场老板多数都得到了地方官警的或明或暗的支持，有的同时又是土匪，有的与黑社会存在着天然联系，黑社会因赌博业的存在而注入了生命血液，赌博业则有赖于黑社会的支持，从而获得长足发展与畸形繁荣。

五

这些基本特征，在办会、出会中都有所反映。冬天设局在屋子里，其他季节都选在打谷场或宽敞的院落举行。出会时间多为午后三四点钟。场地中间竖起一个木制支架，从上到下垂下许多条布带，上面满挂着赌客记名的红纸包，里面有会名和赌注。事先在外面放一通鞭炮，待四周的人围得满满的了，老板便拄着文明棍，大摇大摆地出场，威威势势地站在方桌前面。身旁陪伴着助手，一个是军师，一个是账房先生，身后不远处还有两三个保镖的。

出会，每次都是三板定案。我看到的那天，第一板拍出"天龙"之后，老板和助手便面对人家察言观色，周围果然有所反应；这时，他们就判断这种反应意味着什么，经过一阵悄悄地嘀咕，于是，又拍了第二板，还是"天龙"，这一回简直是"群声鼎沸"了，主会的便又商量了一阵；第三板"啪"地一拍，爆了个冷门："红春。"由账房先生用毛笔写在一张大红纸上。下一步就是"揭会"了。从上到下，一包包地解开，当众宣布。押正了的当场付出十倍的回报；没有押对，就把钱随手放进一个大木匣里。

为了招揽生意，设赌的老板一般的还讲求信誉，否则，代价太大。但个别情况下，作弊的也有。听村西的瘸子二叔讲，他就赶上过一次。这天，赌场上已经挂出会名，人们认出是"明珠"。但是，一开封就遇上一个特大赌注，回报超过千元，老板见势不妙，便抽身返回，示意两个镖棍在台前燃放鞭炮，并撒出许多硬币。登时，会场上烟雾弥漫，会众纷纷伏下身去抢拾硬币，秩序大乱。账房先生趁机更换了会名。待到烟消雾散时，人们看到的却已经变成了"三怀"。所有押中"明珠"的都大呼上当，只是慑于老板的威势，人们敢怒而不敢言。

设赌者注意研究会众的心理，有时连续三天出同一个会名；为了鼓动更多的人参与，常常雇用一些人故意押准，大把大把的票子往外付出，使人看着眼热心急，第二天便会有更多的人押会，老板就可以聚敛更多的资财。一时间，城乡各个角落都泛滥起赌博的狂潮，形成一种大众化的社会活动。农工商贾、妇孺翁媪，黄发垂髫，各色人等，莫不罄其所有，各存幸念，行思坐想，希图一掷。许多人家倾家荡产，连姑娘办嫁妆的钱、小孩压岁钱、老爷爷买棺材钱，都搜刮净尽，致使上吊的、投河的经常出现，凶杀、盗案更是不断发生，闹得社会动荡，民不聊生。

当时报刊上登载过几首竹枝词，录以存证：

俗尘扰扰事纷纭，喝六呼三枉费神。
赌博场中无胜客，歧途险境可怜身。

赌博由来尽是欺，况如押会更离奇。
花名三六天天配，赚得愚民日日迷。

三年嗜赌债如山，生死艰难两鬓斑。
入室凄凉无一语，夜深风雪对饥寒。

贪利一钱十倍三，奸徒设饵诡千般。
投缳刎颈随时见，除却长平①无此残。

①战国时秦将白起击败赵国军队后，于山西古城长平坑杀赵降卒四十余万人。

（2001年）

大荒风色

一

像人人都有母亲一样，人人都有故乡，都有童年。而童年又是和故乡紧紧联系在一起的。当然，有的人出生之后，就像小鸟一样，不多久就"离巢"了，尔后便辗转于车尘、帆影之间，过着流离转徙的生活。我的整个童年却是一直在故乡平稳度过的。

我家原籍在河北大名府。这里紧邻邯郸，属于所谓盛产"感慨悲歌之士"的赵地。大约在咸丰、同治年间，我的曾祖父因为手刃父仇，出了人命，便趁一个夜黑天，带着一家老小，偷偷地离乡别井，闯了关东，落脚在广宁府辖区东南角上一个很偏僻、很闭塞的名叫"后狐狸岗子"的村落，这里现属盘山县大荒乡。当时全屯只有一条街，三四十户人家。庄前是一片大沙岗子，上面长满了各种林木；岗子下面摊开一片沼泽地，遍生着芦苇、水草和香蒲。村后有一些零散的耕地，被一条条长满了各种树木的"地隔子"或小水沟分割开来。附近有一条古驿道，路旁矗立着一通两米多高、跌断后又接起来的石碑，字迹已经漫漶不清，据老辈人说，上面记载的是"唐王征东"的故实，俗称"得胜碑"。再远一些，便是青峦蜿蜒的医巫闾山，中间隔着茫茫无际的马草场和大苇塘。

在我幼年时节，有一道百看不厌的风景线，那就是开开茅屋后门就会扑入眼帘的绵亘于西北天际的一脉远山。阴雨天，那一带连山漫漶在迷云淡雾之中，幻化得一点踪迹也不见了。晴开雨霁，碧空如洗，那秀美的山峦便又清亮亮地现出了身影，绵绵邈邈，高高低低，轮廓变得异常分明，隐隐地能够看到山巅的望海寺了，看到峰前那棵大松树了，好像下面还有人影在晃动哩。刹那间，一抹白云从层峦上面飘过，那山峰忽然化作一个白胡子老爷爷了。

听早年曾去朝过山的祖母说，大山里住着医神和巫仙，是一对慈眉善目的老夫老妻，长年在一起采药炼丹，后来也像那座大山一样长生不老了。这番话，增加了大山在我心目中的神秘感。每当看到白云在峰际飘游时，我就想，那是医神和巫仙在炼丹呢。

医巫闾山的这面，绵延着无边无际的草场和田野，一道蜿蜒的长堤像一把利剑似的把它们切开。长堤里面，散布着几个小小的村落，统一的名称叫"大荒乡"。它和《红楼梦》里的"大荒山"不同，并非大文豪凭空想象出来的，而是一个真实的存在，直到今天还叫着这个名字，尽管它早已不再荒凉、阒寂了。那里处于几个县的交界，历朝历代都是"三不管"地区。几个小村落，包括我家所在的村子，像是晨空里的星星，没着没落地撒在望眼无边的原野里。

二

由于处在一种比较封闭的圈子里，这一带人们的文化性格带有保守性、迟滞性。尽管兵荒马乱，民不聊生，但就民风来说，还是质朴憨厚，豪爽好客的。过往行人随便走进哪一家，只要赶上开饭时刻，都会被让到炕桌前，有干的吃干饭，没干的喝稀粥，吃完了任你抹干嘴巴走开，分文不取。人们进了西瓜园子，口渴了可以摘瓜吃，但是不能带走，而且，要把瓜子儿留下。听说，医巫闾山的梨园也是这样，来来往往的过路人可以伸手摘梨，放开肚皮吃，只要不揣走就行。

记得鲁迅先生说过，北人的优点是厚重，南人的优点是机灵。但厚重之弊也愚，机灵之弊也狡。这一带的人，说是愚憨可以，说是强悍、鲁莽也无不可，豪爽的另一面，便是粗疏、暴躁。人们说话声高，即使随便闲谈也像吵架似的，动辄满嘴喷吐沫，脸红脖子粗。有人形容：一句话不投合就瞪眼睛，两句话不中听就伸拳头，三句话不顺心就动刀子。这当然是言过其实了。但就那些"耍光棍儿"的刺头来讲，还是恰如其分的。赌钱输了，掏不出票子来下注，他就回身扯出一把杀猪刀，从自己屁股蛋子上割下一块肉来，抛到牌桌上，吓得赌徒们"大眼瞪小眼"，谁也不敢吭声，这样，就算立下了"光棍儿"，以后见面就要以"爷"相称。除了地理环境、社会条件，就人文因素来剖析，这也是过去此间崔苻满地、土匪横行的一个原因。

当地一些有头有脸的人特别要"面子"。有的明明只喝了一碗稀粥，在人前也要装出一副吃过了鸡鸭鱼肉的样子，不停地打饱嗝，还要半天半天地剔牙缝儿。打架时一看要吃亏了，赶紧往回跑，还要高声叫着："你等着，不要动，我先解个手，回来狠狠地收拾你！"

还喜欢说大话、吹牛皮。屯子里有个赵书阁，逢人就讲他的"优胜纪略"：有一次，他"在西河沿推牌九，一个通宵赢了四十根金条，往哪里放呢？情急智生，就把一根根金条并排缝在一块厚布上，然后往腰上一缠——"，说到这里，他眉飞色舞、神气活现地问周围的听众："你们知道什么叫'腰缠满贯'吗？就是像我这样！"他接上说："可是，没有料到，一出大门就被'胡三太爷'盯上了，走出二里地外，'啪、啪、啪，'甩过来一梭子子弹，冲着我的腰身打过来。你猜怎么样？安然无事，——一个个弹头都被金条挡回去了，只是马褂上落下了几个小窟窿。我不慌不忙地掏出手枪来，瞄准他的后脑勺，'啪'的一声就撂倒了。"

土改时搞清算，划成分，明知道他是一个穷光蛋，一双肩膀支着个嘴，三天两头揭不开锅，可是，有人仍然检举了这件事。工作队长带着记录员，郑重其事地找他谈话，交代了政策，指明了出路，要他打消顾虑，把金条如数交出。赵书阁从来没有见过这样的架势，一时哭笑不得，只好彻底"坦白"——那些话全是自己瞎编的，一边说，一边打自己的嘴巴。逗得小记录员笑痛了肚皮，笑出了眼泪。

同说大话有关联，人们喜欢给穷地方起个富名字。黄金坨、万金滩、兴隆村，实际上，那里都是碱滩，遍地长着密麻麻的黄菱菜，秋风刮过，满地金黄。有一次，我问父亲："明明不是那么回事，甚至完全相反，可是起的名字比什么都美，这究竟是为什么？"父亲不假思索地说："这可不是为了吹牛，是寄托着一种愿望。"过了一会儿，又补充一句："当然，也许有另一种意味，比如，你伯父只有五尺高，人们却叫他'王大个子'。"用现在的话说，就是带有反讽、调侃的意味。

三

过去的通俗读物《庄农杂字》上有两句话："人生在世，吃住二字。"就是说，一个是种地打粮，一个是盖房子。

推开各家的后门，便现出一眼望不到边的黝黑的耕地。耕地平展展的，放上去满边满沿的一盆水也不会洒出来。只是并不连片，它们像豆腐块一样，被一条条长满树木的地隔子和小壕沟分割开来，这是各家各户土地的疆界。

布谷鸟叫的时候，一家家父子兄弟便赶着牛，拉上犁，背起谷种，拎着粪筐，下地了。前面撒粪的和后面覆土的，都能将就人，扶犁的、点种的却必须有技术，必须是庄稼院的好把式，"二五眼"不行。有句俗话："人糊弄地一时，地糊弄人一年。"种地的活，起早贪晚，人和牲口较劲，向来都是很累的。若是家里养不起大牲畜，就只能靠人力去拉犁、垄地，弓起身子，一步一步往前撑，一春天下来，肩膀上要磨掉几层皮。晚上回家，累得摊成一堆泥，骨架子都散了，连一尺半高的炕都爬不上去。

小苗钻出了地面，大地一片新绿，庄户人"见苗三分喜"，可是，很快就陷入到不安与焦虑之中。"早看东南，晚看西北"，见不到丝毫的落雨迹象，十天过去了，二十天过去了，依然是万里无云，整个春天始终没落过一滴雨。地干得冒烟儿了，苗黄得秃尖儿了，庄户人最怕的"旱老虎"终于降临在大地上。于是，村后的那眼报废多年的老土井，又被装上了辘辘把，"咯吱吱，咯吱吱，"辘辘把整天整夜地摇个不停，最后，老土井也底朝天了，高粱苗照样在那里打蔫儿。

第二天大清早，乡亲们吆喝着要求雨了，家家都给灶王爷、财神爷、胡仙、黄仙、黎仙烧了长香，叩了响头。然后，大人、孩子一起戴上了柳条圈，端着黑瓦盆，赤着双脚，拥向街头，"求雨啦，龙王爷开恩哪——"的哀哀叫喊，响成了一片。闹腾了半天，抬头看看云空，依旧没有半点儿雨意。人们盼雨，从三月三"苦麻菜钻天"，盼到四月十八"娘娘庙会"，盼到五月十三"关老爷单刀赴会"，又盼到七月七"牛郎会织女"，盼雨盼得心肝碎，盼雨盼得眼睛蓝。睡至夜半，干黄的树叶"刷、刷、刷"地落到地上，飘到窗前，人们误以为雨点终于洒地了，不禁惊喜得欢叫起来，披上衣裳出外一看，方知是"猫叼猪尿泡——空喜欢一场"。

这一年关外大旱，赤地千里，有些人家逃荒下了江北。市上的粮价，十天里翻了三番。人们饿得没法子，就煮红薯秧、豌豆棵、玉米骨吃，直到采光了黄荚菜，扒光了榆树皮，挖光了观音土。大人、孩子全身浮肿，面色蜡黄，走起路来一摇三晃。整个冬天，村里几乎每天都有送葬的，棺材白花花的散放在地块里，成了旧时代的一道惨厉的风景。

在旧日的庄稼院里，当老人的勤劳一生，如果没能为儿孙盖上几间住房，那会是死了也难以瞑目的。

房子怎么盖呢？小时候我倒见过。先是燕子垒巢似的准备着物料。头一两年，就要在院子里脱出很多土坯，晒干后摞起来，垒成一列列的土坯墙；还要备下一些檩材、柱脚、椽子，横七竖八地堆放在门前。只有实力雄厚的大户人家，才能从几十里外买回一车车石头，再备下足够的青砖、红瓦。剩下就是看风水、定房向啦——这是大事中的大事。请来个风水先生，高高的，瘦瘦的，黄面皮，灰褂子，一副不大的细边圆眼镜松松地架到鼻梁上，旁边总要跟着一个端罗盘的。院里院外，左边右边，南一趟北一趟，不停地看，一直挨到日头栽西。回到屋里，在饭桌前盘腿坐定，一壶酒、四盘菜，一边吃一边叨念着什么，然后用毛笔圈画出一个单子，才算了事。

到了上梁这天还要画符。先宰杀一只白公鸡，倒出小半碗鸡血，鸡身上却不能有半点血迹。那个神道道的老先生，第一个仪式是毕恭毕敬地净手，那净手的时间格外长，一双枯瘦的手惨白地鼓出几条青筋，越洗越没有血色。净过了手，先生便颤抖着将一张黄纸裁成四份，然后用一只崭新的羊毫笔蘸了鸡血，龙飞凤舞地画了起来，口中还念念有词。那奇形怪状的图案，没有人能看得懂，大概从来也没有人问过。可是，一切都做得那么认真，那么郑重，仿佛这才是一切，而房子怎么盖、盖得怎么样，倒无关紧要了。

符，要在新房上梁时压在四角上。到了上梁吉日，几乎全村的青壮年男人都出动了。厨房里大锅饭菜准备着，人们大声地吆喝着，七手八脚地一忙活，一幢新房就拔地而起了。它不能比邻居的超前一寸，自然也不肯落后一点点。于是，这条长蛇阵便笔直地伸出了一截，又一截。年复一年，"一"字的两端不断地延长着，谁也没有想过要在前面或者后面另起炉灶。结果，家家户户，就像模子里铸出来的一样，一式的茅屋，一式的窗门，一式的院墙，一条线上的位置，人们从东头走到西头，要花上半个时辰。

我的整个童年就是生活在这样一个环境里。

（1999年）

我的第一个老师

小时候，我有一个近支族叔，本来有名有字，可是人们却总是叫他"魔怔"。其实，他在当地，算得是最有学识、最为清醒的人，只是说话、处事和普通人不一样，因而不为乡亲们所理解。正所谓："行高于人，众必非之。"

早年，他在外面做事，由于性情骨鲠、直率，不肯屈从上司的旨意，又喜欢"较真"，凡事都要争出一个"理"来，因而，无端遭受了许多白眼。千般的苦闷全都窝在心里，没有发抒的渠道，致使精神受到很大的刺激，多年来一直"僵卧孤村"，在家养病。

他那种凄苦、苍凉的心境，留给我很深的印象，却又找不出恰当的话语来表述。后来，读了鲁迅的作品，看到先生说的，总如野兽一样，受了伤，并不嚎叫，挣扎着回到林子里去，倒下来，慢慢地自己去舔那伤口，求得痊愈和平复——心中似有所感，觉得大体上很相似。当然，这里只是就事论事，没有涉及更为广泛的内容。魔怔叔作为一介凡夫，是不能同思想家与战士相提并论的。

魔怔叔的面相，一如他的心境，一副又瘦又黄的脸庞，终日阴沉沉的，很难浮现出一丝笑容，眼睛里时时闪烁着迷茫、冷漠的光。年龄刚过四十，头发就已经花白，腰杆也有些弓了。动作中带着一种特有的矜持，优雅的懒散和恓惶的凝重，有时，却又显得过度的敏感。几片树叶飘然地坠落下来，归雁一声凄厉的长鸣，也会令他惊心怵目，四顾怆然。刚说了一句"悲哉，此秋声也"，竟然莫名其妙地流下来几滴泪水，呜咽着，再也说不出话来。

他感到空虚、怅惘和无边的寂寞。老屋里挂着一幅已经被烟尘熏得黝黑的字画，长长的字句很少有人念得出来。在我认得许多字之后，他耐心地一个字一个字地说给我听，原来是唐代诗人杜甫的七律。记得最后两句是："鱼龙寂寞秋江冷，故国平居有所思。"

他有满腹经纶，却得不到人们的赏识，心里自然感到苦闷。我父亲读的书虽然没有他的多，思想感情上倒是和他有相通之处，所以，两个人还能谈得来。只是，父亲每天都要从事笨重的体力劳动，奔走于衣食，闲暇时间太少。魔怔叔便把我这个毛孩子引为"忘年交"，这叫做"蜀中无大将，廖化作先锋"。但是，对我来说，却有幸结识一位真正的师长。

魔怔叔像一个不食人间烟火的方外之人，整天生活在精神世界里，对于物质生活从不讲究。他把各种资财、物品都看得很轻，不加料理；甚至连心爱的书籍也随处放置，被人借走了也想不到索还。他常常对我说，人情之常是看重眼前的细微小事，而对于大局、要务则往往态度模棱，无可无不可。这是人生的普遍失误。接着，就给我诵读一段韵语："子弟遇我，亦云奇缘。人间细事，略不留连。还问老夫，亦复无言。伥伥任运，已四十年。"开始，我以为这是他自己的述志诗，后来读书渐多，才知道是录自明末遗民傅青主的一篇小赋。

魔怔叔不愿与人交往，他认为，与其同那些格格不入的人打交道，莫不如孑然独处。有时一个人木然地坐在院子里，像一个坐禅的僧侣，甚至像一尊木雕泥塑。目光冷冷的，手里擎着一个大烟袋，吧嗒吧嗒，一个劲儿地抽烟。任谁走进身旁，他都不会抬眼瞧瞧。一天，本地一个颇有资财的表嫂去他家串门，见他那副孤高、傲慢的架式，便拍手打掌地说："哎哟哟，我的老弟呀，就算是'贵人语话迟'吧，也不能摆出那副酸样儿！难道是哪一个借你黄金还你废铁了？"魔怔叔睃了她一眼，现出一脸不屑的神情，冷笑着说："样儿不好，自家瞧。也没抬上八抬大轿请你来看。"

他平素不怎么喝酒，只有一次，到一个多年不见的朋友家，喝得酩酊大醉。摔了人家的茶壶，骂了半晌糊涂街，最后跟跟跄跄地走出来，居然在丧失清醒意识的情况下，不费力气地找回了自己的家门。我问他是怎么找回来的，他说，不知道。这恐怕是因为以前无数次的回家记忆，已经内化在他的思维里，形成了一种无意识的自在机制。

童年的我，求知欲特别强，接受新鲜事物也快，正像法国大作家都德说的，"简直是一架灵敏的感觉机器，就像身上到处开着洞，以利于外面的东西随时进来"。我整天跟在魔怔叔身后，像个小尾巴似的，听他讲"山海经"、"鬼狐传"。有时说着说着，他就戛然而止，同时用手把我的嘴捂上，示意凝神细听草丛间的唧唧虫鸣，这时，脸上便现出几分陶然自得的神色。

有时，我们去郊外闲步。旧历三月一过，向阳坡上就可以看到，各色的野花从杂草丛中悄悄地露出个小脑袋。他最喜欢那种个头很小的野生紫罗兰，尖圆的叶片衬着淡紫色的花冠，花瓣下面隐现着几条深紫色的纹丝，看去给人一种萧疏、清雅的感觉。

春天种地时，特别是雨后，村南村北的树上，此起彼伏地传出"布谷，布谷"的叫声。魔怔叔便告诉我，这种鸟又拙又懒，自己不愿意筑巢，专门把蛋产在别的鸟窝里。更加令人气恼的是，小布谷鸟孵出来后，身子比较强壮，心眼却特别坏，总是有意把原有的鸟雏挤出巢外，摔在地下。

魔怔叔说，燕子生来就是人类的朋友，它并不怎么怕人。随处垒巢，朱门绣户也好，茅茨土屋也好，它都照搭不误，看不出受什么世俗的眼光的影响。燕子的记性也特别好，一年过后，重寻旧垒，绝对没有差错。回来以后，唯一要做的事就是修补旧巢。只见它们整天不停地飞去飞来，含泥衔枝，然后就是产卵育雏，不久，一群小燕就会挤在窝边，齐刷刷地伸出小脑袋等着妈妈喂食了。平日里，它们只是呢喃着，似乎在热烈地闲谈着有趣的事情，可惜我们谁也听不懂。

鸟雀中，我最不喜欢的是猫头鹰，认为它是一种"不祥之鸟"，因为听祖母说过，它是阎王爷的小舅子，一叫唤就会死人。叫声也很难听，有时像病人的呻吟，有时发出"咯咯咯"的怪笑，夜空里听起来很吓人。样子也很古怪，白天蹲在树上睡觉，晚间却拍着翅膀，瞪起大而圆的眼睛。

魔怔叔耐心地听我诉说着，哈哈地大笑起来。显然，这一天他特别畅快。他问我："你知道古时候它的名字叫啥吗？"我摇了摇头。他在地上用树枝书写一个"枭"字，他说，从前称它"不孝之鸟"，据说，母鸟老了之后，它就一口口地啄食掉，剩下一个脑袋挂在树枝上。所以，至今还把杀了头挂起来称为"枭首示众"。

我还向魔怔叔问过：有些鸟类，立夏一过，满天都是，很多很多，可是，两三天过后，却再也不露头了，这是怎么回事？他侧着脑袋想了一想，告诉我：这些可能是过路的候鸟。它们路过这里飞往东北的大森林和蒙古草原去度夏，在这里不想久留，只是补充一点粮食和饮水，还要继续它们的万里征程。

说着，魔怔叔便领我到大水塘边上，去看鸬鹚捕鱼。只见它们一个个躬身缩颈，在浅水滩上缓慢地踱着步，走起路来一俯一仰的，颇像我这位魔怔叔，只是身后没有别着大烟袋。有时，它们却又歪着脑袋凝然不动，像是思考着问题，实际是等候着鱼儿游到脚下，再猛然间一口啄去。意兴盎然的鸟趣生机，给我带来无穷的乐趣。

我进了私塾以后，仍然和魔怔叔保持着亲密的关系。他和我的塾师刘璧亭先生是挚友，每逢刘先生外出办事，总要请他代理课业，协助管束我们。由于魔怔叔是一位地地道道的"博物学家"，讲授的都是些活的学问，所以，我们特别感兴趣。

在这天午后的课堂上，他随手拿起一本《千家诗》，翻到"双双瓦雀行书案，点点杨花落砚池"这几行，又用手指着窗外枝头的家雀，说：因为家雀常常栖止于檐瓦之上，所以，这里称做"瓦雀"。

接着，他又告诉我们，李清照的《武陵春》词中有这样两句："只恐双溪蚱蜢舟，载不动许多愁。""蚱蜢"是一种形体很小的昆虫，用它来形容，说明这种船是不大的。蚱蜢的名字，听起来生疏，其实，你们都见过。说着，他就到后园里捉回一只翅膀和腹部都很长的飞虫，手指捏住它的双腿，它便不停地跳动着。我们认出来了，这是大蚂蚱，俗称"扁担勾"的，当即高兴地齐声念起儿歌："扁担扁担勾，你担水，我熬粥。熬粥熬的少，送给刘姥姥。姥姥她不要，我就自己造（辽西方言，吃的意思）。"

我从一部"诗话"中看到"一样枕边闻络纬，今宵江北昨江南"这样两句诗，便问魔怔叔："络纬是不是蟋蟀？"他说，络纬俗名莎鸡，又称纺织娘，蟋蟀学名促织，二者相似，却不是一样东西。说着，便引领我们走向草丛，耐心地教授如何根据鸣声来分辨这两种鸣虫。因为不能出声，他便举手为号：是促织叫，他举左手；络纬叫了，便举右手，直到我们能一一辨识为止。

夏天一个傍晚，气闷得很，院里成群成阵地飞着一些状似蜻蜓、形体却小得多的虫子。"魔怔"叔告诉我们：这就是《诗经·曹风》"蜉蝣之羽，衣裳楚楚；蜉蝣之翼，采采衣服"中的蜉蝣。这种飞虫的生命期极短，只有几个小时；可是，为了传宗接代，把物种延续下去，却要经历两次蜕壳和练飞、恋爱、交尾、产卵的整个历程。当这一切程序都完成之后，它们已经是疲惫不堪了，便静静地停下来，等着死掉。

《诗经》里的"岂其食鱼，必河之鲂"，鲂就是河里的鳊花，扁身缩颈，鳞细味美。——这也是从魔怔叔那里听来的。

但是，后来读书渐多，发现他所讲的有的也并不准确。比如，他说《诗经》中的"螟蛉有子，蜾蠃负之"，蜾蠃就是土蜂，这大概是不错的。可是，他依据旧说："蜂虫无子，负桑虫（即螟蛉）而为子"，把蜾蠃捕捉螟蛉等害虫为其幼虫的食物说成是收养幼虫，这就是谬误了。

不管怎样说，长大以后，我之所以能够"多识于虫鱼草木之名"，和童年那段经历是有着直接关系的。我要特别感谢那位魔怔叔的指教，他是我的第一位老师。

（2000年）

还 乡

　　乡心、乡情、乡愁，颇像一曲古老而又充满温馨的歌谣，每当灯火阑珊、夜深人静之时，它就会似隐似显、忽远忽近地悄然在耳边响起，牵动着游子的情怀。这时，真恨不得两胁倏忽长出一双翅膀，翩然飞向云端，尽快投身到故园的怀抱里。可是，想望终归是想望，当你真的要束装归里了，却又常常颇费踌躇。

　　人本身就是复杂而矛盾的动物，这类反常情况不时地出现，而且，原因有多种多样。五代时有个诗人名叫韦庄，故乡在陕西长安杜陵，在他的诗词中，不时可以看到心"留秦地"、晓"望秦云"，"雁带斜阳入渭城"之类怀恋故土的句子。可是，待到真的有机会回去了，他却要说："未老莫还乡，还乡须断肠。"其意若曰，比起故园来，江南的生活更加值得留恋：这里不仅有"春水碧于天，画船听雨眠"的水乡佳景，而且，最令人迷恋的，还是那花容月貌、皓腕凝霜的垆边丽人。因此，当青春年少之时，应该在这风月繁华之地纵情游冶，诗酒风流，充分享受每日的生活；只有到了步履蹒跚、情怀索寞、游兴顿消的迟暮之年，才不得不打点行囊，再谋归计。

　　这种心理矛盾、行为反常的情况，我也曾实际体验过——当然情况迥然有别。中学时代，我住在县城的学校宿舍里，大约隔上半年左右才能回乡一次。由于渴盼着回家，提前多少天心旌就已经摇荡了，睡不好觉，吃不好饭，合上眼睛就觉着是走进了家门。可是，及至真的走进了村子，却又"足将进而趑趄"。原来，我那时刚刚戴上了一副近视眼镜。上个世纪五六十年代，在偏僻、闭塞的农村，还几乎看不到戴眼镜的人，电影里、舞台上倒是常见，但不是洋鬼子、狗特务，便是老财主、大掌柜，总之都不是正面形象。偶尔有个戴着眼镜的人当街走过，定会遭到乡邻老少的冷眼，甚至会指着脊梁骨，骂一声"臭美"，"唬洋气"。因此，每次放假还乡，离村很远，我就把眼镜摘下，揣进怀里。

可是，这样一来，新的尴尬又出现了。由于眼睛近视，辨不清楚迎面过来的人是熟悉的还是陌生的，是张家二叔、李家大伯，还是完全不相干的过路人。有心主动打个招呼，又怕认错了人，闹出笑话；不打招呼吧，更怕果真是个熟人，被人家指责为"眼眶子高，架子大"。最后，只好一路低着头，目不旁瞬。"近乡情更怯"，"不敢看来人"。

在时下的青年人看来，这种做法着实可笑，完全是自讨苦吃，多此一举。索性你就戴上眼镜，大大方方地走进村子，谁还能把你怎么样？无非是开始看不惯，三回两回过去，人们了解了实情，也就见惯不怪了。可是，在当时我却缺少这样的勇气。

"少小离家老大回"，这又是一种情况。在一般人看来，这应该是不会大费周章的。但是，实际上，却并非想像的那样简单，恐怕是不同人有不同的难处，不同的苦衷。依现今乡下的惯例，凡是久别归来的人，不管你愿意不愿意，都免不了要经受一番街坊邻里、亲戚故旧的直接或间接的、令人十分厌烦的盘查——多年在外，混出了一个怎样的名堂？是不是发了大财，或者谋得了一官半职？结婚、生子没有？他们都干什么？遇有年轻一些的，还会被问到：为什么没有带回一个俊俏的媳妇或者如意郎君？……完全都是无须他人过问的个人私事，诌一句文词儿，叫做"干卿底事？"可是，有些人偏是分外关心，爱管闲事。

闲谈中，一位少时同学说起了他回乡时遭遇的尴尬场面。他是在离别故乡三十三年之后重返家园的。这天，当他背着沉重的包裹出现在邻居、亲人面前时，还没说上几句话，就觉得满院子的人所有的眼光，同时射向他那已经爬满了皱纹的脸上，射向鼓鼓囊囊的大包裹。进屋之后，自然是寒暄，是问候，是热泪盈眶，是沏茶倒水，……但是，最终总要问起：当了一个多大的官儿？每月能赚多少票子？住的是楼房、瓦房？老婆、孩子都干什么？他们为什么没有同来？而在一一作了答复之后，就要一样一样亮出行囊里的家底，当着三叔、二伯、七姑、八姨的面儿，逐个地把礼品分送到眼前。花费了很多钱自不必说了，最难处理的是如何答对得周到、圆满，摆布得四平八稳。这是一件十分麻烦、颇费脑筋的事，必须在还乡之前，就通过信件事先询问清楚，做出妥善的安排；否则，万一有个遗漏，出现了闪失，便会招来不快，直到你离开了许多日子，亲友、乡邻们还会嘀咕个没完。

在外面没有混出一点名堂来，自然没有脸面还乡，所谓"无颜见江东父老"。战国时的苏秦，游说秦王没有成功，裘蔽金尽，形容枯槁，"归至家，妻不下衽，嫂不为炊，父母不与言"。其窘促之状，恰如唐人诗中所写的："归来无所利，骨肉亦不喜。黄犬却有情，当门卧摇尾。"这种情况，可说是：自古已然，于今为烈。

那么，发迹了、出息了的，就肯定有勇气面对回乡这个现实吗？也不见得。俗话说："好狗护三邻，好人护三屯。"你曾否为故乡的发展作出过什么贡献？还有，三叔的儿子的工作，你帮助没帮助安排？小舅子的女儿上大学了，你是否有过资助？还有大姑奶的外孙子、二伯父内弟的小女儿托你办的事，你都办得怎么样？一切一切，返乡之前，都必须想得周全，有个着落；发现有什么未尽事宜，能够弥补的要及早加以弥补。在这些碰头磕脸的事获得妥善处理之前，最好先别忙着回去。不然，酸言冷语、闲言碎语，七七八八，都够你"喝一壶"的。

其实，上述问题尽管十分琐碎，却还可以料理，真正令还乡游子伤情无限的，还是故乡的一切已经面目全非，旧时的踪影竟然随着童年的飞逝消失净尽。想象中的甜美与热切的期望，无法代替瞬息万变的残酷现实。

于是，还乡同时就意味着失落，往往就是一番感伤之旅，凄别之旅。

故乡，令我永生眷恋的是门前的大沙岗子。那里是我儿时的乐园。沙岗上长满了大可合抱、小则瓦罐粗细的各种林木，远远望去，蓊蓊郁郁，势若云屯。不管多么热的暑天，只要往那里看上一眼，立刻会感到浑身凉爽。树上缀满了鸟巢，傍晚时节，乌鸦、喜鹊，各种叫不出名称的鸟儿，纷纷归巢，黑压压的，遮天盖地。冬天傍晚，朔风骤起，林木震撼，发出一种呜呜的声响，杂和着屋后怒潮、奔马一般的没有遮拦的北风烟雪，坐在屋子里竟有置身舟中的感觉。春天来了，杨花、柳絮、榆钱，纷纷扬扬，漫空飘撒，织成一片烟雾迷离的空濛世界。清晨起来一看，院里院外，恍如雪花铺地。我父亲每天都扫个不停，"沙沙沙，刷刷刷"，至今还仿佛活在我的梦里，响在我的耳边。然而，这一切都早已化为乌有了，经过"公社化"、"大办食堂"的乱砍滥伐，于今，不仅长林古木杳无踪影，而且，连大沙岗子本身也已经夷为平地了。

还有那"芦花千顷水微茫"的迷人景观。小时候，南大洼的片片芦花，年年都为秋风引路。中秋月圆前后，雁声嘹唳在长空里，碧水、黄芦之上，苇花热烈而繁华地盛开着，迎着遍野金风，它们一排排地起伏荡漾，像白浪滔滔，洪潮滚滚，却听不见拍岸的声响。整个村落，罩上一层霜雪般的茫茫花雾，宛如浮荡在虚无缥缈的童话世界里。现在，这一切已经全然不见了，弥望的是横不见地边、纵不见地头的清一色的稻田。面对着这些变化，心头总觉得好像是缺少了一点什么。

回到故乡，你最想见上一面的也许是年轻时钟情无限的女友，平时不知有多少次，只要记起她的名字，脑际便立刻重现出那盈盈的笑靥，俊俏的丰姿。可是，当这一时刻终于来到了，站在你面前的却是一个齿豁发疏、皱纹满脸的老妪形象，你会惊诧得叫出声来，下意识地低下了脑袋，不忍心再多看上一眼。紧接着涌上来的一个念头，便是：我在她的眼里，不也是如此吗？此情此境，便使一切都意兴索然了。

这里反映出一种心理上的变化，许多事物在孩子和成年人眼中，是迥然不同的；同样一种事物，在阅历不同、心境各异的人看来，也会产生截然不同的印象。本来，对于故乡的认识，游子们无一例外地都会夹杂着浓重的感情色彩和想象、向往的成分。原本十分鄙陋的乡园，经过记忆中的漫长岁月的刷新，在离人的遥遥想望中，已经变作温馨的留念与甜美的追怀，化为一种风味独具的亮点，放射出诗意的光芒。在回忆的网筛过滤之下，有一些东西被放大了，又有一些东西被汰除了，留下的是一切美好的追怀，而把种种辛酸、苦难和斑驳的泪痕统统漏出。

当然，这一切都须以淡淡的追怀、遥遥的思念为前提，当你一朝踏上了归途，真的把故乡收进眼底，那种失望与迷茫的心情便会蓦然涌起，一种追求与幻灭交织着的情怀，会令你深悔此行，觉得真不该生生地吹破了这个美丽的肥皂泡儿。借用大文豪普鲁斯特颇带感伤意味的说法：我们徒然回到我们曾经昼思夜想的埋葬过温馨童年的地方。

清人有"老经故地都嫌小"的诗句。其实，何止小呢！说是"故地"，早已无"故"可言了。我们已经没有可能重睹过往的一切，因为它们不是寄形于空间，而是存储在时间里。

时间，恰恰是时间发生了变化，重游旧地的人已不再处于曾以自己的热情装点过那个地方的童年。

（2010年）

辽海春深

一

这是一个落红成阵的傍晚。

一丛丛金英翠萼的迎春花，正开得满眼鹅黄，装点出枝枝新巧，小桃红也忙不迭地吐出了相思豆一般的颗颗苞蕾；而堤畔的杏林花事已经过了芳时，绯桃也片片花飞，在淡淡的轻风中，划出美丽的弧线，飘飞在行人的眼前，漫洒在绿幽幽的草坪上，坠落到清波荡漾的河渠里。

面对着这种残红万点的景色已经不知多少次了。印象最深的，是小时候到姨母家去，时光不比现在晚多少，我却已经换了单衫了，是月白色的土布做的。路过一处桃园时，空中没有一丝风，缤纷的花瓣飘落在布衫上，一片叠着一片，乍一看，像是绣上去的细碎的花朵。妈妈在前面几次三番催我快走。我说，走不得，往外一走，我的绣花衫就又变成白布了。最后，索性站在桃林深处，一动不动，享受着大自然的美的赐予。

可是，等我们几天后回家，再度经过这里，已经是繁英落尽，绿叶蒙茸了。果真是"少年不识愁滋味"，当时，暗诵着王安石的"春风取花去，酬我以清荫"的诗句，觉得大野芳菲如此幻化无穷，确是满新鲜的，一时竟抑制不住心头的兴奋。当时实在不能理解，那些文人骚客对着绿暗红稀，居然愁绪茫茫，究竟所为何来。

还有一次，是"文化大革命"后期，我已经开始体悟到中年情味了，其时被抽调到偏远的山区去参加"改造落后队"的实践，当然，落脚点还是要改造我们这些"臭老九"的小资产阶级思想。时间是一年，种地之前农闲时期进村，到次年的大忙季节返回。

任是再困难、再"落后"的荒村僻野，春风也照样吹开了冻土，我们便挥起镐头，刨那些秸秆割掉后留下的茬子，或者一担担地往地里挑粪，晚上还要顶着星星月亮，开那滚滚滔滔、无休无尽的会。一天过后，累得连炕都爬不上去。尽管这里水媚山娇，风情万种，人们却没有半点赏花玩景的心思，每天连脑袋都懒得抬一下。

可是，突然有那么一天，早晨出工时，我不经意地发现路旁的杏花残瓣正在随风飘落，不禁心神为之一振。这倒不是由于清景撩人，逗发了什么诗兴；只是想到杏花落了，表明春天已经来过多时，眼看就要开犁种地了，我们也即将脱离改造身心的环境，告别这种繁重的体力劳动了。

二

有人说，花朵是沟通大自然与人的心灵的一种不需要翻译的语言。借助花朵的昭示，人们能够体察到天地造化中的灵性，感知自己灵海的波澜、心旌的摇荡。也许果真是这样，但我自己的体会不深。只觉得年华老大之后，面对着残红委地，落英缤纷的衰凉景色，总有些"春归如过翼"，"流年暗中偷换"的丝丝怅惘。

在这方面，我们不能不佩服宋代女词人李清照感受力的敏锐与表现力的高超。她在一首调寄《清平乐》的词里，通过她在梅花面前的表现，刻画出自己青少年、中年、晚年心态的变化："年年雪里，常插梅花醉。"此时她在汴京，正处于待字闺中和新婚燕尔的花季，每当雪飘飞絮、梅吐清芬之时，她总要满含着盈盈笑意，如醉如痴地把那独占春先的梅朵插在青丝秀发上。一个"醉"字，就把小儿女春闺嬉戏的情景刻画得活灵活现。

待到哀乐杂陈的中年时节，她这个情感极为丰富的才女，更由于被丈夫疏远而无亲生子嗣，变得郁郁寡欢，了无意绪了，"挼尽梅花无好意，赢得满衣清泪"——一边揉搓着寒梅的花朵，一边想着心事，不觉清泪沾裳。

下片写她在汴京沦陷、丈夫病逝之后的晚年心境："今年海角天涯，萧萧两鬓生华。看取晚来风势，故应难看梅花。"在这里，人与花的命运是相互照应的，花犹如此，人何以堪！"看取晚来风势"，也正是词人审视自己晚年颠沛流离的处境和国亡家破的形势。

无独有偶，异曲同工。大约过了七十年左右，南宋另一位著名词人蒋捷写了一首《虞美人》词。说不清楚是妙手偶得，不谋而合，还是吸收、借鉴，探骊得珠，达到同鸣共振，反正除了他是以听雨为线索，与李清照以梅花为线索略有差异外，在整个谋篇布局、意蕴提摄方面如出一辙，甚至句式、段落也完全一致，都是上片写青壮年，下片写晚年，各为四句。他们都是以高度简捷、概括的手法，通过一种眼前的意象，刻画出曲折的人生经历，以及随着时空变换而呈现出的三个阶段、三种心态。

"少年听雨歌楼上，红烛昏罗帐。"绣帏低掩，烛影摇红，绮罗芳泽，写尽了少年时代恣情游冶，逐笑追欢，无忧无虑的放浪生活。迨至壮年，就在客舟中听雨了，"江阔云低，断雁叫西风"。笔端极度渲染了西风雁唳之中，风雨兼程、飘游江海的悲凉心境。与少年时代昏卧温柔乡中、红罗帐里，恰成鲜明的对比。

"而今听雨僧庐下，鬓已星星也。"老去情怀本多孤寂，又兼息影僧庐，羁人偏逢夜雨，自然是倍感凄清、愁苦。"悲欢离合总无情，一任阶前点滴到天明。"——人生悲喜无常，离合难定，哪里有心绪去听那渐渐沥沥、通宵不止，仿佛点点滴滴都敲在心上的雨声，索性由它去罢。

道是无情还有情。说是不听，实际上心思并没有真正放下，甚至是牵肠挂肚，彻夜不眠。若不然，怎么会知道雨声"点滴到天明"呢? 象征性地描绘出了国事蜩螗，生涯愁苦，萦萦难以去怀的故园心眼。语似解脱，实际上却是沉痛至极。

三

同是落英缤纷的春晚，同是漫步在"桃花乱落如红雨"的芳林里，一样的飞花片片，此刻，我的心境却与少年时节迥然不同。仿佛行进在霏霏细雨之中，耳畔听得见那似近似远、疑幻疑真的时间的淅沥，像是*丝丝缕缕*、点点滴滴都飘落在寂寥的心版上，切实地体验到一种流光似水、逝者如斯的感觉。我相信了，细雨真的是一种撩拨思绪的弦索，雨丝织出来的"情绣"常常是对于往昔的追思。何况，而今人过中年，正处在对于"韶华不再"最为敏感的年纪。

一般地说，伴随着人生阅历的增加，人们心目中的宇宙似乎在不断地向外扩张开去，而从个体生命的角度看，人生的风景却在这种扩张中相对地缩微、收敛。从前曾经喧啸灵海的汐潮，在时序的迁流中，已如浅水浮花，波澜不兴了；许多生活的图像，或则了无踪影，或则漫漶模糊，在心灵的长期浸染下，它的釉彩也会变得斑驳不清，成为一种前尘梦影、旧时月色。

岁月无情，它每时每刻都在销蚀着生命；自然，它也必不可免地要接受记忆力的对抗，——往事总要竭力挣脱流光的裹挟，让自己沉淀下来，留存些许痕迹，使已逝的云烟在现实的屏幕上重现婆娑的光影。而所谓解读生命真实，描绘人生风景，也就是要捕捉这些光影，设法将淹没于岁月烟尘中的般般情事勾勒下来。

回忆是缠绵在中老年人身上的一种痼疾，说得好听一点，它是这个人群特有的专利。它常常是重新感受年轻，追忆逝水年华的一种无可奈何的心灵履约，是对于昔日芳华的斜阳系缆，对于遥远的童心的痴情呼唤，当然，也是对于眼前的衰颓老病所造成的心灵创伤的一种无可奈何的调适与抚慰。

普通的人们毕竟还都天机太浅，既不具备佛禅的顿悟，也没有道家坐忘的功夫，总是像《世说新语》中说的"未免有情"。因此，在回首前尘，也就是重新展现飞逝的生命的过程中，在感受几丝甜美，几许温馨的同时，难免会带上一些淡淡的留连，悠悠的怅惘；而且，由于想象中的完美和过于热切的期待终究代替不了实际上的近乎无情的变换，所以，回忆常常带有感伤的味道，"于我心有戚戚焉"。

当然，回忆终竟是有价值、有必要的。心灵慰藉之外，回忆还有更深一层的意义在。"前事不忘，后事之师。"人们可以通过平静而真切的回忆，去解读那多彩多姿的生命流程，揭示已不复存在的事物本相，汲取宝贵的人生经验。如果再进一步，能够把它写在纸上，形诸文字，那就无异于重现一个个鲜活的生命真实，描绘出种种生灭流转的人生风景，这对他人、对来者都是很有意义的。

四

不过，事情常常不像想象的那样简单。早在一千一百多年前，玉溪生就在《锦瑟》诗中慨乎言之："此情可待成追忆，只是当时已惘然。"当时就已惘然，何谈事后追忆！况且，追忆终竟属于想象的领域，它是在时空变换条件下的一种新的综合、新的加工。许多飘逝了的过眼云烟，通过回忆，获得一种以新的形态再次亮相的机缘，包括有些当时并不具备，而是由追忆者赋予它的新的意蕴，新的感受。

不要说凡是追忆都或多或少、或显或隐地夹杂着本人对于过往情事的重新诠释；即使是当时，由于各个当事人诸多方面的差别，也往往是"智者见智，仁者见仁"，记其所见，而略其所未见。即如朱自清与俞平伯两位文学大师，原是同时同地，同在桨声灯影里畅游秦淮河，可是，他们所感知、所记述的，却是或抒诗怀，或重"主心主物的哲思"，存在着明显的差异。因此，无论回忆也好，捕捉光影、勾勒情怀也好，充其量只是粗略的素描，或者带有主观色彩的感悟，而绝非摄影机下原原本本的照相，更不可能是那种记录三维空间整体信息的全息影片。

当然，就算是原原本本的摄像或者全息影片，又怎么样？年光已经飞鸟般地飘逝了，留下来的只是一个个空巢，挂在那里任由后人去指认、评说。有人说得更为形象：照片这东西不过是生命的碎壳，纷纷的岁月已经过去，瓜子仁一粒粒咽了下去，滋味各人自己知道，留给大家看的惟有那满地狼藉的黑白瓜子壳。

（2000年）

乡 音

　　乡音，是人人都有的，而且，它很难改变。不管人生的旅途怎么走，飞黄腾达，还是穷困潦倒，也任凭你飘流到异域他乡什么地方，纵然昔日的惨绿少年变成了白头翁媪，可总有一样东西依然不改，那就是由声调、方言、语词习惯等成分构成的乡音。离散多年的儿时旧侣偶然遇合，一口独具地方特色的乡音，会在顷刻间打开你的记忆之门，引领你到灵魂的根部，返回早经飞逝的岁月。即使彼此并不相识，只要一缕浓重的乡音飘过耳际，也会迅速拉近心灵的距离，带来一阵惊喜，一种温馨，一丝感动。不是说"老乡见老乡，两眼泪汪江"吗？

　　可是，从前对此我却未尝留心。离别家乡之后，南北东西，五方杂处，自己的乡音究竟有什么特色，似乎完全忽略了。忽然有一次，它突兀地显现出来，竟然使我惊异莫名。那是 1993 年 4 月，在沈阳参加东北大学恢复校名的纪念活动，见到了当年东大的代校长、现已定居美国加州的宁恩承老先生。接谈数语，他就已辨知我的故乡所在。他说："听口音，你和少帅是同乡。"我说，我们是同乡，张将军的出生地，离我家不过十几公里，有一年桑林子乡办秧歌会，我还到那里去转过。宁老听了很动情，不禁感慨丛生，随口吟出两句诗来："河原大野高歌调，自别乡关久不闻。""高歌调"指的是家乡那种调门高爽的"地秧歌"曲调。原来，老人著籍辽中，离盘锦很近，所以也属同乡。他与少帅同庚，少帅兼任东北大学校长时，他被委任为秘书长，彼此交谊甚深，汉公到美国后更是常相过从。

老人当时很兴奋，讲了许多有关少帅办学的往事。除了为东北大学捐款二百万元，以重金从全国十几个省延聘来章士钊、梁漱溟、刘仙洲、梁思成、黄侃等著名专家、学者外，汉公主政东北期间，还以私资创办了同泽中学、同泽女中、职业学校、成人学校和三十六所新民小学。东北教育一时称盛，仅辽宁就有各级各类公私学校一万零四百多所。

宁老虽已九十三岁高龄，思维却依然敏捷。他从名片上看到我的名字里有个"间"字，便联想到这和我的故乡著名景区医巫闾山有关。我连连点头称是。他说，可惜这次时间太紧了，不然，真应该再游游闾山，重温旧梦，回去也好向汉公作个交代，——他对医巫闾山有深厚的感情啊！他和于凤至生了三个儿子，都以闾山美玉为名，典故出自《淮南子》。闾山东麓有张氏家庙，他父亲——"大帅"的墓园在闾山南麓。

这一天，我们谈得十分投机，分手时宁老还叮嘱我，日后如果到了旧金山，一定要和他打个招呼，届时可以联床夜话，樽酒论文。事有凑巧，第二年7月我即有访美之行，第一站就是旧金山。电话刚刚过去，宁老就派车来接我。记得那天的话题是从"三国"说起的。宁老说，一个朝代给予人们的印象是否深刻，未必和这个朝代的历时长短成正比例，往往同当时事件的密集程度、有没有震撼人心的角色有直接关系。比如，三国纷争不过五十几年，可是，人们却觉得无尽无休，热闹非凡，就因为当时斗争激烈，矛盾复杂，英雄、奸雄辈出，各色人等应有尽有。同样，张氏父子的"连台好戏"，从1916年老帅被"袁大头"任命为盛武将军，管理奉天事务，到1936年少帅"临潼捉蒋"，也只有二十年，可是，在人们心目中却成了一个说不尽的历史话题。我接上说，这是理所当然的，一个"西安事变"，就足够中华民族说上千年，记怀万代的。

我们此行的最后一站是夏威夷，知道张将军正在那里度假，出于对世纪老人的衷心景仰和无限思念，出于浓烈的乡情，席间，我们询及有没有可能见他一面。宁老说，思乡怀土，是他终生难以解开的情结。他曾多次对我说，最想见的是家乡那些老少爷们儿。同乡亲叙叙旧，应该说是他的暮年一乐。但是，毕竟已经到了风烛残年，一点点的感情冲击也承受不起了，每当从电视上看到家乡的场景，他都会激动得通夜不眠，更不要说直接叙谈了。因此，"赵四"拼力阻止他同乡亲见面，甚至连有关资料都收藏起来，不让他见到。

看到我们失望的神情，老人突然问了一句："你们在夏威夷能住几天？"我答说计划是三天。"时间也许还够用。"说着，宁老引我注目窗外，"汉公的寓所前面，也有这样的草坪，那里紧靠金色海滩。他每天傍晚，都要在海滩闲步，或者坐着轮椅出来。你只要细心一点就能发现。发现他以后，你们几个人就大声嚷嚷，随便说些什么都行。你的乡音很重，就由你来唱主角。估计不用多长时间，汉公就会发问：'你们从哪儿来？'你就可以回答：'我们是中国辽宁的，从沈阳来。'他立刻就会问：'听你口音很熟，你是哪疙瘩的人？'你就如实说是盘山高平街（高升镇旧称，"街"读音为 gai）的。他马上会说：'噢，我们是乡亲哩！'紧接着就会请你们上楼，唠唠家乡的嗑儿。"

我们顿时活跃进来，齐声称赞宁老定计高明。老人叮嘱我们："见上一面就很不容易了，时间可不能长啊，以免汉公过分劳累；还有，谁也不能泄露天机，不许提我宁某人一个字，否则，你们走后，赵四就会打来电话，向我兴师问罪。"我们唯唯承诺，带上宁老提供的张家住址，继续上路，先后到了纽约、华盛顿、洛杉矶。一路上，我反复思考着会面时同将军谈些什么。

自然要说说家乡盘锦的巨大变化；还要告诉他，医巫闾山翠秀依然，先人的庐墓已修葺一新；他的旧居门前那棵老柳树，虽已老态龙钟，风姿却不减当年，旁边的水井完好如初，屋后那棵百多年的老枣树，至今还是枝繁叶茂，果实累累。我要告诉张将军，家乡父老盼哪，盼哪，天天都盼望着他能回去看看。

十天后，我们取道旧金山，准备转乘飞机飞往夏威夷。行前，同宁老先生握别。老人说，前天同汉公通过电话，近日他稍感不适，晚间偶有微热，看来三五天内不能出去，也不可能会见客人。失之交臂，自然是抱憾终天，但以将军的健康为重，又只能作罢。

回来以后，我给宁老写了一封信，深情感谢他的热诚接待，并附寄一张标有汉公出生地的辽宁省地图，连同这篇《乡音》，还题写了一首调寄《鹧鸪天》的词，请他在方便时候一并转致张将军。词曰：

风雨鸡鸣际世艰，西京义烈震宇寰。胸藏海岳居无地，
卧似江河立是山。

今古恨，几千般，功臣囚犯竟同兼！英雄晚岁伤情事，
锦绣家乡纸上看。

于今，将军已经驾鹤西去，归乡的宿愿终未得偿。呜呼，尚飨！

（2002年）

山城的静中消息

出桓仁县城北行五公里许，便是最近被列入《世界遗产名录》的五女山高句丽王城。

这里地处长白山山林地带的小块盆地上，四围有群山环绕，巍峨的天女峰、玉女峰、参女峰、春女峰、秀女峰，犹如五扇屏风耸峙于身后；而迎面则有澄澈的浑江蜿蜒地流淌着，银练般地闪射着清光。两千多年前，我国东北部的高句丽族在高约百米、易守难攻的五女山上首建都城，宣告高句丽王国诞生，从此开创了长达七百零五年的鸿基伟业。

王城险峻异常，南面与西面借助陡峭的悬崖绝壁，依山列势；东、北两面以条石砌做城墙。这种筑城形制，反映了高句丽人依山而居的民风和尚武知兵、能征惯战的民族特性，同时，也可以看出他们当时所面临的局势的严峻、处境的险恶。

今天望去，尽管昔日的云旗委蛇、戈戟交辉之势早已隐没在苍茫的历史帷幕的后面，但在斜阳的映照下，陡峭的山崖和残存的雉堞依然透露着几许悲壮与苍凉，丝毫未减当年巍峨、奇崛的气象。

一个晓露犹凝的清晨，我们穿过利用山崖罅隙辟出的西门，顺着斜坡石路登上了山城。上面十分开阔，城垣略呈长方形，南北长约一千米，东西宽三百米左右。在考古工作者指引下，我们穿行于丛林、榛莽之中，一一指认着宫殿、库房、兵营、水井的旧址，测定各种废墟的方位、范围，想像着当日王城壮丽的景象，透过静中消息，叩问着终古的沧桑。

早在公元前 108 年，汉武帝即在东北松辽平原和朝鲜半岛设立四郡，由中央直接管辖，其中的玄菟郡首县高句丽县，为高句丽族聚居之地。到了汉元帝建昭二年（公元前37年），扶余国的王子朱蒙为了逃避宫廷内部的血腥斗争，全身远害，逃离扶余国南下，历经艰难险阻，终于选定了这座五女山，作为山寨，始建城郭（初名纥升骨城）。

立国伊始，尚称卒本扶余，经过十余年的杀伐征战，并吞了沸流等小国，逐渐确立了盟主地位，使国家不断地强盛；到了他的儿子类利嗣位，于公元14年占领了高句丽故地之后，才易名为高句丽国。为颂扬父王建国的丰功伟烈，晋封朱蒙为始祖东明圣王。随着形势的发展变化，四十年后，高句丽将都城迁往吉林辑安。

古代历史上各个民族和国家的创始人，往往都被罩上神明圣武的光环，涂上一层神秘的色彩，赋予其一种非同凡响的出处。如同神话传说中的黄帝之母"感大电绕北斗枢星"而生黄帝，姜嫄履巨人迹而生周祖弃，仙女吞朱果而生满族始祖布库里雍顺一样，高句丽族的始祖朱蒙的诞育传说，也充满了神奇的色彩。公元414年雕镌的好太王碑，对朱蒙的出生、发迹的神话作了生动的记载："惟昔始祖邹牟（朱蒙）王之创基也，出自北夫余，天帝之子，母河伯女郎，剖卵降出，生而有圣德。"此前三百多年，汉代著名思想家王充在《论衡·吉验》篇中，也曾记有类似的传说。

两千年倏忽飞逝，二十八代高句丽政权早已湮没于历史的烟尘之中；但是，他们所创造的辉煌的文化遗迹，至今仍闪烁着璀璨的光芒。那高耸于荒烟蔓草中的碑碣石刻，深埋于地下的古墓和千年毫不褪色的壁画，尤其是星罗棋布般散落于各地的古代山城，都集中体现了高句丽族人民的智慧、勇气与体能、技艺，成了关东大地一道绚丽的风景线。

仅辽宁、吉林境内就有高句丽山城一百三十余座。险恶、严峻的生存环境，使这一民族具有很强的防御意识和作战能力。他们极为重视对于自然地理条件的选择，绝大多数山城都建筑在山势峭拔，有水源保证，并能控制交通要冲的地势上；座座山城之间各抱地势，相互照应，形成集团性的整体功能。这一特点已经引起军事学家的浓厚兴趣，认为这种卫城设置应该正式纳入古代军事史中。

一些考古学家对于五女山城尤其重视，他们在对照了世界几座著名的卫城之后，认为中国的这座古代山城，堪与建于公元前的希腊迈锡尼卫城和雅典卫城媲美，因而誉之为"东方第一卫城"。这些建筑在陡峭的山崖或高台之上的卫城，共同之点是都以防守为主要功能，城内都有王宫、兵营、仓廪、水源；差别在于五女山城没有神庙，专家认为，这可能和我国政权发展过程中较早与神权脱离有直接关系。

作为史册的残页，五女山城已在岁月的风霜中滤除了当日的建造过程，它的实际功能也像飞鸟离巢一样脱开了残躯败体。但是，古代劳动人民的伟大创造力却并未随之而消失，二十个世纪过去了，它的伟岸、恢宏，仍然令人赞叹不已。

至于这些故垒荒城中所昭示的偈语、禅画般的无尽机锋，更能触发作家、诗人心灵的机括，使忙碌、浮躁的现代人群借此获得片刻萧闲，从有限想到无限，从存在认知虚无，从瞬时悟出永恒。

一个"思想者"，其躯体会随着岁月的迁流而衰颓、腐朽，可是，他在精神方面的建树和转化为物质成果的实绩，却将凭借着一定的载体而永世长存。同样，一座山城也好，一条古道也好，一处几千年前的建筑废墟也好，在它残存的构架后面，也都深藏着无尽的兰因絮果，遗存着丰富的文化内涵。雷峰塔倒掉之后，它后面的白蛇、许仙故事仍然鲜活地留存在千百代人的心里。

同埃及、巴比伦等古国不同，我们中国古代的典籍浩如烟海，五千年的灿烂文明煌煌地记载在上面。比较起来，我们更看重文字记载的历史，而对于废墟文化则不像西方国家那样格外地重视。其实，历史的生命力是潜在的，暗伏的。废墟以其丰厚的文化积存，载记着成功后的泯灭，颓败里的辉煌，以及没有载诸史册的千般兴废、百代沧桑。就这个意义来说，同样是历史的读本。

我以为，一些废墟之所以令人辗转留连，盖由于通过它可以检视岁月的车轮留下的征尘辙迹，从它身上我们似乎听到了穿越时空的回响，感受到历史的鲜活存在；由于它历经过无尽沧桑，能够以其特有的魅力唤起后人的深沉的鸿泥之感，吸引人们循着荒台野径、断壁残垣，去体悟建筑艺术中抽象的情感，赏鉴朦胧的艺术意境，追踪昔日的辉煌。

人情贱近而贵远，越是可望不可即的事物，越是奇绝险阻之地，人们出于好奇心，越是要亲往登临，探其堂奥。正如普希金在《叶甫根尼·奥涅金》中所写的：

> 呵，世俗的人！你们就像原始的妈妈——夏娃，凡是到手的，你们就不喜欢；只有蛇的遥远的呼唤和神秘的树，使你们向往。

应该承认，同希腊迈锡尼卫城和雅典卫城相比，五女山高句丽王城无论就其时代的悠久、内涵的丰厚来说，都是毫无逊色的。而在祖国东北广大民众的心目中，它更是"奥林帕斯山上的宙斯"。法国作家辛涅科尔说过："对于宇宙，我微不足道；可是，对于我自己，我就是一切。"如同现实中的每个人一样，任何一处古迹也都有它的自我。这个自我，具有唯一性，是不能复制、不可重复的，因为历史与自然这伟大的母亲在塑造了它之后，随手就把模子敲碎了。何况，远处地中海沿岸的卫城即使再伟大，毕竟远哉遥遥，乡间民众无缘涉足其间，甚至连它们的名字都没有听到过，自然无从认知其实际价值。有感于此，我口占了一首七绝：

> 本地风光原秀美，家山泉水也澄清。
> 荒城故垒饶姿媚，不羡他乡万里行。

（2004年）

始觉源头意味长

一

辽东山区的滚马岭，浓荫密布，万木葱茏，这里那里——其实不知从哪里——渗出了涓滴的水线，穿出山体，越过峭岩，潜入丛莽，由开始的纤纤一脉最后化为滚滚滔滔、浩浩荡荡的浑河。浑河古称沈水，水北曰阳，沈阳以其在浑河之北而得名。

古籍《荀子》中说，江"始出也，其源可以滥觞"。意思是，长江源头的水量甚小，仅仅能够浮起酒杯来。浑河源头也正是这样。站在竖有"浑河之源"碑石的旁边，我蹲下身子，双手捧起清湛得可以辨形鉴影的泉流，猛劲地喝了几口，觉得清爽、甘甜，还带着丝丝凉意。至于志书上所记载的："浑河以其水势湍激，泥土混流而得名"，乃是下游的情况。难怪古人说："在山泉水清，出山泉水浊"啊。当时，即兴吟了两首七绝：

意绪飘岚入莽苍，高山流水翠云廊。
涓涓不弃成江海，始觉源头意味长。

穿林破嶂不栖迟，矢志南奔似有知。
物理人情通一体，滔滔沈水是良师。

浑河上游，原是满族以及清王朝的肇基之地。翻开一部清前史，人们会注意到，中国历史上杰出的政治家、军事家、满族的民族英雄努尔哈赤创建后金的整个历程，不仅同浑河流域紧密地联系在一起，可说是结下了不解之缘；而且，它的由小到大，由弱到强，战胜了重重险阻，一路由东向西、由北向南，矢志不移，锐意扩展的进程，恰同浑河从源到流，步步向西、向南，最后奔流入海，一模一样。——这当然是巧合了。

二

满族从古代的肃慎、中世的女真发展而来。努尔哈赤一支起身于建州女真，十四世纪中叶，这支人马从牡丹江流域迁到了辽东山区的浑河上游一带定居下来。他的祖父和父亲皆以女真部首领世袭明朝的建州左卫指挥使，他们一贯忠于职守，岁时朝贡，同朝廷保持着良好的依附关系。明嘉靖三十八年（1559），努尔哈赤出生在浑河主要支流苏子河畔的费阿拉（一说赫图阿拉），从小就喜欢读《三国演义》和《水浒传》，受汉文化的影响比较深。他通过采集山货和参与马市贸易，结识当地许多汉人，学得多方面知识，熟悉辽东山川地理、风物人情。

万历十一年（1583），努尔哈赤的祖父和父亲在一次战役中遭到明军误杀，虽然朝廷和地方长官一再表示歉意，但他始终耿耿于怀，到底还是以报仇为名率众起兵，当时矛头的公开指向，是声讨有关的当事者。四年后，开始在费阿拉筑城池、建宫室、定朝政，陆续统一女真建州五部，征服长白山三部。万历三十一年（1603），努尔哈赤率部由规模十分狭小的费阿拉迁往地势闳阔的赫图阿拉，筑城据守，图谋发展。在并吞异己的同时，对朝廷施行两手策略：明里称臣纳贡，互市通好，暗中积蓄实力，伺机而动。

万历四十四年（1616），努尔哈赤公开称汗，登上九五之尊，宣布成立后金国，建元天命。尔后，在两年多的时间里，集中主要精力整顿内部，同时也不忘记扩充实力、拓展疆土的各项军事目标。天命三年四月，他感到明廷朝政腐败，军事废弛，辽东地区灾荒严重，这正是可以利用的有利时机，于是，以"七大恨"告天，誓师伐明，激发女真人的民族情绪，把群众的不满引向明朝。首战告捷，用计突袭了辽东重镇抚顺城，接着又拿下了清河。这时，腐朽、颟顸的明朝君臣，才上下震惊，莫知所措。经过十个月的酝酿和准备，组织西、南、北、东四路大军，一齐扑向后金都城赫图阿拉，全面进击。当时号称四十七万（实际是十万余人），以壮声威；而后金兵力仅有六万余人。明军的战略部署是兵分四路，分进合击；努尔哈赤则采取集中优势兵力，各个击破的战略原则，他有一句名言，叫做："凭你几路来，我只一路去。"结果，在萨尔浒之战中，以少胜多，大获全胜，歼灭明军四五万人，使双方攻守之势互换了位置，军事地位发生了根本性的变化。

此后，努尔哈赤为了进军辽沈，决定把大本营由赫图阿拉西迁一百二十里，建都界凡城，作为向明军发动大规模进攻的前哨阵地。天命五年（1620）九月，又自界凡城迁往萨尔浒。次年二月，后金发动辽沈之战，连克沈阳、辽阳，攻下城堡七十余座。紧接着，就把都城迁往辽阳，很快就占领了广宁、义州、锦州，挺进辽西。天命十年（1625）三月，迁都沈阳，奠定了大清（1636年后金改为清）席卷东北，最后拥兵入关的坚实基础。

三

在努尔哈赤几十年的战斗生涯中，当军事进攻取得节节胜利、不断向前推进之时，为了适应战争的需要，曾多次建都、迁都，一步步靠近军事斗争前线，集中地体现了他的一往直前，锐意进取，不恤一时劳苦以成百世盛业的远见卓识，这同下属的一班人贪图眼前安逸，满足既得利益，留恋家园，胸无大志，恰成鲜明的对比。可以说，每一次迁都都遇到了这种由短视与惰性所形成的强大阻力。其中最激烈的有三次。

一次是从定居十六年之久的赫图阿拉迁都界凡。诸贝勒、大臣缺乏战略眼光和远大抱负，以劳师久战，人疲马乏为由，共同向天命汗努尔哈赤请求班师整顿，"息马浓荫之下"，"且使士卒还家，缮治兵仗"。努尔哈赤力排众议，晓谕大家：

> 现今正值六月盛夏，行兵已经二十日矣。若是还都赫图阿拉，需要两到三天才能到达，军士由都城返回各路屯寨又得三到四天。炎热之时，这么折腾起来，兵马怎么能够壮健？如果按照我的安排，在界凡城安营扎寨，牧马于此，人员也得以休养生息，到八月间就又可以兴师矣。

在他的坚持下，到底还是没有返回旧都，而是就地筑城，安顿人马。实践证明，这一决策是完全正确的。当年七月，就攻下了铁岭，八月收取了叶赫部，一切均如所愿。

另一次争议，是由仅居住半年的萨尔浒迁都辽阳。当初修建萨尔浒城，的确耗费了很多人力物力，本来也想多住一个时期。但是，形势发展之快为始料所未及。努尔哈赤感到，此间山路险阻，继续住下去很不利于向外扩展；而辽阳作为大明的辽东首府，人口众多，货财丰富，补给充足，交通便利，军事地位极为重要。无奈，那些贝勒、大臣已习惯于攻下一座城池，抢掠完毕，就弃城回归。因此，很不愿意移居新地。努尔哈赤严厉批驳了他们贪图暂时安逸、留恋眼前富贵、不思进取的想法。靠着他的无可动摇的绝对权威，半是说服劝解，半是强制执行，总算勉强统一了意志，统一了行动。最后，迁都辽阳，新建城隍，取名东京。

四年后，再由辽阳迁往沈阳，同样经历了一场激烈的争议。诸贝勒、大臣认为，东京城宫室新建，迁往新地必将再次大兴土木，只恐劳役过重，民不堪命，因而竭力加以劝阻。努尔哈赤考虑的却是后金的长远发展大计和长治久安之策。他感到辽阳离海口较近，深恐敌军从海上进袭；而沈阳进可以攻，退可以守，又靠近抚顺、铁岭、开原等女真故地，既有利于巩固后方，突出满族共同体的核心地位，又可以在西征大明，北伐蒙古，东略朝鲜中发挥其地域、经济、资源方面的优势。后来诚如所料，沈阳建都之后，迅速成为辽东乃至整个东北经济、政治、军事、文化的中枢和清朝统一全国的奠基地。

古今中外，一切民族和国家，经济、文化的发展往往都借助于地缘与地理优势，军事、政治更不必说。而军事、政治上的胜负成败，又突出地表现在定都、迁都的措置上。这一重大问题的妥善处理，需要最高决策人具备战略的眼光、卓绝的识见。努尔哈赤以父、祖十三副遗甲揭竿而起，最后发展到数十百万大军，战胜攻取，靠的就是这种政治上的远见和坚忍不拔、之死靡它的奋进精神。他像浑河那样，认准了一个方向，不管遇到什么样的崎岖险阻，都要一往无前地流向前方。这对于一个身临战阵，指挥百万雄师的领导者来说，无疑是一种极为可贵的素质。

四

提到努尔哈赤的迁都、建都，使人联想起那位"一世之雄"的西楚霸王项羽。宋代文学家苏洵有过评论，说项羽"有取天下之才，而无取天下之虑"，当年如果他能引军趋秦，及锋而用，即可以据咸阳，制天下；可是，最后他却留恋故土，挥师而东，定都彭城。所持理由十分幼稚可笑："富贵不归故乡，如衣绣夜行，谁知之者？"完全不像出自一位叱咤风云的盖世雄杰之口。

据《资治通鉴》记载，刘邦开始定都洛阳，齐人娄敬劝他迁都长安。

他一时拿不定主意，组织群臣讨论。群臣中当地人占多数，"争言洛阳优势"，唯独张良大讲关中在政治、经济、军事方面的重要地位，指出洛阳四面受敌，"非用武之国"。刘邦甚以为是，即日决定迁都长安。宋代学者胡致堂盛赞此举："高帝起兵八年，岁无宁居，至是天下平定，当亦少思安逸之时也。而敏于用言，不自遑暇如此。其成帝业，宜哉！"（在这方面，努尔哈赤何其相似乃尔）

清代诗人王昙写过一首评说项羽的七律，可谓恰中肯綮。

> 秦人天下楚人弓，枉把头颅赠马童。
> 天意何曾袒刘季，大王失计恋江东。
> 早摧函谷称西帝，何必鸿门杀沛公。
> 徒纵咸阳三月火，让他娄敬说关中。

诗的开头，用了两个典故："秦失其鹿，天下共逐之。""楚人遗（丢失）弓，楚人得之。"这句诗的大意是，在群雄逐鹿中，西楚霸王项羽为了夺取天下，首当其冲。次句说，项羽最后以失败而告终（他在乌江自刎时，答应把头颅送给同乡吕马童）。下面六句，分析他的失败原由。第三句，针对项羽死前说的"此天之亡我，非战之罪也"，劈头断喝，说天意并没有袒护刘邦。第四句紧接上，说项王的失策在于他留恋江东，决计要回故乡，以致坐失良机。第五、六句进一步展开说，如果能够早日攻破函谷关，进军长安，登上帝座；又何必等到后来刘邦成了气候，才想到设下鸿门宴去杀他呢！最后两句说，这一切都没有做到，项羽只是徒劳无功地纵火烧了咸阳的阿房宫，人家刘邦倒是听了谋士娄敬的进言，最后建都关中，终成大业。

唐代诗人李商隐也有一首咏史诗，是把刘、项二人拉到一起来加以论说的：

乘胜应须宅八荒，男儿安在恋池隍！

君王自起新丰日，项羽何曾在故乡。

　　诗中一正一反，对比鲜明。有以"八荒为宅"的鸿图远志的刘邦，在建立了统一全国大业之后，可以按照自己的意愿，另建和家乡一样的新丰；而眷恋"池隍"的项羽，到头来兵败身亡，又何尝能在故里称王称霸，矜夸富贵呢！

　　对于努尔哈赤来说，这一千八百年前的往事，富有直接的教益。

　　同样，今天我们认真研究一番比努尔哈赤迁都稍后的闯王李自成的失败教训，也是很有意味的。李自成领导的农民军，没有注意建设巩固的根据地，始终是流动作战，随得随失，重蹈历史上"流寇主义"的覆辙，结果如一首民谣所说："朱家面，李家磨，蒸了一锅大馍馍，双手送与赵大哥（指清朝）。"终于一败而不可收拾，被入关的清军摘取了胜利果实。

　　确立明确的军事战略目标，矢志不移，一往直前，在这方面，努尔哈赤与李自成十分相似。但是，他比李自成棋高一招的，是在挥师猛进的同时，时刻不忘建立巩固的后方，像爱护眼珠一样，牢牢地守护着他的"源头"。浑河流域始终是他据以战胜攻取的大本营。这个战略思想，终清之世，得到了继承与发展。

　　努尔哈赤的祖陵在其龙兴故地，今为新宾满族自治县永陵镇，紧靠着故都赫图阿拉和浩浩荡荡的浑河。而他自己及其继承者皇太极，死后也都埋骨浑河岸边，俗称"东陵"、"北陵"，附近还有他们亲手擘画的殿宇、巍峨的皇宫。它们都坐落在沈阳。

（1994年）

捕蟹者说

"一年容易又秋风。"望着阶前悦目的黄花，我想起那句"对菊持螯"的古话，蓦然触动了乡思。

西晋文学家张翰，因见秋风起而兴"莼鲈之思"，想起了家乡吴中的菰菜、莼羹和鲈鱼脍，遂命驾东归。鲈鱼脍，常见于古代诗文，名气很大，该是上好的佳肴，但菰菜却没有什么味道，莼羹也未见得怎样的鲜美。我想，无论如何它们也比不上我的故乡那肉嫩膏肥、风味绝佳的蟹鲜。

河蟹咸水里生，淡水里长，一生两度洄游于河海之间。我的家乡地近海口，处于九河下梢，向来是河蟹生长的理想地带。那里流传着许多关于蟹的传说，有个红罗女的故事，凄楚动人。

很早很早以前，河口有一个蟹王。背壳赛过大笸箩，螯上夹钳像农户用的木杈，目光灼灼如同炬火。每当星月不明的暗夜，便耀武扬威地出来伤人，成了乡间一害。这年秋天，村头来了一个身披红罗、手持双剑的卖艺女郎。说是能降魔伏怪。于是，便和蟹王斗起法来，鏖战了三天三夜，女郎终因体力不支，被蟹王吞掉。但事情并没有完结。此后，连续数日，大雾弥天。天晴后，人们发现蟹王死在岸边，从此，妖怪就平息了。

这当然是神话传说，但据当地民众讲，至今螃蟹还很怕大雾，却是事实。老辈人口耳相传，道光年间中秋节过后，一个浓雾弥漫的晚上，突然，河里"刷刷刷"地响成一片，螃蟹成群结队急急下海，顿时，河面上黑压压一片铺开，有的小渔船都被撞翻了。

螃蟹雅号"无肠公子"，又称"铁甲将军"，千百年来，一直活跃在诗人词客的笔下。有对它进行嘲骂的（当然是借物讽人）："眼前道路无经纬，皮里春秋空黑黄"；"常将冷眼观螃蟹，看你横行到几时"。也有加以赞美的：

> 未游沧海早知名，有骨还从肉上生。
> 莫道无心畏雷电，海龙王处也横行。

有些诗感喟身世，寄慨遥深：

> 怒目横行与虎争，寒沙奔火祸胎成。
> 虽为天上三辰次，未免人间五鼎烹。

> 勃窣蹒跚任涉波，黄泥出没尚横戈。
> 也知毂觫元无罪，奈此樽前风味何！

有人把黄庭坚这两首诗比作《史记·项羽本纪》，实属过誉；但指出诗人意在咏叹叱咤风云的悲剧人物，也似有些道理。

还有些诗借题发挥，咏怀抒愤。吾乡近代诗人于天墀，出于对横行乡里、鱼肉人民的高俅式的恶棍的痛恨，乘着酒兴，写下了一首《捕蟹》七绝：

> 爬沙响处费工程，隔岸遥闻下簖声。

毕竟世间无辣手，江湖多少尚横行！

人们从不同角度咏蟹寄怀，见仁见智，独具只眼。

但是，"口之于味，有同嗜焉"。对于蟹味的鲜美，古往今来，认识却是一致的。在现代国内外市场上，河蟹与海参、鲍鱼平起平坐，被誉为"水产三珍"。其实，早在一千年前，人们就很抬高它的位置。东晋时期的毕茂世，经常左手持螯，右手把酒，说是"真堪乐此一生"。

后世还有个叫冯梦桢的，敬事紫柏大师，潜心奉佛。一天，两人同赴筵席。冯因贪食蟹鲜，痛遭师尊的棒喝，但终竟不改其馋。据他在日记中记载："午后复病，盖疟也。不知而啖鱼蟹，益为病魔之助矣。"即此，亦足证蟹味之鲜美。大诗人李白是很喜欢吃蟹的。他写过"蟹螯即金液，糟丘是蓬莱，且须饮美酒，乘月醉高台"的诗句。在曹雪芹笔下，连那个温文尔雅的苏州姑娘林黛玉，也还啧啧称赞"螯封嫩玉双双满，壳凸红脂块块香"哩！

不过，就我体察，蟹味美则美矣，但随着情况的不同，人们的感觉也时有差异。四十年来，我吃过无数次家乡的河蟹，而感到风味最美的是童年时节在草原上野餐那一次。

那年秋天，我随父亲去草场割柴。河清云淡，草野苍茫，望去有江天寥廓之感。休息时，父亲领我去沙河岸边掏洞蟹。原以为洞中捉蟹，手到擒来，谁知这绝非易事。我刚把手探进去，就被双钳夹住，越躁动夹得越紧，疼得我叫了起来。父亲告诫我：悄悄地挺着，别动。果然，慢慢地蟹钳松开了，但食指已被夹破。

父亲过来从洞中把螃蟹捉出，并作了示范。用拇指和中指紧紧掐住蟹壳后部，这样，双螯就无所施其伎了。还教我把捉来的大蟹一个个用黄泥糊住，架在干柴枝上猛烧，然后，摔掉泥壳，就露出一只只青里透红的肥蟹。吃起来鲜美极了。

后来，学到了多种多样的捕蟹办法：编插苇帘，设"迷魂阵"，诱蟹就范；拦河挂索，迫蟹上岸；在秋粮黄熟的田埂，提灯照捕；驾一叶扁舟，设饵垂钓……无论哪种办法，都比掏洞捕捉轻巧得多。但说来奇怪，吃起来，味道却总是略逊一筹。

我想，未必草原上的螃蟹就风味独佳，恐怕还是主观上的感觉在起作用——得之易者其味淡，得之难者其味鲜。王安石说过："世之奇伟瑰怪非常之观，常在于险远。"把这番道理推演一下，是不是也可以说：甘食美味往往出现在艰辛劳动之后啊。

（1982年）

鸬鹚的苦境

一

说起来已经是四十年前的往事了。

那时我在一家地方小报当责任编辑。按照当时的解释："责任编辑"者，即虽为一般编辑却要担负很大责任也。那么，难道上面再没有负责人吗？有的，我的上面有编辑室主任，编辑室主任上面还有总编辑。

我是从中学教师岗位调来编报的。到任那天，总编辑——一个矮胖的肤色黝黑的中年干部——找我谈话。

他亲切地拉着我的手，执意让我坐在靠近他的凳子上，显得蔼然可亲，平易近人。谈话十分直爽，又非常客气。他说：你知道，我是个大老粗，说说、干干还行，动笔头子就玩不转了。咳，硬把一个渔场的场长调来办报，实在是"赶鸭子上架"。

他慢慢地点上一支烟，猛劲地吸了一口，接着说下去："你呢，念过大书，满腹经文（他不说"满腹经纶"），是个笔杆子。——我点名要的你，当然了解你的情况。咱们把话挑开来说，因为你还不是党员，在党的机关报社当不了主任，更不用说副总编了。但是，还要重用你，——我是爱才如命啊，叫你当'责任编辑'，报纸的文字、版面由你全权处理。"

一席话，说得我情怀似火，热血奔腾，对如此知遇之恩，真的要感激涕零了。

我原以为，"全权处理"云云，不过是总编辑的客套话，没想到，他竟真的大甩手了。主任审过的稿子，他也要我进行文字加工，然后再送给他。他呢，总是坐不安站不稳的，不是一味地晃荡着坐椅，就是躺在床上，两脚搭着床头，根本不看稿子，只问一句："你不是认真看过了吗？"看我点头默认，便马上坐起来签字，然后，由我送往印刷厂发排。晚上，也由我先看版样，再径送宣传部长审查。熟悉了以后，部长便一边看着报样，一边与我唠嗑儿，有时还故意提出一些问题，听我讲述个人的看法。

就这样，一天到晚忙个不停，编辑室——印刷厂——宣传部，奔驰在这个"等边三角形"上，转眼一个季度过去了。我试探着询问总编辑，对我有什么意见、要求，他一迭连声地说："好，好，你表现得很好嘛！"心想，既然我表现得很好，你怎么不提我入党的事呢？但我马上就反驳了自己：听说，入党都得自己主动申请，这标志着个人的觉悟与决心，组织上怎好动员呢？于是，我花上一个整个的星期天，字斟句酌地写了一份入党申请书，郑重其事地上呈报社的党支部书记，也就是总编辑。

我的心上，开始织起了入党、提拔、甩开膀子大干一场的绮梦。

二

一个月过去了，又一个月过去了，杳无信息，也没有人找我谈话。有时看见党员开会，心想，大概是讨论我的组织问题了；可是，等了两天还不见动静，才知道猜错了。

一天，路上碰见了母校的中学校长，他先是夸奖我聪明能干，又讲了两件闲事，最后，诚恳地告诫我，要学会"夹紧尾巴做人"，不要逞才触忌。我忙问"出了什么事"，他说"没什么，没什么"，就分手了。

我心里放不下，就去找师母透底。原来，是在宣传文教系统的领导联席会上，宣传部长问起了我的入党的事，说"这是一个人才，加入组织之后，可以进一步发挥作用"。当场总编辑就说，这个人小资产阶级意识很浓重，锋芒外露，修养不足。现在，支部主要是帮助他改造思想，入党问题还谈不上。听了师母转述的这番话，犹如兜头浇了一瓢凉水，心里很不是滋味，但除了自省自责，也没有往别处想。

恰好，那些天读了阿·托尔斯泰的《苦难的历程》，觉得知识分子确是应该像书里说的在血水里泡三次，碱水里洗三次，再在清水里涮三次。

转眼到了中秋节，我去朝鲜族与汉族聚居的中央村采访，正赶上他们举办歌舞盛会。优美的舞姿，悠扬的旋律，衬托出浓郁的生活气息，和谐的时代气氛，令人心旷神怡。特别是荡秋千，两个靓妆女郎，真像黄庭坚诗中写的，"飘扬血色裙拖地，断送玉容人上天"，上下往还，翩然若仙。回来后，写成一篇反映民族团结、进步的文艺通讯，见报后又被省报转载了。不少人看后都称赞它有思想、有文采。

两天后，总编辑找我谈话，一反那次蔼然可亲的神态，冷冷地说，下去写东西可以，但注意不要署个人名字。劳动人民创造了世界，也没见哪个到处署名。写篇小稿算得了什么？落上个"本报记者"就蛮好了。荣誉应该归于集体，不要突出个人。

按说，记者下去就该写东西，为什么只是"可以"呢？文艺通讯为什么不能署个人名字？我想不通，却不敢问。

不久，省报决定各地记者站充实一批年轻记者，点名调我。我们报社却以"不是党员"为由挡了驾。几天过去，省报又来人商谈，说虽未入党但具备近期发展条件的也可以。这次由总编辑直接出面，告诉来人："该同志三年内入党没有希望。"同时，推荐我们的编辑室主任为省报驻县记者，几天后，调令就到了。

这位主任是忠厚长者，人品很好，而且，具有实践经验，熟悉农村情况，但平时很少动笔，对新闻工作缺乏兴趣。其时，工作调动是不好讲价钱的，自然惟有从命。转到记者站之后，每逢遇有重大采访任务，他总要拉上我，由我执笔，然后，两级报纸分别采用。因为总编辑有话，我们自己报纸刊发时,便署名"本报记者",而登在省报上则由他单独署名。

一次,我们去高家湾采访,见到渔人驾着舢板在河中撒网,同时带上两只鸬鹚捕鱼。它们不时地在水中钻进钻出,每次必叼出一条大鱼放进舱里。我是头一次见到这种场景,便好奇地问这问那。老主任告诉我,不能放任鸬鹚随意吞食,否则,吃饱了就不再干活了,所以必须带上脖套。但隔一会儿,也要喂它一点小鱼,以示奖赏。又要它叼鱼,又不让吃饱,这就是驾驭鸬鹚的学问。

接着,他说,我们的总编辑从小就玩这个鸟儿,处事也深得此中奥秘,但他只做不说,只有一次喝得酩酊大醉,才志得意满地泄露了天机。听到这里,我当即打了个寒噤,原来,我正处于鸬鹚的苦境啊。看来,只要他老兄当政,我大概是没有希望脱颖而出了。

三

我开始利用闲暇时间学写散文。发表欲虽然很强,却不敢公开往外投稿,只是悄悄地寄给《中国青年报》《大公报》和《光明日报》,全部使用笔名,而且,再三叮嘱编辑部:"毋须退稿,如不刊用,置之纸篓可也。有事确需联系,请寄信某街某号。"——这是本城内我姨娘家的住址。

但"智者千虑,终有一失",稿件确不曾直接退还到本单位,但是,报纸发表作品总需要了解作者情况,那时,"阶级斗争"这根弦还是绷得很紧的。结果,一星期之内,单位连续接到两封中央报刊询问作者情况的信件。因为我毕竟没有什么政治问题,所以,单位也只好盖章"同意",这样,两篇散文先后都见报了。

但是,从此便惹下了麻烦,迄无宁日。总编辑几次在会上不点名地批评,说有的人提出了入党申请,却不注意改造思想,整天"不务正业","名利思想冒尖","个人主义十分严重"。我实在想不通,为什么他在业余时间打扑克、下象棋，可以理直气壮；而我在业余时间搞创作，就叫不务正业？但没有勇气"较真"，只是蒙着大被痛哭一场。

那时，我单身在外工作，父母住在五十华里之外的乡下，两个多月骑自行车回家一次，路面凸凹不平，至少需要三个小时。这天，幸而遇上了顺风，只花一半时间就进了家门。高兴得又唱又跳，剩余的精力用不完，我就坐下来写文章。想起这两年一直都是背时憋气，劲没少使，汗没少出，到头来撞了满脑袋大包，真是"文章误我，我误青春"。惟有这次算是遇到了好风，只是太稀少了。于是，以清人潘耒的诗句"好风肯与王郎便"为题，顺手写了一篇随笔。

回到机关以后，重看一遍，觉得有的地方失当，便删除一些牢骚语句，换成正面表述。只是由于实在偏爱这首清诗，把"好风肯与王郎便，世上惟君不妒才"保留了。结果，见报后又引起了一场轩然大波。

本来，文中已经说明了诗中讲的是唐代文学家王勃的故实。那年他去交趾省亲，船过马当，幸得一夜好风相送，使他赶上了南昌的盛会，写下千古名篇《滕王阁序》。但是，我们这位总编辑，虽然心思并不放在报纸上，文才也不高，嗅觉却异常灵敏。他一眼就看出了，这是借古讽今，发泄不满情绪。他说，必须抓住这个典型，深入进行剖析。文章的核心在于"指控妒才"，要害却在"惟"字上。试想，如果惟有风不妒才，那我们这个时代、这个社会岂不漆黑一片！

真不愧是总编辑，端的厉害！好在其时正处于三年困难阶段，政治环境较为宽松；又兼宣传部长亲自出面，说了"通篇还是正面文章，只是引诗不当，终究未脱知识分子习气"等解围的话，才算不了了之。

四

谁知一波未平，一波又起。报社房子漏雨，临时搬到印刷厂办公，编辑们除了携带一些必需的材料，其余资料都集中放在会计室里。会计是个刚从学校毕业的女青年，酷爱文学，尤其喜欢背诵古诗。那天，她闲翻大家寄存的文稿、剪报，从我的资料袋里看到一首七言绝句，便抄录在笔记本上：

> 技痒心烦结祸胎，几番封笔又重开。
> 临文底事逃名姓？"秀士"当门莫展才！

这是我在投稿遭到批判后顺手写的，过后忘记销毁了。若是其他人碰上了，因为了解诗中的含蕴，估计不致公开议论；而女会计新来乍到，不知避忌，且又天真浪漫，渴求知识，便当面问我："秀士"是不是指《水浒传》中的白衣秀士王伦？直吓得我恨不得用手堵住她的嘴，但一切都晚了，总编辑恰好在场，而且听得一清二楚，脸子刷拉一下摞下来，比哭丧还难看。我知道，这一关是无论如何也难以躲过了，只有硬着头皮等着挨整吧。

幸好"绝处逢生"，县里连着开了几天会，总编辑没有破出工夫来追查此事；等他开会回来，宣传部又转来了中央关于整顿全国地方报刊的通知。我们这张小报定在撤销之列，"老总"面临的首要课题是他的未来去向，少不得要观察风色，奔走权门，已经没有精力过问这场"文字官司"了。

当时已是市带县的体制，在这"兵荒马乱"之时，市报"趁火打劫"，调我去办文艺副刊，总编辑无可奈何地说了一句："许多问题还没有交待清楚，就这么拍拍屁股走了，实在是便宜了他！"

其时，正当1962年春节后的雪消冰泮时节。因为相隔一条大河，报社准予解冻通航后再去报到，但我硬是等不得，恨不得一步就跨出这个门槛儿。于是，简单地把工作交接一下，便带上行李，搭乘火车，绕经省城去履新了。

进入新的单位，我感触最深的是那里有一种鼓励青年成材、上进的氛围。总编辑在大会上公开地号召，要立志当名家，要勤于动笔，敢于冒尖。他说，有人讲，不想当元帅的不是一个好士兵；同样，不想当名记者、名编辑的，也肯定算不上一个合格的报人。这番话，在我听来，不啻是空谷足音，晴天炸雷，旱地甘霖。

在编辑副刊的四年间，我写了许多散文，是青年时期心境豁朗，收获甚丰的一段。可惜，好景不长，很快就开始了"文化大革命"，总编辑以"邓拓的徒子徒孙"的罪名受到无情的批判，作为他的"黑干将"，自然我也在劫难逃，随之也就结束了新闻生涯。每当忆起这段经历，我就想到清人赵翼的诗：

舟行连日上滩迟，稍喜扬帆疾若驰。
才得顺风河又转，世间那得称心时。

（1998年）

薏苡的悲喜剧

辞典上说，薏苡俗称药玉米、回回米，是一种草本植物，颖果卵形，淡褐色，有营养，可供食用与入药。但我从前未曾见过，最先接触这两个字，是读了杜甫的诗句。他在感叹李白的际遇颠折、屡遭谤毁时，曾哀吟过："稻粱求未足，薏苡谤何频！"

这又涉及到一千九百多年前的一桩有名的冤案。东汉时，伏波将军马援南征交趾，中了瘴疠。听当地的人说，服用薏苡仁可以疗治。马援吃了，果真见效。班师北还时，就买了很多个大粒饱的薏实装车载回。引起了一些人的注意。但在位时，都不作声；等他死了，就有人向皇帝告发，说他载了明珠、文犀等稀世珍宝回来，结果，害得他爵位被革，名誉受损，连灵柩都不能很好地安葬。后人把这称做"薏苡之谤"。许多诗人，像唐代的陈子昂，宋代的苏轼、陆游，清代的郑板桥、朱彝尊等，都曾写诗，为之愤愤不平。

这都是过往的事情了，只是作为一种谈资，顺便提起来，至于本文所说的"悲喜剧"，则与此毫无关联。

一

记得是 1994 年的春节前，我收到了一个寄自辽西某农村的一个邮件。是用硬纸盒包装的，大约有三四斤重。解开塑料绳，撕破密封的纸口，赫然露出分装在六个纸袋里的薏苡粒。纸袋旁边还夹着一封信，开头是这样写的：

　　时间过得真快，转眼间，你离开我们村子已经三十六个年头了。当年的一个个毛丫头、愣小子，于今都已坐五望六了。人的年岁一大，就免不了要怀旧。我们六个人碰到一块，常常念叨起你。（另外几个，有的过世了，有的远嫁他乡，有的搬迁到外地）

　　尽管分手以后，咱们再没见过面，但是，大家对于你的情况还是有所了解。对你的成长、进步，我们共同感到高兴，首先，在这里表示祝贺！

　　春节快到了，我们商量着给你送点"礼"——就是纸袋里的东西。城里人，一般的怕是叫不出它的名字来；可是，你，我们相信，不仅对它十分熟悉，而且，会感到异常亲切，看到它，你会联想起来许许多多的往事。

　　这些年，我们村的药玉米已经大面积铺开，并连续获得丰收。除了大部分按照合同交付医药公司以外，家家都贮藏不少，熬粥炖饭，健体强身。念记着当年你为引进这个"劳什子"费过一番苦心，念记着咱们的友谊，秋收后，我们这几个当年的共青团员，一致提议给你寄去一点点，表达我们各家的心意。

　　……

我怀着激动的心情，忙着翻看信尾的落款。"赵书琴、佟心宇……"恰好是六个名字，都是我所熟悉的。

简短的一番话，把我带回到往昔的岁月里。

二

那是 1958 年年初。县委决定，对一些没有经过实践考验的年轻的"三门干部"（出了家门进校门又入机关门的知识分子），下放到农村锻炼，通过参加体力劳动，"脱胎换骨，改造思想"。我就是这样来到辽河岸边一个叫做"秃尾沟"的小村落的。

我和另外一位同志被安排住在生产队长家的一间空房里，吃饭是到老贫农刘大伯家入伙，干活参加青年突击队，当时主要是往耕地里挑黑土，改良土壤。晚间，在夜校里教男女青年识字。村里原有十名团员，加上我，组成一个团支部，选我为支部书记。

这天，农业社的管委会主任到队里来，听说我教过中学，当过报社记者，来到队里很快就和群众打成了一片，当众鼓励了一番；然后，又领着我在村里村外转转，帮助我熟悉一下周围的环境。我知道，这是在向我进行热爱乡土、献身农村的实际教育。

望着大堤外黑黝黝、油汪汪的河滩地，我被深深地迷住了，当下情不自禁地甩了两句学生腔："多么肥沃的宝地啊！真是插进一根锄杠也能长出庄稼来的！"

管委会主任却说："地是没比的，只是年年受涝，除了一茬麦子，再没有其他收成了。"

"下茬种豆子不行吗？"我问。

"这里，年年夏天涨大水，二三十天下不去，什么样的豆子也挺不住哇！"他面带忧郁地说。

此后，我和队里那些年轻人依旧是天天到堤外挑黑土，心里却总是记挂着管委会主任所忧虑的事。

一天晚上，在队部看到《人民日报》第二版上登载一则消息，介绍河南省商水县农村种植一种富有营养、又能治多种疾病的药玉米。它的最大特点是抗涝，水中浸泡三四十天，仍有较好收成。回到住处，我连夜给商水县长写了一封信，并寄去五元钱，请他帮助购置一些药玉米种子。这事是悄悄干的，没有告诉年轻的伙伴。因为我知道"一县之长"工作很忙，未必能去过问一个外地青年的微不足道的请托。

大约过了半个多月，接到一个邮件通知单，我以为是家里寄来什么物品，便委托去镇上赶集的刘大伯代我取出来。带回来的是两个枕头般大小的包裹。打开一看，正是我日夜盼望的药玉米种子。捧在手里，粒粒珍珠一般，椭圆形，淡褐色，有光泽，共有十斤左右。包裹里还夹了个便笺，简单地介绍了播种日期和它的喜肥、喜水的习性。

我在连夜召开的团支部紧急会议上，当众宣布了这一秘密。然后，大家一起研究、拟定了为期两年要使全社滩田受益的"宏伟规划"。一张张极度兴奋的青春面孔，在煤油灯的照映下，看去像涂上了一层油彩。

三

清早起来第一件事，便是去找管委会主任，请他批准划拨一块肥腴的腹地作为栽培药玉米的青年试验田。老主任听了我和回乡高中生赵书琴描述的神话般的远景，乐得合不拢嘴。马上就答应下来。

第二件事，便是挨户到团员、积极分子家里收集上好的农家肥。大家谨记着商水县长复信中讲的"喜肥"二字，决心把这个"大地的骄子"喂养得壮壮的。

经过一天一夜的紧张动员，试验田的旁边矗立起一座小山似的肥堆。

转眼到了播种时期。我们起早睡晚经营着这块腹地，地整得炕面一样平，土细碎得像用竹箩筛过一般。然后，套上一副牛犁杖，开了沟，起了垄，把上万斤的鸡、鸭、猪粪一股脑儿倾撒进去。

我们觉察到了，帮助干活的两个老庄稼把式——我的"饭庄"的刘大伯和书琴的父亲赵大叔有不同看法，但他们憋着不说，只是一个劲儿地抽着老旱烟。也许是为这些孩子们的冲天热劲所感动，尽管有不同意见，也不忍心泼冷水。但是，回到家里以后，赵大叔按捺不住了，申斥女儿说："我看你们是瞎胡闹！什么事情都要有个限度。巴掌大一块地方，下了那么多的肥，将来还不得长疯了！"女儿——这个坚定的"跃进派"，嘴上不说，心里想的却是：老脑筋，老保守，到秋天放个"高产卫星"给你看！

下种的第三天正赶上一场透雨，真是天遂人愿。此后，几乎每天早上，我们都要跑到地头，伏下身子，察看萌芽的踪迹。药玉米终于齐刷刷地钻出了地面，它们摇摆着两片娇嫩的小耳朵，向主人微笑着。一个星期过后，我们又浇了一遍蒙头水。同伴们互相揶揄着，说是以后结了婚、生了孩子，也未必能像这样嘘寒问暖，关怀备至。

几十个难忘的日日夜夜过去了，药玉米已经蔚然成林，手指般粗细的茎秆上，枝分叶布，绿影婆娑，最后，竟繁密得连鸡鸭都钻不进去。为了按时灌水，佟心宇从家里扛来一根竹桄，一破两半，剜去节档，将一头顺进垄沟里，另一头支起来，连清水带粪汤一齐倾泻进去。

趁着雨季尚未到来，我们又一次踏勘河滩地，计算着明年大体需施多少药玉米种子。当时，想到了尽量节省用量，以便拨出一些来支援兄弟社。此刻，这伙年轻人确是有些"提刀却立，四顾踌躇"的志得意满之态。

但没过多久，这种乐观的情绪便为沉重的焦虑所取代了。大家注意到，那么葱茏蓊郁的药玉米秸棵上，竟没有几串花序，更很少见到颖果。随着时间的推移，连那几个最活泼、最乐观的女青年也把头耷拉下来。有的分析认为，是异地种植水土不服所致，还引证了"橘逾淮北而为枳"的古训。多数人不同意，理由是：河南的小麦、湖北的棉花到这里落户，不都生长得很好吗？最后，我跑了三十里路，请来乡农业技术推广站的技术员，他的诊断是："营养过剩，造成贪青徒长。"啊，真的"长疯了！"赵大叔的预言竟不幸而成为现实。结局自然是"一幕悲剧"——割倒后装满两大车，拉到村东头五保户家做了烧柴。

四

回想起来，当时我们都在二十岁上下，本来就缺乏辩证观点，易走极端。又兼当时处在"大跃进"、"放卫星"的气氛中，头脑更是发热膨胀。所以，尽管过后也曾懊悔几天，有的甚至痛心地流下了热泪；但是，很快就在"人有多大胆，地有多高产"的喧嚣声浪中淡忘了。亏得秋后我被调回县委机关，不然，在尔后的普遍深翻、高产密植以及"大办"、"大上"中，还会闹出更多的违反科学规律的笑话。

回来后，参加过几次比较尊重实际的农村调查，头脑变得清醒一些。我曾想以《薏苡的悲喜剧》为题写一篇文章，总结自己因违反辩证法而干了蠢事的沉痛教训，后因患急性肝炎进了医院而搁置下来。病愈后，反"右倾"开始了，我怕有人把这类自省文字同否定"大跃进"联系起来，便没有动笔。当然，即使写出来，肯定也是很肤浅的。限于当时的历史条件和认识能力，我还不可能站在历史的高度，俯瞰过去那段岁月的真貌。

当时由于走得匆忙，我未曾与同伴们交谈过这方面的意见。因此，一种歉疚之情时常在头脑中涌起：我应该坦诚地承认，在这件事上我是负有重要责任的。

想到这些，我重新展开同伴的来信，接着看下去：

> 如你所知，对咱们的蛮干，一些老年人是持反对态度的。书琴的父亲担心这一锤子会敲得"片种无存，全军覆没"，便在播种那天偷偷留下一些种子，打算第二年种在园子里。不料，转过年来他老人家竟一病不起。后来，书琴整

理旧物发现了它，细心地种在地头上，没想到秋天居然收了三四斤。于是，她又分散给同伴们作种子，慢慢地便在全村扩展开了。现在，整个河滩都成了薏苡生产基地。

……

岁月如流。而今，孩子们都已超过了咱们那时的年龄。闲谈中，我们也曾将那些忽明忽暗的记忆碎片联缀起来，讲给他们听，因为这毕竟是一面镜子，既回振着自己的心声，也折射着往日的光谱。但他们听后，往往只是漫不经心地付之一笑。其实也难怪，时代前进了，认识发展了，他们毕竟比我们那时要聪明一些。知道你重任在肩，异常忙碌。对这类"陈谷子、烂芝麻"，怕是早已忘得一干二净了。但我们觉得，闲暇时节，偶尔想上一想这些往事，也许还有一些益处，特别是对于你们这样担负领导工作的同志。

也难怪伏波将军身旁那些人，怀疑他从南方带回了珍珠财宝；我望着眼前这些光润、圆莹的薏苡粒，也竟觉得它们很像珍珠。古代传说中有一种记事珠，"或有阙忘之事，以手持弄此珠，便觉心神开悟，焕然明晓"。我想，若是把这些薏苡粒串缀起来，悬置座前，不也同样是一种"记事珠"吗！

（1995年）

故园心眼

　　母亲——故乡，故乡——母亲，童年时期，二者原是融为一体，密不可分的。可是，那时节，母亲的印象弥漫一切，醒里梦里，随处都是母亲的身影，母亲的声音；而故乡，连同乡思、乡情、乡愁、乡梦一类的概念，却压根儿就没有。直到进了学堂，读书、识字了，也仍是没有觉察到"背井离乡"是怎么样一种滋味。

　　那时，虽然口头上也诵读着"羁鸟恋旧林，池鱼思故渊"，"举头望明月，低头思故乡"一类的诗句，但终竟是："小和尚念经——有口无心。"即便是读了冰心女士出国留学途中写的凄怆动人的诗句：

> 她是翩翩的乳燕，
>
> 横海飘游，
>
> 月明风紧，
>
> 不敢停留——
>
> 在她频频回顾的飞翔里，
>
> 总带着乡愁！
>
> 　　　　（《往事》）

　　也只是感到隽美、浏丽，而无从体味、也理解不了那种浓得化不开的去国怀乡之情。

　　存在决定认识。这种情况的出现，当然和童年时节整天接触的是母亲，是茅屋，却从来没有离开过乡园有直接关系。世间万般事物，只要它出现在眼前，你就会感知到它的存在；而故园则是唯一的例外，只有离开了它之后，它才现出身影，你才开始感知它，拥有它，眷恋它；在当时，我之所以没有"故园"的概念，是由于我并没有离开过它。

到了青壮年时期，束装南下，故乡已经远哉遥遥了，从这时开始，潜滋暗长了怀乡的观念。有一首歌叫做《好大一棵树》，故乡就是这样的好大一棵树。无论你在何时何地，只要一想起它来，它便用铺天盖地的荫凉遮住了你。特别是在黄昏人静时候，常常觉得故乡像一条清流潺潺的小溪，不时地在心田里流淌着；故乡又好似高悬在天边的月亮，抬起头来就可以望着，却没有办法抵达它的身边。

不过，那个时候，这种情怀往往淡似春云，轻如薄雾，稍微遇到一点什么干扰，就会消逝得杳无踪迹。事实上，当终朝每日置身于无止无休的"运动"之中，响彻耳边的都是那些"放眼全球"、"解放人类"的至高至大的课题，谁还好意思、谁还能有心绪去系念那一己的小我私情，想望着故乡之类的细事呢！即使偶尔遇到能够探望一下故乡的机会，也都因为意绪索然而交臂失之。

那时节，人们犹如一个旋转不停的陀螺，把个人的一切完全付与客观环境去支配，完全丧失了自己真正的内心生活，浑浑噩噩，风风火火，经年累月，旋转不止；又像是一列奔腾呼啸、全速驰行的列车，为着奔向一个渺远无定的目标，放弃了周边的一切风景。奔波、劳碌之余，有时也会蓦然抬起头来，撩起襟袖，抹一把头上的汗水，顺势瞄上一眼天边的冷月——这心目中的故乡，恰似旧时相识，却也没有更多的感觉。

故乡是一个人灵魂的最后的栖息地。游子像飘零的叶片一样，哪管你甩手天涯，飘零万里，最后总要像落叶归根一样，回归到生命的本源。正如清代诗人崔岱齐所抒写的："鸟近黄昏皆绕树，人当岁暮定思乡"，一个人越是老之将至，怀乡恋旧之情便越发浓烈。报刊上一则关于故乡的短讯，电视里一个似曾相识的镜头，一缕乡音，一种家乡特产，都会引起连绵不绝的长时间的回忆。每逢有人自故乡来，也总有尽多的遗闻轶事，足够连宵彻夜问个不停。

有人说，衰老是推动怀旧的一种动力。通过对于过往事物的淡淡追怀，常常反映出一种对于往昔、对于旧情的回归与认同的心理。虽然这也属于一种向往，一种渴望，但它和青少年时期那种激情洋溢、满怀憧憬的热望是迥然不同的。说起来这也许是令人感到沮丧的事。

老年人对于故乡的那种追怀与想望，往往异常浓烈而又执著，不像青壮年时期那样薄似轻云淡似烟。而且，这种追怀是朦胧的，模糊的。若是有谁较真地盘问一句："您整天把故乡放在心头，挂在嘴上，那您究竟留恋着、惦记着故乡的什么呀？"答案，十之八九是茫茫然的。就以我自己来说，故里处于霜风凄紧的北方，既无"着花未"的寒梅可问，也没有莼羹鲈脍堪思，那么，究竟是记挂着什么呢？我实在也说不清楚。

有一回，一位近支的族弟进城来办事，饭桌上，我们无意中谈起了当年的旧屋茅草房。我说，傍晚时分，漫空刮起了北风烟雪，雪的颗粒敲打在刷过油的窗纸上铮铮作响，茅屋里火炕烧热了，暖融融的，热气往脸上扑，这时候把小书桌摆上，燃起一盏清油灯，轻吟着"昔我往矣，杨柳依依；今我来思，雨雪霏霏"……这种情景，真是永生难忘。

他苦笑着说："都什么年头了，你还想着那些陈年旧事？火炕再暖和，也赶不上城里的暖气呀！这雪亮的电灯还不比清油灯强？"族弟不以为然地摇摇头，"再说，那茅草屋又低矮又狭窄，站起来撞脑袋，回转身碰屁股，夏天返潮，冬天透风，人们早都住不下去了。也正是为了这个，说声'改造'，呼啦一下，全部都扒倒重来。现在，你站在村头看吧，清亮亮，齐刷刷，一色的'北京平房'"。

追忆是昨天与今天的对接。对人与事来说，一番追忆可以说就是一番再现，一次重逢。人们追怀既往，或者踏寻旧迹，无非是为了寻觅过去生命的屐痕，设法与已逝的过往重逢。对故乡的迷恋，说得直截、具体一点，也许就是要重新遭遇一次已经深藏在故乡烟尘里的童年。既然是再现，是重逢，自然希望它最大限度地接近当时的旧貌，保持固有的本色。这样，才会感受到一种仿佛置身于当时的环境，再现昔日生活情景的温馨。特别是，由于孩提时代往往具有明显的美化外部环境的倾向，因而人们在搜寻少年时期的印象时，难免会带上一种抒情特色。

不过，世上又有哪一样东西能够永远维持旧观，绝不改变形色！乡关旧迹也同生命本身一样，随着岁月的迁流，必然要由风华靓丽变成陋貌衰颜，甚至踪迹全无，成为前尘梦影。更何况，故乡的那些茅屋，即以当时而论，也算不得光华灿烂呢！

作为观光者，也包括虽然曾在其间生活过，而今却已远远离开的人，无论他们出于何种考虑，是从研究古董、吊古凭今的鉴赏角度，还是抱着追思曩昔、重温宿梦的恋旧情怀，尽可以放情恣意地欣赏它的鄙陋，赞叹它的古朴，说上一通"唯一保持着东北民居百年旧貌"之类的褒奖的话，如果会写文章，还可以加进种种想象与回忆，使之充满诗意化的浪漫情调。但是，如果坐下来，耐心地听一听茅屋主人的想法，就会惊讶于它们的天壤之别了。

前者由于只是片刻的辗转留连，管它阴冷还是潮湿，低矮还是褊窄，都可以包涵、容忍，略而不计；可是，若是从后者——那些朝于斯夕于斯、久住其间的人群来讲，则要无时无刻都去忍受着般般不便，克服种种局外人想象不到的实际困难。为了同外间人一样享受着现代舒适的生活，他们巴不得立刻改变旧貌，改变得越彻底越好。在严峻的现实面前，"诗意化的浪漫情调"是苍白无力的。

这种差异，前不久，我就曾实际体验过一次。那天，我们一行人去南宁市郊区扬美村参观明清故居，踏着错落不平的石板路，穿行在狭窄、鄙陋的小巷之中，观赏着一户户的已经有些倾斜的明清时期的建筑，共同感到这些历尽沧桑的古建孑遗，非常富有价值，无论如何也不能把它们毁掉。可是，当我们同当地居民攀谈起来，却发现他们的感觉竟与此大相径庭，甚至在内心深处对过往参观的游人有些反感。有的村民毫不客气地说："这有什么好看的？无非是夏天漏雨，冬天冒风，住着憋屈，出入不方便。"

从这里也悟出一番道理：若要切实体察个中的真实感受，就必须设身处地，置身其间，局外人毕竟难以得其真髓。而要从事审美活动，则需拉开一定的距离，如果胶着其中，由于直接关系到切身的功利，既难以衡定是非，更无美之可言。

（2001年）

送 穷

人望幸福树望春。富裕，作为美好生活的一种标志，是几千年来人们所共同向往和追求的。

小时候，每逢过旧历年，父亲总要提前几天从集市上买回一张财神爷像，那是一个黑面浓须、头戴铁冠、手执钢鞭、身挎黑虎的赳赳武夫，名唤"黑虎玄坛赵公元帅"。到了大年初一，开门第一件事，便是接福招财，人们见面要互相拜年，说些"恭喜发财"之类的吉庆话。再就是贴春联了，尽管大多数人家过的是"饘粥不继、悬鹑百结"的饥寒岁月，却都要写上"春常在"、"庆有余"一类联语。连给小孩起名，也爱选些"金、财、富、有"等字眼。

到了正月末了那一天，依旧俗：家家都扫净院落，把稀饭和破衣陈列门外，洒些酒滴来祭奠穷神，叫做"送穷"。据《四时宝鉴》记载，远古时高阳氏有个儿子，喜欢穿很破的衣服、喝很稀的粥，宫中号为"穷子"，正月晦日死于街头。后来便流传下来"晦日送穷"的风俗。那位和大诗人白居易、刘禹锡常相过从的姚合，写过这样一首诗："年年到此日，沥酒拜街中，万户千门看，无人不送穷。"汉朝的扬雄有一篇《逐贫赋》，是最先把贫穷拟人化了的。后来，大文学家韩愈沿袭这种形式，又作出一篇更加恢奇诡丽的《送穷文》，说是：我已经备好车船、带足干粮，敬送穷鬼快些择吉上路。当然，他是借题来发牢骚的。

说到逐贫求富，我顺手翻出全国地图来，发现各省以"富"命名的县原是如此之多，诸如富民、富宁、富源、富平、富川、富顺、富锦、富裕、富阳、富蕴，大概也都反映了人们求富的愿望。单就我的家乡来说，那里过去本是最贫瘠、最荒凉的，素有辽宁"南大荒"之称。可是，说来奇怪，附近许多地名偏偏都和"富裕"挂上了钩：故乡的西面有黄金坨、万金滩、兴隆村，东面有富家庄、钱坨子、高升镇，南面有黄金带、财神堡、兴隆台，北面有黄金堡、大仓屯、百万庄。当然，在旧社会，对于劳苦农民来说，无论是送穷、祈福，还是预祝兴隆，都不过是一种甜蜜蜜的梦幻般的空想。

无情岁月去年年。"黄金带"奉献给乡亲的只有稀落落的碱蓬稞和密麻麻的黄芨菜；"富家庄"灶冷仓空，人们世代逃荒在外；"大仓"是名副其实的大荒；"兴隆台"，野行十里无人烟，阒寂、萧凉得很。只有在共产党领导下，劳动人民当家做主，才消灭了剥削、压迫，铲除了穷根，开辟了致富之路。

但是，人们刚刚起跑，双脚就被"左"的绳索绊住了。尔后，林彪、"四人帮"又大开历史倒车，批治穷致富的政策，整勤劳致富的人，造"越穷越革命、富了要变修"的舆论，到处开刀割"资本主义尾巴"。一时间，"富裕"、"繁荣"竟成了最脏最贱的字眼。结果是许多生产队有地无粮、有树无果、有分无值，人们连打酱油、买火柴的钱都拿不出。农民们说："送走了多年的穷神爷，又爬到炕头上来了。"那时，戏剧、电影里凡是名姓中带"钱"带"富"字的都是反面人物。

其实，钱财、富有，只有作为剥削他人的资本和手段时，才是要不得的。在社会主义生产关系中，人们通过辛勤的脑力或体力劳动，为国家多作贡献，为社会多创造财富，增加了收入，实现了富裕，这是很光彩的事。

三中全会以后，党中央放宽了农村政策，推行了联产计酬的生产责任制，号召农民理直气壮地勤劳致富。除掉了头上的紧箍咒，乐坏了农村的"孙悟空"。人心思富、勤劳致富的滚滚洪流，浩荡奔腾，一泻千里。"东风一夜花千树"。农村中那些花仙、果王、鱼郎中、蚕把式、西红柿状元、棉花大王，应运而生，大批身怀技艺、善于经营的人材有了用武之地，社会财富开始成倍、成十倍地增长。

面对这种动人的情景，我忽然想起清末著名思想家、文学家魏源的一首诗：

峡锁群山十万魂，山花四月未缤纷。

前林晓忽花全放，多为溪雷一夜奔。

诗中蕴含着深刻的哲理、浓郁的韵味：在那群山坏抱的峡谷之中，东风一时没有吹进来，尽管已是春深四月，花魂却仍是沉眠未醒。忽然一天早晨，前边树林中的花儿全开放了。啊！那多半是因为春雨过后，溪水奔腾，花魂被温煦的东风唤醒了。就一定意义说，农村形势和农民积极性的发展变化，与此有其相似之处。

十二大期间，我接到一位县委书记的来信，开头第一句话就是："昨天，农村普降'喜雨'。"原来，他们从广播中听到党中央郑重宣布：党的农村政策决不能违背群众的意愿轻率变动，更不能走回头路。一个个眉飞色舞，奔走相告。那情景，真有点像苏东坡《喜雨亭记》中记述的："官吏（这里应是干部）相与庆于庭，商贾相与歌于市，农夫相与忭于野。"

欣快之余，我步魏源诗的原韵，也写下一首七绝：

致富洪潮振魄魂，千门红紫竞缤纷。

一从清政传乡曲，虎跃龙骧万马奔。

（1982年）

国 宝

二十年前，我还在营口市工作的时候，有一次去苏州参观访问，学习那里发展建设的经验。一下火车，就受到了东道主的热情接待。在前往宾馆途中，接待处长问询我们："可曾到过苏州？"听我说是第一次来，处长便热情地介绍了市情。

他说，苏州是人才荟萃的地方。古代，可以说是"状元、进士之乡"，中国历史上共出了五百九十一名状元，苏州占了五十个；十万零六千八百名进士中，苏州有一千五百多人；现当代，又可称为"院士之乡"，中国科学院、工程院的院士中，苏州籍的近百位，像贝聿铭、王淦昌、吴健雄、张光斗、王大珩、钱伟长、李政道等等，都是苏州人氏。

我的天哪！听了实在令人震惊，令人心折，令人兴奋。当时，我心里想，怪不得这里经济社会发展得那么快，应该说，"其来有自"呀！

在惊赞、钦佩的同时，我还有一点强烈的感受与启发：一个地方，一个时代，一个社会，究竟什么是最可宝贵的？素有"地上天堂"美誉的苏州，要论经济发展，社会进步，文化、科学、教育，旅游资源，风景名胜，都足以"翘起拇指"，丰富人们的谈资。可是，在当地领导成员、机关干部心目中，最足以夸耀于世的，却是人才。一般地说，出于职业的习惯，接待部门往往注重于游览、观光的去处，以及文物古迹、知名特产，这在苏州是最具优势的，即使放到全国的大背景下，也可以说，数一数二；而且，这位处长也了解我们的身份，此行并非专一考察人才工作，而是着眼于全市的经济社会发展。可是，他向远道客人推介的，却首先是当地的人才资源。这种不经意的闲谈，恰恰反映出他们"以人为本"、"所宝唯贤"的价值取向和眼光、素质，着实启人心智，发人深思。

古籍《国语·楚语》中有一篇文章谈到：楚国大夫王孙圉到晋国访问，晋定公设宴招待，由赵简子出面作陪。为了彰显其地位与身份，赵简子故意弄得身上的佩玉叮咚作响，以引起客人的注目，同时也炫耀本国的富有。席间，他问王孙圉："楚国的佩玉白珩还在吗？它作为宝物有多长时间了？"显然，在这位讲究奢华、看重享受的重臣眼里，只有宝玉才是至高无上的。

王孙圉的答复却是："我们未尝以此为宝啊。"就是说，在楚国人心目中，白珩是算不上什么宝物的。这种劈头作势、截断众流的回复，确是有些出人意外。既然白珩未足为宝，那么，楚国究竟还有没有宝物呀？有的。接上，他就举出两位长于外交与内政的贤才：一位是观射父，他精于撰著训导，娴熟外交事务，善于同各国诸侯打交道，辅佐国君不辱使命；另一位是左史倚相，通晓先王的训典，能够陈述各种事物，朝夕把成败利钝的经验献予国君，使他无忘先王之霸业，并能取悦神明，顺应规律，使国家不致遭致怨愆。谈话到了结尾，他又照应开头，说：至于白珩之类的佩玉，只是先王的玩物，哪里称得上是什么宝贝呀！

无独有偶。同楚、晋两位大夫论国宝相对应，史书上还有齐国和魏国两位君王相聚而论国宝的故事。《资治通鉴·周纪》记载：齐威王和魏惠王在郊外会猎。魏惠王问："齐国也有宝贝吗？"齐威王说："无有。"魏惠王说："我的国家虽小，尚且有直径一寸的珍珠十枚，能够照亮前后各十二辆车。像齐国这样的大国，怎么会没有宝贝呢？"齐威王说："我之所以为宝者，和您的不一样。我的臣子中有个檀子，派他把守南城，楚人就不敢寇边进犯，泗水上的十二诸侯都纷纷前来朝觐；还有个臣子名叫盼子，委任他镇守高唐，赵国人就不敢东下黄河捕鱼；我的官吏中有个叫黔夫的，派他守护徐州，则燕人祭北门，赵人面对西门祭祀求福，迁徙过来要求居住于齐国的有七千多家；我的臣子钟首，差遣他防备盗贼，就会做到道不拾遗。这四个臣子的声威，能够照耀千里，岂止十二辆马车呢！"魏惠王听了，脸上露出惭愧的神色。

本来，作为一国之君，在外交场合会谈，应该胸有全局，"务其大者"；而魏惠王竟然像个乡下的土财主，同人家比起珠宝来了，真是井底之蛙不足以言天宇之大。齐威王的这一课，上得实在是好。两相比较，胸襟与眼界之差，不啻霄壤。

同样，苏州的接待处长也给我们一行上了一课。当时我就联想到：如果做个"换位思考"，由我们出面接待苏州的客人，那该会是怎样情境呢？热情周到，这是毫无二致的；而且，也会同样诚恳地问候客人是否来过此地。只是在介绍情况时，一定会主要着眼于物产，什么"我们这里是煤都、钢都啊"，"盘锦大米、辽南苹果、绥中白梨、黄海刺参，可是我们的特产呀"。只是说大概没有谁会想到我们这里出过什么人才。这里不是说这些物产不值得珍贵，不值得向外介绍，只是想说，我们首先应该着眼于人才。其实，推介物产也并非不必要，前面说到的王孙圉，他就是在讲过了两位贤才之后，接下来列举了楚国丰富的物产资源，一连说了十二种，说明楚国确是物华天宝。但是，大前提是必须拥有贤才，"有人斯有土，有土斯有财"。以人为本，所宝唯贤，此乃千秋不易之理。

说到这些，也许有人会说，我们所在的地方，本身就是人才匮乏，你不应该"哪壶不开提哪壶"。人才是否真的匮乏，这要加以分析。同地处江南的苏州相比，我们当然应该承认这一点。但是，古人有言："十室之邑，必有忠信"，"十步之内，必有芳草"。出色的人物可说到处都有。何况，"尺有所短，寸有所长"，人才总是相对而言，没有这一类，还有那一类，无非是等级有差。关键在于我们是见物不见人，或者说是观念上的差异。这是问题的症结所在。

（1995年）

从浔阳到辽阳

最近，我以入选中学语文教材的作者身份，应邀参加了人民教育出版社在江西九江市举行的语文教材座谈会。

九江古称浔阳，是一座已有两千二百余年历史的著名古城，这里人文积淀和自然景观都极为丰厚，自古以来，就吸引了无数骚客文人，写出了难以计数的诗文。从这次座谈会上得知，只此一地，竟有二十几篇诗文作品入选全国与各地编辑的中小学语文教材，在全国各省市区独占鳌头。大家所熟知的陶潜的散文《桃花源记》《归去来辞》、诗歌《归园田居》《饮酒》，李白的《望庐山瀑布》，白居易的古诗《琵琶行》、七绝《大林寺桃花》，苏轼的散文《石钟山记》、七绝《题西林壁》，周敦颐的《爱莲说》，毛泽东的七律《登庐山》，都在其中。听说，全国每年在校中学生超过一亿，还有数量更大的小学生呢。试想，这样一来，它的知名度必然是蛮高蛮高的。

参加会议期间，我从江西的古浔阳想到了辽宁的辽阳，它们确也有一些可以相互比并之处。

——辽阳也是一座古城，从战国时的大将秦开在这里始建城池算起，已经过去两千三百年了。

——它同浔阳一样，历史人文积淀十分丰厚。这里的辽河主要支流——衍水，因"荆轲刺秦"失利，燕太子丹逃难藏身于此，遂得名"太子河"。再如，始见于古籍《后搜神记》的"丁令威化鹤归来"的神话故事，还有那首古诗："有鸟有鸟丁令威，去家千年今始归。城郭如故人民非，何不学仙冢累累！"那个"城郭"就是辽阳。据说，丁令威曾任汉代的辽阳刺史，因痛惜民众遭受洪水灾害之苦，私自动用了国库存粮赈济灾民，结果，被朝廷问罪。临刑时，天空飞来一只仙鹤，将他救走，驮着他飞到了太平府灵虚山去学道。得道成仙之后，跨鹤归来，遂有此作。

追至后来，先后有隋炀帝杨广、唐太宗李世民、辽东丹王耶律倍、金世宗完颜雍、清太祖努尔哈赤五个帝王在此留下了他们的足迹。唐贞观十九年（公元 645 年）初，李世民为恢复对辽东地区的统治，御驾亲征高句丽，分水陆两路进军。四月在幽州城南誓师，六月兵下辽东，驻跸辽阳城下。《新唐书》记载，唐军攻打辽阳城，昼夜不息，直到第十二天，太宗亲自率领精兵与之会合，围其城数百重，鼓噪声震天地。但高句丽守军骁勇异常，城池仍然没有攻下。最后，唐王派遣精锐的士卒，登上城墙，借助强劲的南风，焚烧了西南角的城楼，火势迅速蔓延至城内。这样，才把辽阳城夺下来。但是，伤亡极大。太宗班师回朝前，曾专门举行祭奠仪式，沉痛哀悼阵亡将士。据说，死者父母听到消息后，都为之深深感动。

期间，太宗写下了《辽城望月》《辽东山夜临秋》等多首吟咏辽阳的诗章。其中《伤辽东战亡》有句云："未展六奇术，先亏一篑功。防身岂乏智，殉命有余忠。"先检讨一己在指挥中的失利，然后说：将士们大量牺牲，并非由于缺乏防身之智，而是因为他们忠心耿耿，甘愿为国捐躯。

——辽阳同样有大量诗人留下了诗词文赋。据不完全统计，从魏晋南北朝开始，直到晚清、民国年间，吟咏辽阳的诗词多达三百余首，诗人达一百八十人。

——辽阳同样也有名山胜境，居于关外三山之首的千山就在辽阳之南。只可惜没有靖节先生之椽笔，不然，同样会有"采菊东篱下，悠然见南山"的佳句流传了。

话题到了此处，大概就要接触实质性问题了：辽阳在世间的声名之所以远逊于浔阳，原因何在？应该说，其中因素很多，但自古以来，未曾有著名的诗人、文豪驻足，这当是一个致命的缺陷。

此间，地处穷边塞外，关山阻隔，交通不便；尽管建立都市已久，但人烟稀少，中原人士前来此地的，更是为数不多。大量的是披坚执锐的征战戍卒，还有一些是流人、迁客。他们没有骚人逸士的弦歌雅兴，同样的景观，在他们眼中，尽是哀伤、凄惨、悲凉的气氛。唐代诗人沈佺期的《独不见》，就中有"九月寒砧催木叶，十年征戍忆辽阳。白狼河北音书断，丹凤城南秋夜长"之句。这是咏辽诗中的代表作。何谓"独不见"？《乐府题解》说："伤思而不得见也。"而诗人本身并未亲到辽阳。如果要择选就地咏赞诗篇，大概清代本土诗人王尔烈的七律，有一定的代表性：

> 雉堞屺荒已半凋，背城衍水涨春潮。
>
> 青山驻跸垂千古，白塔冲霄镇数朝。
>
> 烈女旌贞遗巨冢，良工傅巧建双桥。
>
> 高瞻华表怀丁令，驾鹤何时再返辽。

诗中列举了辽阳的众多景观与人文积淀，作为"八景"、"十景"咏赞尚可，而诗味、蕴涵就很难说了。看来，大多数诗篇基本都停留在这个水平上。而一个地区或者一处景观，如果没有家弦户诵、传诵不绝的名人名篇咏赞，自然也就难以名闻遐迩了。

清代大诗人袁枚诗云：

> 江山也要伟人扶，神化丹青即画图。
>
> 赖有岳于双少保，人间始觉重西湖。

这说的是一件事物也好，一处风景也好，在传世过程中，伟人、名人的超强作用。

现代著名诗人郁达夫，似乎觉得抛却了诗人文士，只说伟人的作用，既不符合实际，而且也有失公允，于是，趁着袁氏的韵脚，又写了一首七绝，同样以西湖为题：

> 楼外楼头雨似酥，淡妆西子比西湖。
> 江山也要文人捧，堤柳而今尚姓苏。

是呀，西湖若是缺少了苏东坡的诗，有谁会记起把它和西子相媲美呢！《滕王阁序》《岳阳楼记》，作为传世的雄文，自不待说；而它们对于南昌与岳阳，发挥了同样的传扬效果。

何处没有山？有山就必然有山上山下，有了山上山下，必然会有一定的温差。可是，只有庐山的大林寺被白居易关注了，于是，诗人提笔写道：

> 人间四月芳菲尽，山寺桃花始盛开。
> 长恨春归无觅处，不知转入此中来。

随着诗篇成为人间绝响，大林寺也成了千百万游人驻足观赏的对象。

（2012年）

害怕过年

近年来发现，自己越来越害怕过春节了。原因何在？——老了？脾气变得古怪了？不见得。

小时候家在农村，听惯了"小孩小孩你别哭，一过大年就杀猪；小孩小孩你别闹，过了大年放花炮"之类的儿歌，因而从旧历冬月初一"关场院门"（结束粱谷脱粒），就开始掐着手指算计，离大年还有多少天；待到进了腊月门儿，饭就不好好吃了，奶奶说我是"盼年盼的心火太盛，肚子里长出了馋虫"；盼哪，盼到"灶王爷爷"偕夫人走下灶台，返回天宫述职去了，离春节只剩下六·七天了，这时候，便夜夜梦魂萦绕着花炮、糖果、新衣裳、锣鼓、高跷、野台戏。

当然，这是童稚无心，苦中求乐。其实，对于穷人家来说，平素缺柴少米，生计维艰，已经费尽了周折；年根临近，债主登门，更是雪上加霜。那年月，我的父亲、母亲每逢春节，就总是紧锁着愁眉，很少见过他们有笑模样。

穷人怕过年，是生活所迫；人老了怕过年，怕的是什么呢？或许是悚岁月之飞逝，惊年华之迟暮。拣好听的说，是"天增岁月人增寿"；实质上是"无情岁月增中减"，过一年少一年，因而引发了心理上的恐惧。这种想法，不能说没有道理；但是，并非尽人皆然。只要懂得生老病死是不以人的意志为转移的自然规律，你欢迎它是那样，拒绝它也是那样，就会顺时应命，处之泰然。

我害怕过年，理由有三，都与传统的风俗习惯有关：

一怕滥放鞭炮。我平素喜欢安静，每天到时候就想休息。可是，春节前后，几乎是炮火连天，日以继夜，尤其是三十晚上，整个楼群简直像坐落在火药桶上，又宛如置身于万炮轰鸣、硝烟密布的战场："咕咚——咔！"霹雳一声，震天动地；"噼里啪啦"，有如鼙鼓频敲，爆豆不停，没有片刻的消歇；"通！通！通！……"这是高程排炮五十发、一百发、三百发的连射。整宿彻夜地闹腾，前后左右轮番地轰炸，搅得人心意不宁，神魂错乱，彻夜无法成眠。

走到外面去看看吧，天地为之改容，风云为之变色，硝烟弥漫，呛得人喘不过气来。还不如紧闭房门，床头枯坐，犯不上让鼻孔、肺子、眼睛和耳朵一同遭罪。

二怕大吃大喝。陈规陋习，自古及今，过年就要放开肚皮，猛吃猛喝。本来可以细水长流匀着吃，有计划地安排开，不！偏偏都要集中在过年时节，调动嘴巴向肠胃发起猛攻。白天已经是"大水漫灌"，"沟满壕平"了，除夕之夜还非得吃顿饺子不可，有道是："打一千，骂一万，不能舍掉三十晚上这顿饭。"一直弄到肚皮鼓胀，肠胃炎发作，上吐下泻，到医院挂上几天吊瓶，方始罢休。

三怕串门拜年。整个除夕，撑得难受，睡得不好，弄得脑涨头昏，四肢酸痛。可是，"化工只欲呈新巧，不放闲人得少休"，大年初一又脚跟脚地来到了。一家人还得早早起来，穿戴整齐，准备出去拜年，或者在家里等候接待串门的客人。但见街头巷尾，人头攒动，进进出出，往复不断。

有的单兵教练，有的三五成群，有的是一家人联翩而至，有的是全单位整个班子列队出行。前呼后拥，摩肩接踵。这一伙客人话音未落，席不暇暖，那一拨人马已经"毕毕剥剥"地在外叩门，于是，"前客让后客"，匆匆地交换场地。好在来者都是熟人，头一天多数都曾见过面，并没有什么事情需要沟通，只不过走走过场，打个照面。在客人那边，算是尽了礼数，在主人这里，也从熙熙攘攘、送往迎来中获得些许的心灵慰藉、心理平衡。

繁文缛礼，积渐成习，不知道还能延续多久！这本身就是很可怕的。

同我有类似想法的人，大约不在少数。不过，静下神来，细加玩味，又觉得事情总是复杂的，多元的，并非人人都怕过年，至少有三类人群大异其趣。

一类是青少年（当然并非全部）。他们生命力旺盛，有着过剩的精力，习惯聚堆，喜欢热闹，觉得过年比平时有兴趣，因此不唯不怕，而且是趋之若鹜；另方面，逢年过节，聚会交谈，还有助于广交朋友，沟通思想，增长才智，扩大接触面。

第二类就是商家、厂家、店家，过年能够扩大消费额，有利于促销各类商品，赚钱，发财。

还有一类人盼望过年，他们是急着往上爬的官员，因为这是走门子、送礼物、拉关系，打通门径、扩大交往的绝好机会。平时请客送礼，上门私谒，总须找个引子，借个由头；过年了，这一切行径，均属因风就俗，顺理成章。夤缘求进，可以开门见山；馈遗往还，无须半推半就。原是交往双方久经企盼、求之不得的有利时机，"害怕"云乎哉！

这三类人群渴望过年相同，而情况各异。如果说，前两种是顺乎人情、合于事理的，那么，后者则实在令人作呕。联系到节假活动本身，更觉得那种毫无节制地滥放鞭炮、大吃大喝和"呼呼啦啦"串门子拜年等传统陋习，都应在改革之列。

记得十多年前出访马来西亚，在华人聚居的马六甲城赶上过旧历年。三十那天，我们在庙街漫步，那种异常浓烈的"年味"，使大家叹为观止。家家门外挂起了大红灯笼，高悬着朱红的贺年喜幛，门上张贴着"招财进宝"、"接福迎祥"等类字句的联语，以寄托主人对于新的一年的美好祝愿。整条街市打扮得鲜红火爆，金碧辉煌，置身其间，简直忘却了是在他乡异国。但是，却没发现有人在街头燃放鞭炮。商店在除夕之夜照常营业，也没有见到哪一家在那里"胡吃海喝"。

他们说，过年了，人们难得休闲几天，更应该好好养生，讲究科学饮食。大年初一，我们应邀到一户华侨家里做客，看到祖孙三代人团聚在一起，"娓娓话桑麻"，其乐也融融。我问东道主："怎么没见有人串户拜年？"答复是：谁也不愿意破坏这种难得的合家团聚，促膝谈欢的气氛。这番话，留给我很深的印象。

（2007年）

书院钩沉

人日中午，陪在沈经营文化产业的温先生吃饭。他大概是有意在"书院"方面有所建树吧，希望了解一下历史上本地书院的情况。我不是这方面的专家，凭着一知半解略加陈述，算是应付了差使。

书院是我国封建社会后期兴起的一种特殊形式的教育机构。它始于唐末五代，盛于宋、元、明，一直延续到清末民初，有一千余年历史。全国历代创建的大小书院，大约七千余所，为发展古代教育事业和繁荣学术作出了应有的贡献。古代书院由社会名流或当地开明士绅共同捐资营建，一般有学田养护，有些则靠官府资助。其教学形式、办学规模、课业层次不尽相同，但都以教育为基本职能，以培养学员参加科举为基本目标。较高层次的书院多由知名学者授课讲学，也是当地文人学士研讨学术的场所。

早年的毛泽东很重视书院的形式，把它作为自己创设的新型学习组织的典范提出来。《湖南自修大学创立宣言》中指出，从研究的形式来讲，"书院比学校实在优胜的多"，"一来师生的感情盛笃；二来没有教授管理，但为精神往来，自由研究；三来是课程简而研讨周，可以优游暇豫，玩索有得"。"书院和学校各有利弊，自修大学乃取其利，去其弊"，"就是取古代书院的形式，纳入现代学校的内容，而为适合人性，便利研究的一种特别的组织"。

学者钱穆认为，"中国传统教育制度最好的莫过于书院制度。私人讲学，培养通才，这是我们传统中最值得保存的先例"。可见，"以人为本"、"培养通才"是书院的重要目标。

史志记载，辽宁建立书院始于辽代，当时因地僻人稀，很不景气；直到明代中期才有所发展。明正统二年（1437）蒲河开始设千户所，隶属沈阳中卫，成为驻扎军队、囤积军粮和武器的重要军事营垒。嘉靖十三年（1534），御史常时平在此建蒲阳书院，为蒲河两岸学子读书和名师讲学提供了条件。此前四十年——明弘治七年（1494），巡按御史樊祉就在辽阳建立了辽左习武书院。到了清代，辽沈地区出现了名噪一时的"盛京三大书院"，即铁岭的银冈书院、沈阳的萃升书院、辽阳的襄平书院。

其中在辽沈地区建立最早、影响最大、保存也最完整的，是铁岭的银冈书院。它始建于顺治十五年（1658），主其事者为进士出身的流放官员郝浴。这是东北地区现今唯一保存下来的古代书院。康熙年间，奉天府尹屠沂曾遍游全国各大著名书院，对银冈书院十分推重。他在《重修银冈书院碑记》中写道："维天下之书院多矣，惟嵩阳、白鹿、岳麓、石鼓以大称。岂高阁、周建长廊四起云尔哉！盖大其人，故大其书院也。"他认为，建立银冈书院的郝浴，"学探理窟，才蔚国华，岳岳怀方，不移不屈，政绩昭然"。正是为此，兹铁岭书院，"即与嵩阳、白鹿、岳麓、石鼓四大书院而五焉"。到了近代，它又有新的闪光点——少年时代的周恩来，曾在此间就读。

而萃升书院则层次为最高。它始建于康熙五十八年（1719），当时称沈阳书院，至乾隆二十年（1755）改为萃升书院，位于方城小南门里。据北塔石碑记载，清代著名才子王尔烈、对《红楼梦》的刊刻与流传作出重大贡献的程伟元等，均曾受聘在萃升书院讲学。资料记载，张震（承德人，道光乙未举人）、缪德禧（承德人，嘉庆庚辰进士）、刘文麟（辽阳人，道光戊戌进士）、刘梦瑚（金州人，道光己酉优贡）、周僖（海城人，咸丰己未恩科举人）、曾培祺（辽阳人，同治辛未进士，国史馆纂修）、陆鸿遵（广宁人，咸丰辛亥举人）、尹果（承德人，同治戊辰进士，内阁中书）、李维世（锦县人，光绪甲午恩科进士），曾先后任过萃升书院的山长。

光绪年间，书院被沙俄侵略军据为马棚和军营，遭到严重毁坏。1928年，张学良主政东北，拨专款在萃升书院原址重修校舍，置办了新的教学设备、图书，并亲自担任书院院长。为了重振萃升书院声名，聘请了一批国内著名学者、大师任教，委任知名人士于省吾为院监主持院务，一时轰动海内，使沉寂多年的萃升书院再度传出琅琅书声。

襄平书院创建于清道光年间，由辽阳州创设，光绪十年（1884）扩建新的校舍，二十六年停办，次年更名为襄平学堂。

辽南地区也有两所著名的书院：一是南金书院，始建于乾隆三十八年（1773），设在金州的孔庙里，授课以儒学为主，八股文是考试的主要内容。从这里走出了很多名流，王永江就是其中之一。光绪十四年（1888），十七岁的王永江在南金书院的县试中名列榜首，民国时期曾任奉天省省长。二是复州的横山书院。原是复州防守尉将军的府邸，1844年改为书院。聘请知名学者担任主讲，这里先后出了一名翰林，两名进士，十名举人。此外，海城有仙山书院，凤城有启凤书院，新宾有启运书院，锦州有凌川书院，兴城有柳城书院。

全省书院共有二十多所，对于辽宁文化教育的发展，分别起到了很大作用。其直接效应是培养了大批各种层次的人才，尤其是在文化教育事业相对来说不够发达的地区，这些书院的作用更加突出。书院制度介于官学和民办私塾之间，在当时代表着一种相对进步的比较开放的办学形式，加之，它超越了私塾的限制，可以较多地吸收社会资金，相对集中地吸引社会名流，并以自由讲学为主导，因而，这种办学形式、授课方式，对于探索教育机制的改革途径，也有一定的参考价值。

（2006年）

土尔扈特部东归本事

辽宁歌剧院演出的歌剧《苍原》，荣获国家文化部的"文华"大奖，一时名震剧坛，饮誉中外。看过之后，觉得果然是"名下无虚"，同时，使我忆起了十多年前访问新疆巴音郭楞蒙古族自治州的往事。

巴州东临博斯腾湖，盛产芦苇、棉花，与当时我所在的营口市，在经济上有很多联系。访问中，承东道主相告，二百多年前，著名民族英雄渥巴锡率领蒙古族土尔扈特部，历尽千辛万苦，从伏尔加河地区东归祖国，他们的后代，就住在这一带。这引起了我极大的兴趣。当即到他们聚居的焉耆北部草原与和硕、和静等地转了一圈，"考其山川，按其图记"，又找到了乾隆帝亲撰的《土尔扈特全部归顺记》和《优恤土尔扈特部众记》两篇碑文。回来后，以《南疆写意》为题，写了一篇颂扬土尔扈特部爱国主义精神的散文。

除了歌剧《苍原》，前些年还看过一部表现同一题材的电影《东归英雄传》，基本上都是优秀之作。但我以为，作为艺术作品，它们只能抓住其中最亮的几个闪光点来作文章；而要全面了解这一页历史，对渥巴锡这位蒙古族的伟大民族英雄有比较系统的认识，还需借助史学，作深入一步的研究。历史，是我们观照现实、认识人生的一种重要凭藉。对于历史的反思，永远是走向未来的人们的自觉追求。特别是，作为具有五千年历史的文明古国和拥有五十六个民族成员的民族大家庭，更应该充分重视中华民族的史学研究和历史教育，使之在教化、认知、审美诸方面，为我们尤其是青少年，提供最为厚重、最为丰富的精神食粮。

广义地说，文学艺术也是一种历史，是一个民族的精神追寻史。但文学和史学毕竟是两股道上跑的车。假如用"水"来比况，一者为"玉树琼田三万顷，着我扁舟一叶"；一者为"千古兴亡多少事，悠悠，不尽长江滚滚流"。一个要用意象营造情感的空间，探求艺术的弹性"空筐"；一个是把激情隐在冷峻的后面，要述往事思来者，找出因果、规律。二者应该而且可能相互拥吻，却无法彼此代替。因之，我觉得，无论是从弘扬爱国主义精神，还是从研究历史题材创作哪个角度来说，钩沉、追索一点以历史为题材的文艺作品的"本事"，都是必不可少的。

土尔扈特部是清代厄鲁特蒙古四部之一，元代重臣翁罕的后裔。17世纪30年代，该部首领因与准噶尔部首领意见不合，遂率其所部西迁至伏尔加河下游，自己组成独立游牧部落。但是，他们仍然同祖国保持着较为密切的联系，经常参加厄鲁特各部的共同行动，并多次向清朝政府上表进贡。从顺治三年（1646）起，历经康、雍、乾几代，互相往来不绝。1712年康熙帝派出使团前去探望他们，途经西伯利亚，两年之后到达了土尔扈特部。1756年该部遣使进京，历时三载，向乾隆帝呈献了贡品、方物，表现出他们对祖国的一片至诚。这个期间，沙俄却不断加紧对其控制，力图隔断他们与故国的联系。沙皇先后发动对瑞典、土耳其的战争，都强迫娴于骑术的土尔扈特人为其前锋，结果，死伤惨重，"归来者十之一二"。可怕的灭族之灾，使部落内的有识之士忧心如焚，亟思救亡图存之计。尤其难以容忍的，是沙俄实施宗教压迫，强制他们由喇嘛教改信东正教。在充满灾难的时日，他们对故国的怀念之情，与日俱增。

有关土尔扈特部东归故国的史实记载及评论，除乾隆帝的两篇碑文外，以当代学者马大正先生的《渥巴锡论》较为详细。原来，渥巴锡是一位非常有作为的青年英雄。1761年，父王敦罗布喇什病逝，渥巴锡继承了汗位，是年十九岁。十年后率部东归，开创了震惊中外的伟业。可惜英年早逝，只活了三十三岁。

据史料记载，至迟在 1767 年初，渥巴锡就已经开始酝酿东归的大胆计划。在 1771 年 1 月 5 日举事之前，他不仅战胜了内奸的多次告密，还运用巧妙的手法，麻痹住沙俄当局，顺利地进行着各项准备工作。在组织东归故国的整个进程中，他表现了杰出的智慧、魄力和领导才能。起义之初，实行乘敌不备，先发制人的策略，速战速决地袭击俄驻军兵营和全歼增援的部队，然后把近十七万人的庞大队伍组成三路大军，声威赫赫地向东方进发；又安排舍楞等两名勇将率领精锐部队为开路先锋，经过十几天的急行军，摧毁了沿途的敌军要塞，掩护整个东归队伍以最快速度穿越冰封雪压的乌拉尔河，迅速地挺进哈萨克草原，把尾追的俄军远远地抛在后面。

但沙俄当局并不就此罢休，急令奥伦堡总督和军团指挥出兵截击，并派出骑兵团穷追不舍，加上恶劣的自然条件，致使东归部队损失惨重，人口锐减。特别是奥琴峡谷之战，更为严峻与惊险。这个东进路上必经的险要山口，其时已被悍猛无比的哥萨克人控制。机智勇敢的渥巴锡临机制变，毅然决定派遣一支精锐的部队，绕道迂回到山谷的后面，与正面进袭的大部队相配合，前后夹击哥萨克守敌，获得了全歼的战果。

当东归队伍进入姆莫塔湖地带，又陷入了哈萨克小帐与中帐的五万联军的重围，切断了前往准噶尔的通路。渥巴锡采取灵活机动的方针，派出使者进行谈判，同意送还一千名俘虏，从而争得了三天的缓冲时间，迅速调整、部署兵力，在第三天深夜，渥巴锡亲率主力部队，奇袭哈萨克联军，成功地突出重围，向巴尔喀什湖继续挺进。1771 年 7 月 8 日，前锋部队在伊犁河流域的察林河畔与前来迎接的清军相遇，接着，清军总督伊昌阿会见了刚刚抵达的渥巴锡与舍楞，以及土尔扈特部的主力军和大队家属。至此，胜利完成了重返祖国的东归壮举。

在歌剧《苍原》的四个主要人物中，渥巴锡之外，舍楞也实有其人。其先世末随部落西迁，世袭准噶尔属台吉。其间，舍楞参与过一次地方起事，失败后又施计诱杀了清军的一个副都统，为逃避罪行，西奔到土尔扈特部。东归途中，舍楞始终是渥巴锡的得力助手，二人之间并未产生过龃龉。歌剧中侧重描写了东归途中内部意见分歧、少数坏人阻挠造成的重重矛盾，和"情感与理智的搏杀，生命、爱情与自由、尊严的血泪交织"（见歌剧《苍原》的解说词）。实际上，当时最严重的威胁，不在内患而在外侮，因为民族的生死存亡已成为压倒一切的首要课题。至于随着形势的变化，潜在的矛盾开始逐渐显现，那已经是东归之后的事情了。

根据清廷安排，伊犁会见二十天之后，渥巴锡一行即起程前往承德。九月初，在木兰围场觐见了乾隆皇帝，几天后又陪驾到了避暑山庄。全部王公贵胄都受到了优厚的赏赐，部众也都得到了应有的赈济与抚恤，体现了清政府的收抚政策。尔后，即颁发官印，安排六个核心成员分任各地的盟长，彻底改变了统一立汗的体制。这是清政府为防止其独立，所采取的"众建以分其势"，"指地安置，间隔而住"的重大策略。这样处理的结果，也使个别成员酝酿中的争权夺位的矛盾，消解在萌芽状态。

我以为，《苍原》的情节设置，自是构建错位结构，推动剧情发展，展示主人公丰富、复杂的内心世界的需要；但是，由于过分地突出了内部矛盾，特别是在尖锐复杂的民族矛盾与敌我斗争面前，在整部存亡处于千钧一发的非常时刻，把渥巴锡描绘成迟疑退避，一筹莫展，进而轻率地采取易汗让位的举措，势必产生削弱其完整形象的负面效应。应该说，这是十分成功的整部剧作中的一个败笔。

这里探讨的，不是历史题材能不能加工处理的问题，这是毫无疑问的，而是如何加工处理得更合理、更真实。众所周知，艺术的真实，非即历史上的真实。写历史须实有其事，而创作则可以缀合、重组，在尊重基本史实的前提下，只要能表现真实历史的内涵，不必每一件都尽合铆榫。为了更好地认识和更深入地探寻历史的规律，也不妨变换视角和调整视点。罗贯中在《三国演义》中，没有完全拘泥于历史事实，但也并非凭空架构，而是对历史题材有选择地加以取舍，通过艺术构思进行了成功的再创造。就此，鲁迅先生指出："据正史则难于抒写，杂虚词复易滋混淆。"应该承认，《三国演义》的作者正是面临着这种两难的境地。但是，罗贯中毕竟是出手不凡的大手笔，他比较妥善地解决了这个难题。

同样，《苍原》的编导者在这方面也是颇见功力，获得了很大成功的。显然，较之罗贯中，《苍原》的编导者艺术活动天地更大一些。三国人物故事久已流传，为人们所熟知，这就使创作构思受到某种预定的制约，即不能完全无视原有的人物、主线和重要情节。而土尔扈特部东归的经过，史料记载有限，世人知之甚少，这样，剧作家便有了更多的创造余地，尽可自如纵笔，而无需更多地顾忌。这原是有利条件，但也是一个容易掉进去的陷阱，弄不好，就可能离开史实过远。这也是应该加以警惕的。

（1994年）

寻　觅

一

在我高中即将结业的前夕，一次体检中突然发现患上了浸润型肺结核。这在今天看来，原本算不上什么大不了的疾患，可是，在上世纪50年代中期，却几乎等同于现在的癌症了。

前此，教导主任曾向班里透露，以我的优秀学品，可以不经过入学考试，直接保送到北师大或者东北师大；可是，我自己却并不以此为满足，暗自想望着、也觉得完全有把握考进学子们心目中的圣殿——北京大学中文系。甚至，梦境中已经戴上了北大的校徽，徜徉于柳丝垂映的未名湖畔，欢歌笑语在花丛间、草坪上。现在却被告知，升学的事只能以后再说，眼下必须休息、治疗。心情的怅惘、失望以至绝望，自不待说了。

这天，注射过链霉素之后，我回到家里卧床静息。突然，素心表姐推门进来了。她与我同年级，但不在一个班，这是参加过高考之后，从学校回来度暑假的。可能是怕我脆弱的心灵经受不住刺激吧，她没有谈有关高考、升学的事，只是告诉我，哪几位老师、哪些同学嘱托她向我转达劝慰、问候之情，听了自是感念不置，仿佛干涸的畦田流进了汩汩清泉，秧苗立刻展现出勃勃的生机。其中，尤其使我感动的是——

素心姐说："那天晚自习之后，我们宿舍的四个同学先后都回来了，记不得什么话题引出来，大家忽然提起了你，——你是学生会副主席嘛，同学们自然都熟悉——共同感到非常惋惜。D（姑隐其名，作者注），你有印象吧？个头不高，挺清秀，挺朴实的。"

我点了点头。

"D平时话语很多，天真活泼，这天晚上却显得神情萧索，只是凝神地听着，突然，她插了一句，不，只说出了半句'出师未捷……'，便呜咽着，泣不成声了。"

我猜说："也许她的亲人中，有谁因为这种病……"

"没有。——几年相处，她的情况我了解。"表姐说。

我低声喃喃着："其实，我们之间没有过太多的接触。"

"这我清楚。"表姐说。

又谈论了一些别的，素心姐就回家了。我却静静地躺在床上，像过电影似的，把和D相识的过程，在脑子里复映了一遍。

二

那是七月中旬的一天，刚刚下过了一场暴雨，校园里到处汪洋一片。本来我就没有穿袜子，此刻，索性脱掉了鞋，蹚着泥水，来到一座陈旧的木楼里应试。解放之初，按照上级教育部门的规定，录取初中生，除了笔试——一大张包罗万象的卷子，还须进行口试，以实际了解考生的智力水准和应对能力。

老师很亲切、和蔼，大约三十岁上下，胸前戴着一个白布制作的名签，原来和我是一个姓。他照着报名花名册，念出了我的名字，示意我坐在他的对面，做好答题准备；同时，又招呼另一个应试者："D，你先进来等候，下一个就是你。"这是一个带着清淳的稚气的女孩子，体质有些瘦弱，一身旧衫裤，也是光着脚板。

"你喜欢什么课程？"王老师开始提问了。

我说，喜欢地理。

"哦！为什么？"

我说，长大了以后，我想阅遍名山大川，周游全国。

"那好，我就考你这方面的问题。"老师略微思索一下，便说，"你注意听着，题目是这样：我想从这里到广州去看望外祖母，你看要怎么走？要求是，尽量节省经费和时间，做到方便、经济；还要汽车、火车、江轮、海轮都能坐着。"

我说，可以从县城坐汽车到锦州，然后换乘京沈铁路列车到北京，再转乘京沪线的火车抵达南京，从南京登上长江客轮到达上海，再从上海乘海上轮船前往广州。

"现在发生了新的情况，"老师说，"我的妹妹在陕西的宝鸡读中学，放暑假了，她也要一同去看姥姥。你看这要怎么走？"

我说，那就通知她乘陇海铁路列车先赶到徐州，约定好车次。老师还是从这里坐汽车到锦州，再坐火车到天津，然后换乘津浦路的列车，在徐州车站接妹妹上车，依旧到南京下车，乘江轮到上海，再转乘海轮前往广州。

"好！"老师高兴地说，"给你打一百分。"

这次口试，可能给 D 留下了一些印象。

还有一次，学校组织部分优秀学生到兴城海滨参加夏令营活动，我和 D 都去了。那时的中学生眼界不宽，思辨能力较弱，对问题的认识也显得肤浅，但是，思想单纯，真情灼灼，充满着向上的激情，美妙的憧憬。我们曾在一起谈论过未来的理想，还曾共同背诵俄国作家柯罗连科的散文诗《灯光》。大意是，一个秋天的夜晚，我乘着小船漂流在一条阴暗的河上，前面有灯光在闪烁，实际却离得很远。现在，我还经常回想起这飘忽的灯光。可是，生活仍在河岸之间漂流，而灯光还很遥远，还得使劲划桨。不过，在前面毕竟有着灯光。

那天，我们背着西斜的阳光，浴着晚风，漫步在海滩上。她捡了许多五彩贝壳，说是要粘在画布上，挂在宿舍的床头。

记忆中，我们打交道也只有这么两次。实在没有想到，对于我的患病，她竟如此感到惋惜，直至痛哭失声。这令我深受感动，历久难忘。

三

病愈之后，我也考取了大学，毕了业就到外地中学教书，后来，又先后走上新闻岗位，进入机关工作。随着时间的推移，我越发强烈地感到青少年时代友情的纯真可贵，越发怀念起 D 这个瘦弱的姑娘。我多么想，能和她重见一面，亲口对她诉说：我衷心地感激您，是您，使我认识到自身的存在价值，从而增强了我同疾病作斗争的勇气、信心和力量。

我作过多方面的努力，可是，一次次地总是失望。

最先，当然是通过素心姐和她的班上同学探寻线索。她们说，只知道 D 考取了兰州的一所大学，学的是理科，毕业后可能在陇东工作过一段时间，"文化大革命"之后，就不知下落了。

听说在她的原籍沙岭乡有一个叔叔，我便趁新闻采访之便，跑了这个乡的几个村子，逐个地打听 D 姓人家，最后终于有了着落，原来，她的叔叔一家，三年自然灾害期间逃荒到了"北大荒"。结果又是断了线。

天高地迥，人海茫茫。我对于寻觅 D，已经不再抱有希望了。

去年，母校中学庆祝建校五十周年，我应邀参加了。当时，颇寄希望于这次聚会。设想，纵令见不到 D 本人，至少也可以从其他同学那里了解到有关她的线索。及至到了学校，才发觉"纪念会"已经有些"变味"了，校方以"联络感情，扩大发展"为宗旨，请的都是一些有名有位，有权有势，特别是能够提供赞助的学生，他们多数毕业于七八十年代。至于默默无闻的普通知识分子，包括五十年代毕业、已到退休年龄的老校友，根本就没有接到邀请函。

失望之余，暗自想道：也应该尊重实际，略迹原情，——逝者如斯，时移势异，一切都在变化，四五十年过去了，怎么可能还保持往昔的清淳，还到哪里去找回旧日的温馨呢！

但是，这次聚会终竟还是有收获的。会后，我去拜望一位已退休多年、现在卧病在家的老师，从他那里访察到了 D 的下落。原来，她和这位老先生的女婿都毕业于兰州大学，后来又都在天水一所中等专科学校任教。现在，他们也都退休了。

"估计我这女婿能够知道 D 的近况，"老先生说着，就拨通了女婿家的电话。得知 D 现在太原，住在女儿家里，女儿在一家外资企业上班。我当即记下了她们的姓名和具体单位。

"踏破铁鞋无觅处，得来全不费工夫。"你这飘摇在万里云天中的风筝啊，我总算扯住了这条线！

四

借一个出差机会，我来到了太原，并找到了这家电子元件有限公司。通过她的女儿，我和 D 约好了在迎泽大街西段一家东北风味的楼上餐厅会面。

我知道，站在我对面的不会是别人，但是，确确实实，她已经变得我无法认识了。头发花白了，脸上爬满了细细的皱纹，个头没有变化，身材却过于发胖，爬了几步楼就大口地喘着气。衣服倒十分考究，全是进口的料子，剪裁得也很合身。一副闲适、富有的姿态。她有礼貌地轻轻地握了下我的手，平静地说：

"你还是当年的模样，说话声音也没有改。"

按照逻辑，我应该接上说，这些年我基本上没动地方，不像你一直在外面闯荡；可是说出来的，却是"你可让我找得好苦！"

"哦？"她略微有些诧异，但马上就沉静下来，"是呀，我们都期待着能够别后重逢。"

我请她点了几样菜，又特意订了高粱米粥和血肠、冻豆腐的汆锅。

"我永远不能忘记，你在精神上给过我巨大的支持。" 我察觉到这句话有些贸然，也过于笼统，便又补充了一句，"听袁素心讲，高中毕业前夕，你得知我患了病，竟然……竟然哭了一场"。

"是吗？" 她却显得很平淡，"我可记不得了。"

本来我还想告诉她，寻寻觅觅几十年，费了多少周折，通过几种途径，才打听到她的所在，但又觉得语境已被隔绝，这些话似乎是多余的了。

我们一边进餐，一边又随便唠些别后的琐事。

我了解到，她的丈夫已经不在了。女儿、女婿在西安交通大学拿到了硕士学位，属于高科技领域，原想继续深造下去，当时，恰好太原这家外资企业招聘外语翻译，待遇甚为丰厚。在母亲的极力撺掇下，他们便前来就职。收入自然大大增加了，居住条件也得到显著改善，但是，却付出了专业完全废弃的沉重代价。

对此，我流露出惋惜的心情，她却不以为然地笑着说："你呀，依旧是文人气质。——都什么时代了，看问题，还不现实一些？"

这次会见，就这样匆匆地结束了。四十余年的渴望终于得偿，按说我应该感到轻松了，可是，不知为什么却反而有些闷寂，有一丝怅然若失的感觉。

出乎意料，第二天晚饭后，D又带着一个十三四岁的小男孩到房间里来看我。一面热情地握着手，一面解释说，她昨天有些头晕——因为血压高，今天要和老同学好好地唠一唠。还说："小刚，快来向爷爷问好！"

"这是小外孙吧？"

"不，是孙子。"她抚摩着小男孩的脑袋，说，"我还有一个儿子，就是他爸爸，属于'下生就挨饿、上学就停课'的那一代人。整个都耽误了，费了很大力气才弄了个大专文凭。现在还留在天水，想往太原调转，联系了几次，都因为学历低，找不到接收单位，只好孤零零地飘在那里。这简直成了我的一块心病。"

稍稍停顿一下，她又继续说："你的情况我都知道了，一向都是凤毛麟角，也是老同学们的光荣啊。听说，我们省长过去和你在一起工作过，那当然很熟啦。倘若他能说一句话，我想，哪个单位也不敢说个'不'字。"

尽管未必如她所言，省长也未必肯说这个话，但我还是表示，要尽最大努力，争取办成。

D很高兴，同我热情地握手，说了几次"再见"。路灯下，目送着她渐行渐远的背影，我努力追寻着旧日的影像，旧日的情怀。

（2002年）

下编

本地风光原秀美，家山泉水也澄清。

荒城故垒饶姿媚，不羡他乡万里行。

前程向海

　　历史离不开记忆与叙述。一个地区、一座城市，像历史人物一样，有其独特的个性、鲜活的情貌，而且，刻录着时代的屐痕。就承载历史记忆的功能来说，瞬时存真的图像，明显地优于声音，也胜过文字。

　　现在，摆在我面前的是两帧颇富对照意味的珍贵照片：

　　一张，很陈旧、很古老。发黄的纸面上，一艘满载着鸦片（当时称为"洋药"）的英国商船，正乘着满潮沿辽河口驶入太古码头。

　　事情应该追溯到一个半世纪之前。根据屈辱的中英《天津条约》，牛庄成为对外通商口岸。1861 年 5 月，营口代替牛庄被迫开埠——这在东北地区是唯一的。此后，西方列强蜂拥而入，纷纷在此间设领事馆、办洋行、建教堂、修码头。他们强行攫取了海关权、领事裁判权，使营口沦为西方殖民者在中国东北倾销商品、掠夺资源的海上门户。经过这里转输，白山黑水间的大豆、棉花、药材、煤炭源源运出；而棉布、燃油、火柴、玻璃等工业制品则潮水般涌入。进口商品中七成以上是毒品鸦片。从营口开埠到 1911 年，50 年间，输入鸦片总量竟达 2260 吨。不仅大量白银外流，挤垮了民族工商业，而且，严重摧残了东北人民的健康。

　　屈指算来，营口开埠已经整整 150 年了。150 年，在绵延无尽的时间长河中不过是瞬息、刹那，而对于这座因开埠而现身、依港口而发展的海滨城市来说，却几乎涵盖了全部历史。

　　另一张是彩色照片，拍摄于 2009 年 10 月 23 日。它记录了辽宁船舶工业园为英国埃格利地亚航运公司制造的"阿纳帕"号巨型货轮在辽河口顺利下水的场景。船身长 190 米，载重量为 5.7 万吨，出口创汇额 3365 万美元。

时间永是流驶，街市万象更新；而辽河口，白浪滔天，涛声依旧。耐人寻味的是，这两艘分别出现于 19 世纪和 21 世纪的英国商船，竟然在同一港湾里，负载着不同使命，相背而行——那艘鸦片商船从远洋驶来，将溯辽河而上深入东北内地；而这艘巨型货轮则将驶向远洋，最后抵达英伦三岛。作为这座港口城市盛衰荣辱的直接见证和新闻载体，两帧照片以其深邃的政治内涵和文化价值，分别留存了旧日血泪斑斑的惨痛记忆，也展现出一座城市以至整个国家和平崛起的动人景象。

这种强烈的对比，同样反映在市区里。沿着辽河南岸，蜿蜒着一条被誉为中国北方"百年商埠露天博物馆"的老街，两旁各式各样的近现代建筑鳞次栉比。其中最引人注目的是英国、法国、瑞典、挪威、荷兰、美国、俄国、日本、丹麦、德国这 10 个国家先后建立的领事馆，建筑风格各具特色，素有"万国式"之谐称。时至今日，这些历尽沧桑的老建筑仍然有 30 余座保存下来。往昔的市井风华，已经退出历史舞台，拉上了帷幕；今天若要实际感受一番它的前尘梦影，这些旧街衢、老建筑当能提供一种视角、一个窗口。

上世纪 60 年代初，作为新闻记者，我曾多次在这条街道上采访，听到过一些老年人讲：从前，一到年节，街头就到处飘扬着五颜六色、不同图案的各国国旗，眼前"乱马盈花"，心里很不是滋味。时隔半个世纪，春节期间，我重游旧地，映入眼帘的却是落户此间的大批中外合资、外商独资企业无一例外地都挂起鲜艳的五星红旗。我想，遗憾的是，那些老者不在了，不然，面对此情此景，他们一定会有许多新的感触。

对于曾在这座海滨城市度过青壮年时代的我来说，最引为自豪、无比兴奋的还是跨越式发展的鲅鱼圈新区。这里，依托横空出世的营口新港，连续 10 年保持 30% 以上的增长速度，以一座现代化、生态化新城和改革开放的窗口、龙头，成为全市一张亮丽的名片。

此间位于辽东半岛中部，负山面海，扼南北交通要冲，可是，千百年间却一直处于孤寂荒凉状态。可贵的是，民风刚健、质朴，想象力发达，开放意识很强。当地流传着八仙在此渡海的神话传说，仙人岛因而得名。他们赋予一座孤山上的砖塔以鲜活的生命，结想为慈母登高望儿的感人形象；还把一个圆顶山丘称做馒头山，说是"天为笼盖地为锅，柴在深山水在河。万里烟云皆紫气，谁家蒸此大馍馍？"气魄可谓大矣。当然，若是同新时代建设者相比，那还要逊色得多。

时代的强弓等待着年轻的臂力；彩绘现代化的宏伟蓝图，需要的正是元气淋漓的大手笔。营口港人硬是在海陬荒滩上，一空倚傍地建造出一个跻身全国十大港口之列、与50多个国家和地区的140多个港口通航的北方大港。现在，年吞吐量已经达到两亿多吨，按照开放之初老港20万吨吞吐量来计算，整整翻了1000番。30年哪，360番的月圆月缺，21900次的潮起潮落，辛勤的建设者未尝有过片刻的消闲。面对着国内外货源市场的激烈争夺，每跨出一步，都要倾洒难以计量的汗水，付出想象不到的艰辛。

营口港人很清楚：吞吐量并非存折上的数字，每年的基数都是从零开始。这里只有记忆而没有积累。如果要说有，那累积的只是轮番加剧的挑战。何况，港口的实际品位并非仅是一个年度吞吐量的显示，它应该蕴涵着整个港口建设、管理、经营的水平；而且，这种竞争也不单是港口之间的拼搏，很大程度上体现着港口所依托的城市之间的较量。

港口，是营口市命运攸关、兴衰所系的最大资产。像东部发达地区许多沿海城市一样，营口也是同港口、同水运联系得至为紧密的。如果说，内河航运是营口对外开放"史前时期"的摇篮；那么，深水海港则是这座现代化城市"羽化登仙"的宝葫芦。诚如船王包玉刚所言："深水港好比一家大银行。"建设现代化大型港口，构筑国际化物流平台，直接带动了临港经济的飞跃发展和"以港兴市"战略目标的实现。六年前，随着20万吨矿石码头建成启用，投资300亿的鞍钢新厂率先入驻；至今，在港口五公里半径内，已经集聚了430多家占据举足轻重地位的冶金、热电、化工、船舶等大型企业。

在起跑过程中，营口建设者适时把握住我国新一轮经济增长期，抓住沿海开放和振兴东北老工业基地这两个千载难逢的机遇；凭借深水海港的特殊优势和近百公里海岸线、210平方公里连片低产盐田荒滩的巨大发展空间，以全球的视野、开放的胸襟和包容的心态，主动吸纳一切先进理念，采用高新、适用技术改造传统产业，壮大冶金、石化、纺织服装、装备制造等产业集群，快速融入国际发展的洪流。

"前程向海"，这是他们践行变沿河发展为沿海发展战略的象征性话语。现在，北起老城区、南到仙人岛，中间包括营口高新区、沿海产业基地、北海新经济区、鲅鱼圈国家级开发区，1600平方公里的沿海经济带已经形成。上海世博会总规划师吴志强教授，站在国家未来发展战略的制高点，立足本地地理、资源优势，为营口市带状新城区设计出建设规划，目标定位是：东北地区的开放前沿，渤海东岸的产业引擎和创智源头，生态文化的创新典范。

回眸30年开发、开放的进程，可以用"点、线、面"来概括市区的经济社会发展脉络：改革开放伊始，建设临港的国家级开发区，取得点上突破；尔后，向海发展，抓住"五点一线"的发展机遇，快速建设沿海经济带；现在，借助沈阳中部城市群以及港口、高速公路、铁路和机场的辐射优势，面向整个东北腹地和内蒙古东部地区。其实，这个发展趋势，早在上世纪90年代，联合国开发计划署考察团就已经预见到了，他们根据营口开发区在腹地工业基础、自然资源、技术人才、地理位置、港口条件等多方面的优势，认为营口势将成为国内外青睐的投资热土，10至15年内，可望"成为东北地区一个人才荟萃、经济繁荣的科技都会"。不出所料，现在，营口市继沈阳、大连、鞍山之后，经济总量已位列全省第四，工业增速稳居第一，进入了历史上发展势头最强、速度最快的"快车道"。

但是，当人们津津乐道这些骄人业绩时，清醒的营口市决策者目光却投向更远。面对传统产业仍占八成的严峻现实，他们想的是，如何在产业升级转型、整合科技资源、发展高新产业、淘汰落后产能方面实现更大的突破。他们寄厚望于2011年这个"项目落实年"，要在1200亿到位资金，1000个千万元、300个五亿元以上项目上做文章。就见闻所及，近日我实际了解到这样几个颇具形象性的亮点——异常火爆的以熊岳温泉为主导的休闲旅游项目，恢复、建设中的集餐饮服务、休闲娱乐、商贾文化、旅游观光于一体的辽河老街，特别是国家级的营口高新区和沿海产业基地。

凭借地处辽宁沿海经济带和沈阳经济区两大国家战略发展区域唯一叠合点的独特优势，他们在高新区创建了渤海科技城，以期打造沿海连接内地的智能核心、培训高级技师、展示高新科技成果，形成新型材料、节能环保、文化创意、现代服务的产业集群。高新区负责人说，要在这科研的末端、产业化的前端，请进高端人才、高新项目在此"下蛋"，与产业对接，或者"孵化"新兴产业。

发展势头最为强劲的是沿海产业基地，宛如海堤外面滚滚滔滔的洪潮激浪。当然，也可以掉过来说，滚滚滔滔的洪潮激浪，正簇拥着一个紧张而有序的沸腾世界。连篇累牍的海滨"现代神话"，在这里生动地演绎着。花开遍地，到处显现出看得见的沧桑。

在度过开埠150周年纪念日的今天，营口，正以全新的姿态现身在世人面前。

（2011年）

挽住芳菲

乡间命名，常常体现一种悖论：小女孩儿名叫"丑妞"，实际上俊美无俦；说是"浑江"，江流倒是清冽可鉴。还比如，我们攀登的这座"老秃顶子山"，从名字看，似乎无美可言，可是，登高一览，却是芳菲照眼。只不过因为在整个桓仁，涵天塞地，绿树葱茏，只有这座山头天开一席空地，这才"荣膺"了这个佳名。

一台越野车把我们拉进了林海。片片槐杨，遮坡塞谷，负势竞上，繁枝密叶在空际摇荡着波涛。宿露犹凝，在晨曦映照下，叶片闪亮着辉光，不时地滴落下几颗珠粒。重重涧壑，大刀阔斧地裁剪着山骨。

汽车沿着蜿蜒的林间小道吃力地向上爬行着。随着地势渐高，丛林由阔叶变为针叶，气候也由炎炎盛夏转入了凉爽的暮春。20华里长的盘山道上，上下左右，尽是鲜活、鼓胀的浓荫、翠影。

绿，是夏日郊原的底色，此刻，那盈盈翠色更逼近到游人的面庞上、心窝里。当即口占一首七绝：

> 饮秀餐霞入画乡，接天林海碧苍苍。
> 山行陡觉须眉绿，云谷风回草木香。

近来，常常记起石涛和尚的两句诗："不识年来梦，如何只近山。"是不是山峦的淡远、宁静的体性在感染着我呢？

其实，真正动人心魄的倒未必是那类声威赫赫的名山。同人一样，出了名的山屡经品题，最后往往是声华过实，为名所累；若再有众生焚香膜拜，镇日烟云缭绕，就更会加重它的俗浅。我最喜欢的是空山寂寂，微风习习，林峦似动不动，松涛若有若无，听到的只是自己脚步的回响，通体浸透着一番彻骨的宁静与灵澈。

看山，是一种真真切切的美的享受。宋人郭熙说得好，山，近看是一个样，远看又是一个样，"山形步步移"；正面看、侧面看、背面看，"每看每异"；春夏看、秋冬看，早晨看、晚上看，"四时之景"、"朝暮之变"不同，"一山而兼数十百山之意态"。

也许是相距过近的缘故，这次出游，对于山的印象反而有些模糊。当然，这和林木阻隔也有直接关系，"岭树遥遮千里目"，自然见不到了峰峦的真面目。

八月的时令，犹如人当壮年，原是早已告别花季的时光。可是，登上顶峰之后，却见花团锦簇，灿若云霞，到处嫣红姹紫，蝶舞蜂忙。石竹花一般盛开在六月，可是，现在这里却开得绚丽红火。让人想起白居易咏大林寺桃花的诗：时当孟夏，已是众芳零落、绿暗红稀的时节。诗人正在为芳菲过尽而懊恼和憾恨，不期上得山来，却见寺里桃花初始盛开。原来，春光并没有飘逝得杳无踪影，而是转移到了这里。——一种惊愕、喜悦之情溢满纸上。

像散了花的爆竹纸屑，人们哗地撒放在浓密的鲜花碧草之中，伴着野鸟歌晴，群虫噪夏，跑着跳着，笑着叫着，放浪形骸，完全泯灭了年龄的界限，霎时回复到了少年时代。

庄子有言："嗜欲深者天机浅。"怡然自乐，忘怀得失，正是环境直接作用于心境的结果。在物欲喧杂的噪音中，是无法听得见智慧老人的叩门声的。

生活在诗之谷画之廊里的人群，朝朝暮暮晤对着诗意的存在，固有的心灵美、艺术美被激活了。他们没有停留在对自然景观单纯欣赏的层面上，也不满足于山青一度，草绿三春，而是，设法实现自然美与生活的同化，——通过种种艺术实践，达到美的生命的延续。这在桓仁，已有百余年的历史。

县志记载，早在清末，多种美术创作活动即在民间开展，"谷泥人"的捏技，"辛画匠"的彩绘，"高师傅"的剪纸，遐迩闻名。新中国成立之后，特别是进入新的历史时期，群众发扬光大了优良的艺术传统，在积极发展摄影、绘画、剪纸、木刻艺术的同时，从事各种艺术造型，一些"艺术之家"、"版画之乡"陆续涌现，形成了一个工艺美术的新兴产业。

下山之后，我们先后走访了八里甸和普乐堡镇，考察了龙江草编工艺品厂和东林木雕工艺品厂。这两户民营企业的产品，全都行销国外。他们利用松针草茎、碎木枯枝，做成各种鲜活灵动、神态可掬的工艺品，诸如圣诞老人、白雪公主，大棕熊、小白兔，卓别林式的怪客，碧眼红发的精灵，都成批结伙地漂洋过海，涌入了西欧、北美、非洲，成为孩子们心爱的伴侣。

这里的技术人员都是普通农民，并未接受过正规的艺术教育，可是，他们的创造力和对新生活、新知识的感受力却是惊人的。他们把东西方迥然各异的艺术风格、欣赏习惯大胆地加以融合，把现实主义与抽象画派的造型技巧统一起来。一些课题，有的专业人员也不易谈得十分清楚，可是，他们说起来却显得简单易懂。他们说，现实主义画家画的人、物、山、水，都是能够具体命名、实际把握的，都有特定的形象；而抽象派画的则是他们自己的感觉，反映的是一种思想情感、一种心理追求。

应他们的要求，我题写了一首五绝，作为观后感：

> 万木寻机理，神工出匠心。
> 花开荣四季，不必怯春深。

他们说，若讲"神工"，能够当得起的恐怕还得是那些"谷泥人"、"辛画匠"等老一辈艺人。我们之所以成了一点气候，皆因赶上了改革开放的好时光。

（1999年）

神圣的泥土

昔日的顽憨少年，一回头，已经华发盈颠，千般都成了过去，一股脑儿地进入了苍茫的历史。而我儿时的亲热伙伴——双台子河，这漂流着我的童心、野趣的河，带领我回归"家"的审美之途的河，却还是那么姿容韶秀，静静地载浮着疲惫了的时间，滚滚西流。那清清的涟漪，汨汨的波声，亲昵依旧，温馨依旧，日日夜夜、不倦不休地喁喁絮语。只是不晓得，她是向远方的客人述说着祖辈传留的古老童话，抑或是已经认出了我这当年的昵友，尽情倾诉着蓄积了半个世纪的别绪离情。

游子归来，原都是为着寻觅，有所追怀的，更何况在这冷露清秋时节，在这忽而霏霏、忽而潇潇、忽而滂沱的秋雨里。此情此境，无疑是触发忆念与遐思的一种酵母剂。带着深沉的凉意，荒疏的逸趣，它使望中的一切都变得有情有意了。

"我们回家吧！"每当读到科普斯这句简单不过的话，我都觉得它圣洁，亲切，警策，灼人。此刻，我正在还乡的路上。"人老莫还乡，还乡须断肠。"面对着熟悉而又陌生的一切，我忆起了"弃我去者不可留"的悠悠岁月，忆起了童年，忆起了母亲，默诵着艾青的诗句："为什么我的眼里常含泪水？因为我对这土地爱得深沉……"

是呀，自从我离开了故园，也就割断了同滚烫的泥土相依相偎的脐带，成了虽有固定居所却安顿不了心灵的形而上意义上的飘泊者。整天生活在高楼狭巷之中，目光为霓虹灯之类的奇光异彩所眩惑，身心被十丈埃尘和无所不在的噪声污染着，生命在远离自然的自我异化中逐渐地萎缩。

真是从心底里渴望着接近原生状态，从大自然身上获取一种性灵的滋养，使眼睛和心灵得到一番净化。由此，我懂得了，所谓乡情、乡思，正是反映了这种对生命之树的根基的眷恋。

当然，我也清楚地知道，故乡的一切并非我所独有。就说这多灾多难又多姿多彩的双台子河吧，不知有多少人从小就吸吮过她的乳汁；然而，对于她的每个游子来说，它又是百分之百的心灵独占，而绝非多少万分之一。

《庄子·在宥》篇我是读过的，记得里面有这样一句富于哲理的话："今夫百昌皆生于土而反于土。"意思是，而今万物都生长于泥土而又复归于泥土。但是，应该说明，我的恋土情结的形成，却并非来自书本，而是自小由母亲灌输的。母亲没有进过学堂，无从知道先贤笔下的高言傥论，更没有读过源于西方文明的《圣经·创世纪》，可是，她却郑而重之地告诉我，人是天帝用泥土制造出来的，看着一个个动来动去却呆头呆脑，天帝便往他们鼻孔里吹气，这才有了灵性。这个胎里带来的根基，使得人一辈子都要和泥土打交道，土里刨食，土里找水，土里扎根。最后到了脚尖朝上那一天，又复归于泥土之中。

母亲还说，不亲近泥土，孩子是长不大的。许是为了让我快快长大吧，从落生那天起，母亲就叫我亲近泥土——不是用布块裁成的褓子包裹，而是把我直接摊放在烧得滚热、铺满细沙的土炕上，身上随便搭一块干净的布片。沙土随时更换，既免去了洗洗涮涮的麻烦，又可以增进身体健康，据说，这样侍候出来的孩子，长大之后不容易患关节炎。到了能够在地上跑了跳了，我就成了地地道道的泥孩儿，夜晚光着脚板在河边上举火照蟹，白天跳进池塘里捕鱼捉虾，或者踏着黑泥在苇丛中钻进钻出，觅雀蛋、摘苇叶，再就是成天和村里的顽童们打泥球仗。一般情况下，母亲是不加管束的，只是看到我的身子太脏，便不容分说，将我按在一个过年时用来宰猪燎毛的大木盆里，里面灌满了水，再用丝瓜瓢蘸着肥皂沫，在全身上下搓洗一通。

泥土伴着童年，连着童心，滋润着蓬勃、旺盛的生机活力。可以说，我的整个少年时代都是在泥土中摔打过来的。其实，泥土也许是人类最后据守的一个魂萦梦绕的故乡了。纵使没有条件长期厮守在她的身边，也应在有生之年，经常跟这个记忆中的"故乡"作倾心、惬意的情感交流，把这一方胜境什袭珍藏在心灵深处，从多重意义、多个视角上对她作深入的品味与体察。通过回忆，发挥审美创造的潜能，达到一种情感的体认，一种审美意义的追寻，把被遮蔽的东西豁然敞开，把那本已模糊、漫漶的旧日情怀，以生动鲜活的"图式化外观"展现出来，烙印在心灵的屏幕之上。

可是，人们有个坏习惯，就是长大了之后常常忘记本源，我也同样。一经走进青涩的年岁，我们便开始告别泥土，进城读书、谋事，尔后竟然掉头不顾，一眨眼就是几十年。离乡伊始，游子们还常常通过泥土的梦境向故乡亲近、靠拢，随着时日的迁移，"忘却的救主"降临，便渐行渐远渐模糊了。久而久之，个人时空全部为公共时空所分割和占领，连那种模糊的影像也不复在梦中出现了。偶尔机缘凑巧，故乡重到，也是坐在车里，"刷、刷、刷"，从柏油马路上疾驰而过，然后，就一头钻进直耸云霄的大厦高楼里，根本想不到还有亲近泥土这码事。

亏得这次参加了中国作家协会组织的盘锦采风团，也亏得连宵的风雨使陆路车行不便，改为泛舟河上，使我有机会尽览故乡湿地的无限风光。环境、氛围十分理想，这是那种撩拨诗怀、氤氲情感的天气，它没有晴空一碧那样的澄明或者迅雷疾风的激烈，而是略带一丝感伤意绪的缠绵悱恻。飘飘洒洒的雨丝风片，缝合了长空和大地，沟通着情感与自然。

轻舟在微荡涟漪的双台子河上静静地飘游着。望着水天无际的浩浩茫茫，蓦地，我涌起了缕缕乡思。我对作家同行们复述了母亲那句"不亲近泥土，孩子长不大"的话。或许由于对泥土的情怀过于热切了吧，船刚刚靠岸，我就第一个冲向雨幕，跳上堤边，急匆匆地踏上这阔别数十载的泥涂。可是，两脚没有站稳，一个大刺溜，便闹了个仰面朝天，彻头彻尾地与泥土亲近了。

见我突然滑倒，几个小伙子赶忙跑过来把我拉起，发现除了满身挂了"泥花"，并没有丝毫伤损，大家才放下心来。一个调皮的文友忽然来了一句："没有亲近过泥土的孩子是长不大的。"逗得同行们哈哈大笑。于是，一路上，这句意味深长的话便乘着一波又一波的笑浪，浮荡在所有人的耳鼓里。

这里地处双台子河入海口，没有沉甸甸的历史记忆，积淀了久远而深厚的冷落与荒凉，自然也饱藏着开拓和创造的无穷潜力。这里蕴蓄着强大的生命力，本能地存在着一种热切的生命期待。这里的泥土肥沃得踩上一脚就会"滋滋"地往外流油，她是一切生命翠色的本源。任何富有生机的物质都想在她肥腴的胴体上开出绚丽之花，而这绚丽的花朵则是这黝黑泥土的生命表现。

这是一次心灵的回归，像一位俄国诗人所咏赞的："心灵完成了一个伟大的循环，看，我又回到童年的梦幻。"这里没有理性、概念的遮蔽，没有菩提树，也没有野玫瑰，有的只是清醇的、本真的感觉和原生的状态。人们在这里有幸接触到生命的原版，看到了未被物欲贪求所修改过的生命初稿，体验到不曾被剪裁、被遮蔽的，宛如童年时代那未经世俗灰尘所污染的心灵状态。有了这番经历，便有了对大自然的尊崇，对生命的敬畏，对环境保护的担当，对人间一切美好事物的眷恋。

（2002年）

醉叶吟

一

凉秋十月，水瘦山寒，霜清露冷，一般是没有多少绮思艳意了。可是，当面对丹枫满坞，绛雪千林，影醉夕阳，光炫远目的奇观丽景，又会觉得秋色撩人，不禁兴薄云霄，飘然神爽。你会带着哲人般的明悟，领略那烦嚣后的萧闲，清寂中的逸趣。

作为秋的时令神，红叶包容了春的妖娆，夏的热烈，也承受了风刀霜剑的峻厉，好似糅合着绚烂与平淡、顺畅和蹉跌的七色人生，体现了一种成熟、厚重与超越，是生命的第二个青春。

也许正是为此，古往今来，才有那么多的诗文咏赞它，流传下来许多凄清、隽美的"红叶题诗"的佳话。"莫嫌秋老山容淡，山到秋深红更多。"幽怀独抱，寄慨遥深。"乌桕平生老染工，错将铁皂作猩红。小枫一夜偷天酒，却倩孤松掩醉容。"以瑰奇的想象，咏天然的谐趣。同是写醉叶、溪流，"清溪曲逐枫林转，红叶无风落满船"，诗中有画，看了觉得意静神闲；而"劳歌一曲送行舟，红叶青山水急流"，美则美矣，却令人有别绪苍凉之感。

健全的人生，需要不断地发掘美、滋润美。而竞争激烈、变化急遽的现代社会生活，尤其不能离开审美的慰藉。人们已逐渐认识到，应该把技术的物质奇迹同生命的精神补偿统一起来，在更宽广的天地中展开我们民族的生命力。因此，每到九秋佳日，无论是北京的香山，南京的栖霞，还是杭州的西泠，长沙的岳麓，举凡观赏霜林醉叶的佳境胜地，总是车似洪流，人如潮涌。

这原本是趣味高洁的雅事，可惜，由于人满为患，有时一番盛会过去，便加剧了生态环境的失衡，造成自然景观的人为践踏。目睹美的告别，参与对于美的酸楚的祭奠，这该是最令人痛心与伤情了。

其实，美是到处都有的，关键在善于发现。人情贵远而贱近，踏不上的泥土总认为是最甜美的，遥远的地方都存在着一种诱惑。至于说，熟悉的地方没有景色，则显然是认识上的一个误区。

对此，诗人刘大白意甚不平，感喟无限，有诗云："故乡多少佳山水，不似西湖浪得名！"这使人想起比利时剧作家梅特林克的童话剧《青鸟》的故事：两个孩子走遍了天涯海角，也没有找到象征着幸福的青鸟，最后失望地回到故乡，却意外地发现，青鸟原来就在自己家里。

二

回过头来还说红叶。

辽东山区有个宽甸，宽甸北部的天桥沟是个观赏红叶的好去处。就人文景观来说，较之前面列举的几处名山胜境，当然甘拜下尘；但是，若单以观赏红叶而论，天桥沟则毫无逊色。

一曰壮美。整个景区面积达六万亩，真个是"万山红遍，层林尽染"。霜飞一夜，红透千林，赤叶灼灼，喷焰缀锦，确是最壮观最浓艳的秋色。无以名之，也许称为"醉美"，略能得其仿佛。

二曰清幽。跨进山门，就闯入了红枫世界，顿觉高邈的天穹和弥望的林峦全被烈焰烘着了，只把一带寒光留给了喧腾的溪涧。红枫潭里，倒影摇红，上面是赤叶烧天，下面有红潮涌动，煞是迷人。偶尔有一两片醉叶翩翩落下，顺着回环蜿曲的山溪款款漂游，我们的神思似乎也随之悠然远引。

山坳里稀稀落落地点缀了几户人家，襟山带水，掩映在红云绛雾之间，在静如太古的苍茫中，织结出一幅如烟如梦的桃源仙境。小村的名字，方志中没有记载，地图上也找不到，可是，那种超渺的意境，在宋人、元人的画卷里却似乎领略过。

过去观赏红叶，常常是驰车路上，望中确也是霜红满眼；可是，当停车静睇时，却又往往不见了那种绚烂与辉煌，未免嗒然失望。原来，因为车速很快，入望的景色还没在视界中消失，前面的景色又重叠过来，我把这种反复重合的现象，杜撰为"虚幻的聚焦效应"。天桥沟不存在这个问题。漫山遍坞，塞谷堆崖，红叶触目皆是。无论是走着看，还是坐下瞧，效果都不会发生变化。

当然，最理想的还是拾阶登临四百米高的莲花峰。凭高四望，千林红树宛如火伞齐张，把暗壑晴峦都妆点成了锦绣世界。在红雾弥漫中，独独凸现出俗称"四面佛"的四个石景：一个酷肖弥勒，一个状似菩萨，一个像孙悟空，一个像拱嘴、扛耙的猪八戒。这还不算蹊跷，出奇的是，悟空面向西方，表明西天取经矢志不移；而八戒脸朝东北，一心想回老家长安。神工鬼斧，石相天成，看后，令人拍掌叫绝。

还有值得缀上一笔的是"天桥沟"这个名字的来历。承一位同志告知：这里雨过天晴之后，常常出现一条天桥般的彩虹，"桥身"架在南北两座山上，"桥背"顶着浩渺的青天，构成一种独特的景观。

三

说来也是一件憾事，这般"绝代佳人"，却幽藏深谷，无声无臭地度过了无涯岁月。同行的一位政协委员说，怨只怨历代的诗人赋客足迹不到，所以，这里就没有留下《枫桥夜泊》《题西林壁》之类的千古名篇，也不见有《望岳》《登楼》的佳作。县委书记笑着接上了话茬儿："咱们这里虽然没有文豪光顾，却有过万古流芳的抗日名将。"他指的是著名抗日英雄杨靖宇将军。

1934年到1938年间，杨靖宇率领东北人民革命军独立师和抗联一军转战辽东北部山区，曾以天桥沟为中心根据地，利用山深林密的有利地形条件，与日寇、伪军展开艰苦卓绝的斗争。并在山下的方家隈子，建立了东北早期的乡级红色政权——四平乡人民政府。新中国成立后，安东市政府在天桥沟树立了抗联遗址纪念碑。至今，深山里还保存着杨靖宇将军住过的岩洞（群众亲切地称之为"杨洞"），以及战士的密营和简易医院的遗迹。

如果红树青山是一排排回音壁和录像机，当会录下六十年前抗联战士伏击日军守备队的震耳枪声和少年营血战崔家大院的悲壮场面。这里，现已成为爱国主义和革命传统教育的重要基地。古人有"景物因人成胜概"之说，于此，进一步得到了印证。

在天桥沟，听到一个引人深思的小插曲：前两年，林业局普查山林，两个青年职工历尽艰辛攀上一座峰峦，兴奋之余，自豪地说："我们是历史上第一个登上这座高峰的人。"话刚落音，转身瞥见一根已经锈蚀的步枪通条挂在一棵老树杈儿上。面对当年抗联战士的遗物，他们为自己对历史的无知而脸红了。

时间老人毕竟是峻厉无情的。人间万事，一经飘逝，便旧影无存，不问金戈铁马，还是碧血黄沙，转瞬间都成了背景式的记忆。结果，在许多后人看来，这里似乎什么也没有发生过，从来就是一片乐土。殊不知，中原血沃，劲草方肥；没有先烈们"用骨肉碰钝了锋刃，血液浇灭了烟焰"，又怎么会出现今朝的红葩硕果！

晓来谁染霜林醉？此刻，再看满山的红叶，我觉得对于四百多年前抗倭名将戚继光的诗句"繁霜尽是心头血，洒向千峰秋叶丹"又加深了一层理解。

（1996年）

天华山诗话

地处辽宁东部的天华山景区，集清幽、雄险、润秀于一体，风光独特，秀色宜人。此间，不仅峰奇、涧峭、林深、峡险；而且，瀑布从悬岩上飞泻，溪流在巨石间跳绕，为雄浑峭峻的天华山注入了灵性与活力；特别是峥嵘的石景呈现千般幻相，有的似狰狞的野兽，有的像蹲伏的青蛙，有的如伞状的蘑菇，有的酷肖巨型的元宝，林林总总，怪怪奇奇，足令天惊地叹。

按照常理，凡是风光胜迹，历来都是诗人骚客驻足流连之地，这样，便会有无尽的诗文流传下来，吟咏不辍；偏偏这里像遗世的高人、尘封的珠玉一般，不要说，洪荒出世以来，从未见诸诗文，甚至连它的名字也少有人知。遇与不遇，真是霄壤悬别，说来，也是堪资惋叹的。

一个偶然的机缘，使我走近了它。这年中秋节后，在旅游局局长陪同下，用了一整天工夫，穿行于林峦山景之间。一时，意兴盎然，目之所注，神之所驰，一一发而为诗。灯下，检索诗囊，收获颇丰，居然超过了其他无数景点。

那天，进了山门，就见有一条溪流滚滚奔出，水势磅礴，冲击河床中巨石，轰然作响，激起雪白浪花凌空四溅。"白龙涧"的名字，大约由此而起。前行约里许，林峦掩映间，出现一条清冽、澄鲜的流泉，当是白龙涧的源头，水势却十分悠缓。旅游局局长告诉我，由于它慢条斯理，像是步步回头，欲行又止，因而村民们叫它"回头溪"。听了，我似有所悟，遂即兴吟成两首七绝：

一川石磊大如牛，涛吼溪鸣伴白头。

也似人间生死恋，年年水咽大边沟。

——白龙涧

清泉汩汩出岩间，跳荡奔腾去不还。

待得投身浊浪里，始知回首恋青山。

——回头溪

其时秋色斑斓，远处有五花山；近前，葱茏茂密的绿林中，不时有丹枫、糖槭闪现，煞是显眼。不过，走到近前，才发现有黄叶飘零，飒飒落于地面。我说，树木也通人性，同样懂得惋惜凋零、不甘寂寞。旅游局局长是一位成果颇丰的画家，想象力就更丰富了，随口捎上一句："总是让人'难忘临去时秋波那一转'。"我即兴吟哦：

转眼长林万叶空，流年似水水流东。

从知岁晚芳华尽，落寞丹枫着意红。

说着，我们来到了一对"连理松"前。两棵树叠干交柯，看上去，爱意浓郁，难分难舍。因题七绝一首：

岂似人间离恨重，匆匆聚散走西东。

终生不解天涯别，连理枝头爱意浓。

当然，天华山更饶诗意、最是引人入胜的，还是布满山间的石景，堪称名副其实的"万景园"。远远望去，百象纷呈，十分壮美。有一尊伟人像，端庄凝重，惟妙惟肖；有一处石景，宛如聚会的八仙，参差错落，或立或卧，逸兴悠然；一处高悬天半，神秘莫测的石崖，上面坦平如砥，当地人称之为"天台"；还有一个巨石，酷似昂首咆哮的振鬣雄狮。我分别题写了七绝：

文旌长驻彩云间，秋叶春葩自往还。
眼底别开诗境界，天华依约似韶山。

——伟人像

层峦绝嶂展楼台，聚会群仙望眼开。
毕竟关东饶胜概，秦皇何苦觅蓬莱！

——群仙聚会

石壁崔巍黛色浓，禅关终日水云封。
冥濛纵有天书在，知在瑶台第几重？

——天台

昂首云端气象雄，一声咆哮夕阳中。
长林寂寞风萧瑟，暮霭苍茫谁与同？

——昂首雄狮

距离产生美，这是一条重要的美学原理。就是说，审美，不仅要保持一定的时间距离、心理距离，还必须把握适当的空间距离，即审美主体要获得最佳的审美效果，必须使主体和客体之间保持合适的空间距离。这次观赏天华山石景，我就切身体验到这一点。前面谈到的那些奇观异景，都是地面上所见；待到我们履危岩，循窄径，费尽力气攀登到山顶上，近距离地寻看那些景物时，闯入眼帘的竟然杂乱无章，完全失去神奇的"故态"，不禁大失所望。因而题诗纪之：

怪态奇形未可攀，遥看幻相景千般。

一当蹑履循阶上，乱石纷陈忒等闲。

不过，"通天洞"倒是另一种情态。这是一个天然形成的穹隆形的圆形洞口。地面上看去，只是一个类似"箭眼"形的窟窿，未见得有什么妙处；但是，攀岩上去一望，竟有置身桃源，别有洞天之感。有诗为证：

奇险神工出峻岩，仙人指路想从前。
腾身一跃超凡界，绿树繁花隐洞天。

（2002年）

在这桃花盛开的时节

记忆中的辽南春光，是光华绚烂、多彩多姿的，而驰名中外的苹果之乡熊岳城一带又是景中之景，锦上之花。

一位著名诗人曾满怀激情地写道：春天的时候，辽南大地是威武、粗犷的塞外将军的一抹温馨的笑靥，而笑得最绚烂、最豪放的是果乡的灿若云霞的花海。

是的，每当东风吹遍海陬，山莺叫醒了四野林峦的时节，那茫茫无际的花海，便挟着热闹非凡的蜂围蝶阵，从陵谷漫向山坡，从海隅涌到川原，波澜壮阔、浩浩汤汤地起伏着、涌动着。一簇簇笼罩在骄杨媚柳里的村落，依稀浮荡在如纱似雾的香雪海上，犹如海市蜃楼里的绮阁仙庄。

遗憾的是，我这次来得稍稍早了一点。初春四月，漫山遍野的果林仙子，刚刚从睡梦中苏醒过来，还没来得及梳妆打扮，傅粉施朱，挽起修长的臂膀，扯开那如潮似海的花旗；只有生性爽急、独占春先的碧桃红杏，俏立于园角村头、山坳水曲，迫不及待地摇荡起烂漫的春幡。她们宛如一队队花枝招展的娇儿绣女，装点着拔地而起的绛紫色的沉钟一般的望儿山，像环绕着一位饱历风霜，慈祥、凝重的老祖母，膝前笑语，歌舞承欢。

可不要小瞧了这座小小的熊岳城和只有一百米高的望儿山，它们的名气大着呢！早在金代，这里就出过一位名叫王庭筠的翰林学士，诗文书画名冠当时，流誉后世，有《熊岳图》传世。与他同时的赵秉文和稍后的元好问这两位著名诗人，都曾有诗咏赞过熊岳。

　　原来，这里的望儿山，顶上矗立着一尊建于辽金时期的高约十五米的砖塔，远远望去酷似一位老人伫立山巅，引领遥望。于是，民间就此演绎出一个凄婉动人的古老传说。相传古时候山下住着母子二人，相依为命，终年过着凄清、贫苦的生活。母亲昼耕夜织，望子成龙。孩儿熬过十载寒窗，适逢大比之年，乘船渡海赴京赶考，不幸途中遭遇大风，船没身亡，母亲却茫然不晓。几年过去，仍不见爱子归来，便天天登山眺望，久而久之，化作了一尊石像，"朝朝鹄立彩云间，石化千秋望子还"。

　　清代诗人魏燮均路过此地时，曾写诗咏叹："山下行人去不返，山上顽石心不转。天涯客须早还乡，莫使倚闾肠空断。"由此，这座小山被人们称为望儿山，成为驰名中外的"熊岳八景"之一。每个乘坐中长铁路列车或沈大高速公路客车的过往行人，都会含情无限地临窗东望，遥瞻这位慈母的身影，被这个流传广远的凄婉传说深深地感动着。

　　熊岳城所在的营口市，很会做"文化旅游"文章，近年每到九月，都趁秋光照眼、硕果盈枝之时，在这里举办以近在咫尺的鲅鱼圈国家级开发区为依托、以洽谈经济合作项目为内容的"母亲节"，吸引世界各地的豪商客户，特别是那些滞身海外的华裔游子联袂前来。顿时，山上山下，人流潮涌，笑语喧腾，成为当地一年中最盛大的节日。

　　与望儿山相对应，附近还有一处著名景观馒首山。由于山形酷似穹庐，又像馒头，故获此名。这是一座矗立在茂密的苹果林中的圆形山峦，从底部到顶端，皆为光滑的青色岩石，上有三百六十级石磴，象征着一年的周期天数。前代诗人咏赞说：

　　　　天为笼盖地为锅，柴在深山水在河，
　　　　万里烟云皆紫气，谁家蒸此大馍馍？

　　这也算得上神州大地上的一幅绝景吧。

与这些亿万斯年造山运动的产物形成鲜明的对比，在它们的对面、沈大高速公路的西侧，一座大型的现代化港口，正被改革开放的洪潮突兀地从海岸边托起。在高耸入云的吊车铁臂下，舳舻云集，升火待发。目今，它已同世界几十个国家和地区的一百多个港口红线相牵，成为仅次于大连的东北第二大港。

正是借助着改革开放的"天时"和海陆交通枢纽的"地利"，在这个名不见任何图册的小小渔村鲅鱼圈，一个国家级的经济技术开发区拔地而起。几年时间，靠着白手起家，在这块沐着天风海雨的亘古荒滩上，建起了几千户内联厂家和数百家外资企业。一位著名学者、民进中央副主席来这里视察，曾形象地将广州、上海和鲅鱼圈所在的营口比喻为一张强弓，广州、营口为弧之两端，上海为弧顶。他断言，三家联袂，前途无量。

旧游重到，满目皆新。我真的惊呆了，为熊岳城一带翻天覆地的变化。然而，令人吃惊的事还不止此。这天，我们在馒首山下一座崭新的建筑里刚刚落座，东道主就端上来满满一大盘带着绿叶的鲜桃，大大的，红红的。从鲜嫩的叶、蒂上，可以看得出是刚刚从树上摘下来的。面对着窗外几树春桃的"灼灼其华"，屋里的人们却手里擎着、嘴里吃着拳头大的桃实，实在觉得不可思议，真的要怀疑眼睛的明澈，甚至不相信头脑的清醒了。

从前读《聊斋志异·偷桃》，看到在蒲松龄老先生的笔下，春节时术人"演春"，官长命取鲜桃，术人颇有难色，说：坚冰未解，安所得桃？但又不敢违拗，便说：人间自然难觅，只好窃之天上。于是，掷长绳于万丈云空中，令其子缘绳而上，潜入四时常不凋谢的王母园中去偷取仙桃，久之，果有碗大鲜桃坠下，术人兴冲冲地持献公堂。但尚未等到当众品尝，一别真伪，即以术人子被天庭肢解，"坐官骇诧，各有赐金"，而宣告终结。

这种所谓"颠倒生物"的绝技，实际不过是奇魔幻术，并非真正能够在春节时培育出鲜桃。较之今天在现实生活中，在馒首山下，在这桃花盛开的时节，实际生产大量鲜桃，并且亲口品尝，自不可同日而语。

原来，这一带有几处产业化、专业化、现代化的"反季"水果生产基地。民营企业家和农业专家合作，进行多侧面的高效农业产业化开发项目的可行性研究，并毅然投下巨资，在上千亩的土地上，建起了几百栋现代化日光温室，凿井修渠，栽植"反季"葡萄和春桃。在不改变所有权和使用性质的条件下，集中连片租用农民土地，然后再将温室设施反包给当地农民，使双方收入大幅度地增加。

品尝了初春的鲜桃之后，东道主又引领我们看了日光温室。塑料大棚里，分别密植着绿叶扶疏的葡萄和矮棵的桃树，绿里泛红的桃子沉甸甸地垂挂枝头，珠莹玉润的"巨丰"葡萄也接近成熟，即将采摘应市，满足附近各大都市接待外宾、举办宴会和部分消费者的需求。

走出日光温室，我们拾级而上，登临了馒首山，眼前立刻呈现出一片由塑料大棚铺成的"雪浪"翻腾的白色海洋。除了在山东寿光看到过望眼无边的蔬菜大棚基地之外，平生我还第一次见到如此规模、如此壮观的连片开发的日光温室。农场主人憨厚质朴，热情奔放，是典型的东北农民形象。看表面，你无论如何也想象不出他竟有这么开阔的胸襟和博大的气魄。

过去，全国到处都有"八景"、"十景"之类的集锦，熊岳也不例外。这里有"望儿山高"、"馒首石磴"、"果老仙桥"、"兔岛怒潮"等景观，主要的都是反映自然景象。现在，当地人士正在征集新的"熊岳八景"，我向策划者建议，要能反映"人化的自然"，就是说，里面要饱蕴着文化内涵。

文化不是自然存在的事物，乃是人类所创造的不同形态的特质。比如，鲅鱼圈开发区，海港，还有这些从事"反季生产"的桃园——在这桃花盛开的时节结满了累累果实的桃园，就都蕴蓄着丰富的文化内涵，都应该列到新的"八景"里去。

（1998年）

喧腾的辽河口

由浑河、太子河汇流而成的大辽河，是见过世面的。她所流经的区域，富饶、绚丽，多彩多姿。她的身旁飞溅着钢花，奔流着铁水，闪现着采油机、掘进器，金谷、红粱的隽影；而那一连串儿的大都会、古战场，"想当年，金戈铁马，气吞万里如虎"，则是流变中永驻心版的风景。流变是她的本性，一从别却深山，掉头西去，就未曾停歇过掀波舞浪，跳跃喧腾，只是临近终点站辽东湾，方始恬静下来，平铺开双臂，舒展着腰肢，以扇形姿势宁静地投身于大海。宛如七彩人生，不论是"少年心事当拿云"，还是"壮岁旌旗拥万夫"，临近晚景凋年，总会放缓脚步，以平和的心性、开阔的襟怀，回归大地母亲的怀抱。

在盘锦市的福德汇大酒店，看到一组清代末年的老照片，其中辽河口的旧影，令我怆怀良久：晚霞散射着一片凌乱的光辉，几艘木帆船穿行在浩淼烟波之上，四围像太古一样荒凉与寥寂。诚然，这里也曾有过汽笛轰鸣的喧嚣，有过百舸争流的热场。那是在上世纪前半叶，帝国主义列强竞相掠夺东北三省地上地下的丰富资源，一时，舳舻相接，多如过江之鲫，令人凄然忆起元好问的诗句："掳掠几何君莫问，大船浑载汴京来。"尔后，辽河三角洲便进入了沉寂期，这和同是冲积平原的珠江三角洲、长江三角洲，恰成鲜明的对照；即使与隔岸遥遥相对的营口沿海经济区相比，近二十年来，也暂时落后了一截，以致辽宁实施"五点一线"沿海发展战略之初，盘锦竟未能纳入其中。作为故乡人，我也感到有些难堪——明明是六市沿海，可是，重点发展区域只有五点。这自然有以致其然的道理，因为这一侧的大辽河口当时还只是一片荒滩嘛!

本事都是逼出来的。人,正是由于不能像飞鸟那样凌空展翼,才有了飞机的发明。"五点一线"的缺席,使一向赌胜争强、不肯甘居人后的盘锦人,遽然警醒,奋起直追,迅速转换压力为动力,坚定了开发建设辽滨经济区的决心。他们以当年垦殖南大荒、勒令荒原铺锦、大地献油的豪迈气魄和创业精神,硬是要在东起辽滨乡、西抵二界沟、长达20几公里的空旷的滩涂上,建设起一座包括船舶生产配套区、临港工业区与综合服务区、商贸居住区的辽滨新城。总面积为110平方公里,其中退海荒滩57平方公里,另一半土地,要通过填海,从潮水中索取。

我们沿着纵贯南北的宽阔、平坦的柏油路,直抵拦海长堤。在这里,河与海可以混为一谈,河就是海,水天一色,苍茫无际。顶着强劲的海风和炎炎的烈日,大洼县委书记高科把目光投向西部烟水茫茫的海域,指点着10公里以外的二界沟——未来的深水海港和临港工业区的所在;而综合服务区,将依次建在它的东面,同样也是要赶退潮水,围海造地。"为什么不把它建在大堤之内?"听了我的提问,这位出生于辽南山区、登惯了高坡峻岭的"大山之子",笑着回答:"既然叫滨海新城,就要真正跻身大海;再说,堤内的荒滩,还要留给产业基地招商引资哩!"盘锦是个"万宝囊",几乎要啥有啥,地上有渔盐稻苇之利,地下有丰富的油气资源,唯一短缺的是石头、砂砾等建筑材料。移山填海办不到,那就只有拦潮筑坝,从海水里挖出泥土,这面填海造地,那面加深水域。

产业发展的重点,是海洋装备制造和石油化工中下游产品,要发展高新技术产业、物流业为主的临港产业。市委、市政府提出,用10到15年时间,建成一座以产业为支撑、以生态宜居城区为辅助的滨海新城;要为产业基地打造理想的软环境,使产业依托城区,城区支撑产业。首要一条是环境保护,污水"零排放"是项目审批的先决条件。随着事业的突飞猛进,外来资金、项目的大量进入,建设规划也在不断地调整。起步伊始,新区仅为 20 多平方公里，从沙盘上看出，现在的规模已扩展到五倍。

盘锦人素以胆子大、有闯劲、耽于企盼、擅长想象著称，即使在家徒四壁、啼饥号寒之际，他们的头脑里也没断过求富求荣的奇思妙想。这里根本没有山，可是，偏偏称作"盘山"；本来最为贫瘠、荒凉，号称"辽宁南大荒"，可是，许多地名却都和"富裕"、"繁荣"挂上了钩。围绕着我的故乡，西面有黄金坨、兴隆村，东面有富家庄、钱坨子、高升镇，南面有黄金带、兴隆台，北面有大仓屯、得胜碑。至于给孩子起名，诸如"张有财"、"赵福贵"、"李满仓"等随处可见。当然，在旧时代，这一切祈望不过是甜蜜蜜的空想，"黄金带"捧给乡亲的只有稀稀落落的碱蓬棵和密密麻麻的黄芨菜；"富家庄"灶冷仓空，人们世代逃荒在外；"兴隆村"野行十里无人烟，阒寂、萧条极了。

改革开放中的神州大地，确有太多太多的宏图胜业，远远超出世人的经验与想象之外。我的乡亲即便再富于想象，也绝对想不到黑土地上能喷出石油，大海滩涂上会像"神仙点化"那样突然崛起一座新城。这里的小渔村，亘古以来就是"生涯一钓舟"，人们耳闻目睹的，充其量也仅仅是农村豆腐坊、集镇铁匠炉而已。设想几年之后，他乡游子归来，说不定还会把茫茫烟水中的高楼、巨港，当作海市蜃楼哩！

于今，宏伟的蓝图正逐步地成为现实。两年半时间里，纵横交错的公路网已经形成，入驻项目 81 个，招商引资达 300 亿元。其中，宏冠船业有限公司、辽河石油勘探局海洋装备制造总厂等的 13 个投资项目，实现当年开工、当年投产。整个经济区已正式纳入"五点一线"沿海重点发展区域。

"烟雨轻舟"，原是昔日的辽河一景：濛濛细雨中，透过苍苍兼葭，经常能够看到一些钓鱼捕蟹的蚱蜢舟随波上下，使人顿起"纵一苇之所如，凌万顷之茫然"的潇洒出尘之想。现在，映入眼帘的却是另外一番景象：三艘几层楼高、长达数十米的红色庞然大物，屹立波涛之上。是往来营口港的运输船队吗？非也，它们是上述两家船业公司为挪威和新加坡制造的超万吨成品油轮。船厂的老总自豪地告诉我们，订货单已经排到了 2010 年，总量达 32 艘，油轮之外，还与德国、伊朗分别签订了化学品巨轮和海上钻井平台。他们的发展方略，是研制装备五万吨以下船舶，与"五点一线"其他造船基地优势互补、错位发展。

驱车而东，我们又来到了吊车耸立、构件山积、烟尘弥漫、喧声四起的桥梁工地。建设中的跨辽河口大桥，高 45 米，长 4.4 公里，为东北地区最大的双塔双索面斜拉桥。2010 年建成后，辽滨新区与营口沿海产业基地连成一线，对于推进环渤海经济带发展，带动、协调沿海与内陆经济联动，促进港口产业带的形成，将发挥重要作用。

一样的鸥白苇绿，一样的岸阔潮平，辽河口风物犹然，涛声依旧；而人世间已发生了地覆天翻的变化。面对种种恢弘壮丽、婀娜多姿的现实景观，歌之咏之，无疑是必要的。不过，我想，如果有机缘目睹其当年旧貌，特别是能在创造奇迹的"进行时"，亲炙建设者的感人情怀与历苦千辛，则会在赞美之余，永存心灵的震撼，获得一种灵魂的滋养与抚慰，进而悟出一番形上的哲理：所谓创造，也就是无中生有；而人的创造力是永无穷尽的。这种遗貌而取神的心理，正应了《庄子》中的那句话："非爱其形也，爱使其形者也。"

（2009年）

似曾相识的白云

看云做梦、临水高吟的青涩岁月，在我已经是远哉遥遥的了。可是，面对这蓝天、碧水、绿树、白云，却还是那么动情，那么狂喜，无边的兴奋中每每夹杂着几分亲切，几分慰藉。——许是因为在这座北方的特大都市里，这一切，确实都暌违已久了。

经过几代人的艰辛创业，沈阳，这座有着光荣传统的英雄城市，数十年间，一直被誉为"共和国的装备部"、"祖国工业化的摇篮"，曾经以先后创造出上百项的"全国工业第一"而称雄华夏。作为关外一座历史文化名城，她已有两千三百年的历史，一朝龙兴地，两代帝王都，三项世界文化遗产，更使她声闻遐迩。但我也不时地听到关于她的大气污染、环境脏乱，以及"傻大黑粗"等议论。特别是铁西工业区，烟囱林立，乌龙滚滚，空中的云，地上的人，连同稀疏的树木、错落的楼群，到处都是一色灰蒙蒙的。

上世纪90年代，随着体制转轨、社会转型的不断深入，传统体制的弊端在这座国有企业高度集中的工业城市暴露得尤为充分。铁西老工业区承受着巨大阵痛，95%的企业亏损，绝大多数工厂停产半停产，三十万产业工人中有十三万下岗，因而得名"全国最大的工人度假村"；北二马路成为"亏损一条街"、"下岗一条街"、"破产一条街"；企业负债沉重，职工脸上布满生存的焦虑。沈阳，这个"共和国的长子"，呈现出典型的所谓"东北现象"。

一项重大战略决策，作为政治哲学智慧的体现，总会迸发出难以意料的神奇效能。党中央、国务院振兴东北老工业基地的部署，为这座极具代表性的传统工业城市注入了强劲的生机与活力。"雄关漫道真如铁，而今迈步从头越。"为了实现凤凰涅槃，浴火重生，沈阳市委、市政府连续闯过了改革产权制度、筹措巨额资金和改善投资环境三道关口。国有企业密集的铁西老工业区，被认为是斩关夺隘中难以逾越、难以化解的"泰山石"。市里不失时机地将它与毗邻的张士经济技术开发区合署办公，进行企业搬迁，淘汰重组，"腾笼换鸟"，土地置换。新区作为先进装备制造业聚集区，如虎添翼，加速腾飞；而老区则以现代商贸生活区的新姿，靠着改善软硬环境，获取土地级差收益，争得竞争优势，赢来发展速度，从而破解了"钱从哪里来"、"人往哪里去"的难题。

还是那条因着"破产"、"亏损"出了名的北二马路，汽车贸易产业带建成后，每平方米地价腾身翻了四番，税收由不足七百万元猛增到亿元以上。铁西区由世界重度污染的城区，一变而为模范生态区、最佳宜居区和繁华商贸区。作为老工业基地脱胎换骨的一个现代神话，一个饱含时代意义的实体性符号，被载入了新世纪的史册。

现在，沈西工业走廊正与东部汽车及旅游产业区比翼齐飞，而沈北新区和浑南高新技术产业区则双峰并峙，各放异彩。振兴的深刻内涵，在于经济发展成果更多地体现在民生上。他们一手抓改革发展，一手抓环境建设，把关注民生、改善人民生活作为振兴发展的根本目的。社会保障体系基本建立，居民逐步告别了久居棚户、平房的历史。伴随着市区普遍实行集中供热，推行清洁能源，成功利用地源热泵技术，原先随处可见的五千多根直矗云霄的烟囱，80%已经完成了历史使命，轰然倒地。年度大气优良天数达到三百二十多天。久违了的蓝天白云，重现于城市上空。

云的灵动，水的滋润，树的蓬勃，向来都是相依相傍的。现在，浑河城市段和市区内南北两条运河已经实现通航，盛京八景之一——"浑河晚渡"重现世人面前。往日蚊蝇成阵的臭水沟卫工明渠，改造成清波荡漾的人工河，成为人们工余闲步的滨水长廊。沈城人民重新燃起临河而居的"亲水情结"。浑河两岸四十二公里长的大型绿化带已经形成，庭院绿化区与街头绿地星罗棋布，城市建成区绿化覆盖率提高到 44.4%，从而跻身于全国"绿化城市"、"环保模范城市"之列。

和谐乃众美之源。空气清新，环境整洁，居住条件改观，增进了人与自然关系的和谐。街衢间、广场上、公园里，晨兴、傍晚，人流如织，过去愁眉深锁、心事重重的情态为之一扫。人们注重讲究情趣、追求乐趣了，在获得视觉冲击的同时，逐渐沉浸于某种文化情调或高雅的审美心态之中。在铁西区，"人物馆"、"铸造博物馆"、"工人村生活馆"、"劳模大道"等文化景观，成为最吸引人的去处。人们抚今追昔，体察改革开放所带来的发展变化，珍藏一份难忘的记忆；而通过展现当代沈阳人的振兴实绩，又可以感受历史的进行时，领略物质生产与社会变革的紧张、粗犷、新奇与博大。

似曾相识的白云——这翻天覆地的宏大叙事的实证细节，还是旧时模样，而城市已经换了新颜。兴感之余，率成绝句：

> 水碧天青展画图，荫荫万木影扶疏。
> 白云飘渺当头见，为问今朝识我无？

（2006年）

绿净不可唾

唐代文学家韩愈，“以文为诗”，奇崛险怪，饱受后人讥评。其实，韩诗中并不乏清新平易、流丽天然之作。有些诗境界独开，色彩瑰异，表现了鲜明的艺术特色。像《题合江亭寄刺史邹君》一诗中的“瞰临眇空阔，绿净不可唾”，“长绠汲沧浪，幽蹊下坎坷”，就把清潭远涨，绿波凝净的景色写得清丽动人，而且刻画出一种自觉形成的审美心态，看了令人拍案叫绝。

这次游览浑江水库，我就实际体验了一次这种心态。

水库在浑江中游牤牛哨峡谷中，是国家丁丨世纪 60 年代兴建的大型蓄水工程。此间，清代以来曾被列为封禁地区，四围天然林木茂密，植被良好，而且，地处辽东山区腹部，基本没有工厂、矿山，因此，水质绝少污染。船行其间，澄波泛碧，微动涟漪，仿佛置身于潇洒、澄明的清凉世界，产生一种与大自然交融互渗、浑然合一的感觉。

当年，朱自清先生写到梅雨潭的绿，说：

> 我的心随潭水的绿而摇荡。那醉人的绿呀！仿佛一张极大极大的荷叶铺着，满是奇异的绿呀。我想张开两臂抱住她，但这是怎样一个妄想呀。——站在水边，望到那面，居然觉得有些远呢！

这段充满诗情画意的美文，印在我的脑子里已经半个世纪了，直到今天才算得到了印证。（当然，不是在江南温州的梅雨潭，而是在辽东山区的浑江水库。）心里有着说不出的欢欣与慰藉。只是，面对一条瀑布形成的梅雨潭，朱先生尚且愁着没法张开两臂来拥抱，那么，水面达六万亩的浑浩无涯的大水库，望眼连天，别说拥抱，连看我都看不到边哩！

由于雨量充沛，水质清洁，这里成为辽宁最大的淡水养鱼场。波光潋滟中，到处翻跳着游鱼的身影。游船停泊在岸边浅滩处，俯身环视，仿佛置身于柳宗元笔下的"小石潭"，再现了鱼"若空游无所依，日光下澈，影布石上"，"往来翕忽，似与游者相乐"的情景。尤其喜人的是，从春末到秋初，各种野生禽鸟齐集库区，生息繁衍，我们这次就见到了成群的野鹤栖聚林间、上下翻飞的景象。

这种鸢飞鱼跃的活泼生机，令人记起了西班牙诗人希梅内斯的诗篇：

> 上面是鸟的歌声，
> 下面是水的歌声，
> 从上到下
> 打开了我的心灵。

> 水摇曳着花朵，
> 鸟摇曳着星星，
> 从下到上
> 拨动着我的心灵。

处于这种绿波凝净的佳境，心中自然而然地升腾起一种爱美保洁的环境意识。真像昌黎先生说的，绝不忍心往水中吐上一口唾沫，更不要说乱抛垃圾、脏物了。

当时我想，如果有谁也像在大观园里那样题联设匾，我倒为浑江水库想出了一副对联：

> 波心泛碧诗无字；
> 林影摇青画有声。

匾额可以题为"三清化境"。

清新、清丽、清静，是浑江水库的神韵。

赏心悦目的优美环境，不仅可以引发人们精神上的愉悦，产生一种美感，而且如同黑格尔老人所说，有力量从人的心灵深处唤起种种反应和回响。

我们应该重视这种客观环境对于主观心理的影响作用。行为主义心理学之所以把环境归并到行为之列，就是着眼于审美情感的发生、发展及其内容、强度，在很大程度上，都反映了客观对象对于主体的影响。这种影响，此刻集中表现为"绿净不可唾"的心理制约作用。它建立在自觉的基础之上，无须仰赖纪律的督察，法制的约束。它有助于人们养成良好的习惯，维持爱美保洁的环境秩序。

当然，环境也是可以改变的。我们说环境对于人的心理有着影响作用，并不意味着人们只能消极地坐待环境的优化。萧伯纳说得好：

> 人们通常将自己的一切归咎于环境，而我却不迷信环境的作用。在这个世界上，有所作为的人总是有力寻求他们所需要的环境；如果他们未能找到这种环境，他们也会自己创造出来。

要净化环境，首先，必须净化人的心灵。爱美保洁，应该成为每个现代人的道德修养和行为规范，而且，要从小做起。可以说，培养良好的习惯是人们在其神经系统中存放的道德资本，这种资本日后会不断地增值，在整个生命历程中享用着它的利息。

　　船上，东道主告诉我，浑江水库的水量和水质都位列全省第一，省里准备实施"东水西调"工程，解决中部城市群居民饮用水不足的问题。话语中，流露出了强烈的自豪感。而自豪总是与责任同在的，因此，我也觉察到，他们深感担子的沉重。他们说，要像防止心灵的污染一样，每时每刻都要关注着这个生命的源流。

（1999年）

登　高

　　前人登高远望，并留下诗文名篇的不外有三种情况：

　　一种是文人骚客，选胜登临，抒怀寄慨。"诗圣"杜甫有一首著名的《登高》七律，其中有"无边落木萧萧下，不尽长江滚滚来；万里悲秋常作客，百年多病独登台"之句。诗人已经五十六岁了，生活困窘，疾病缠身。诗人眼见茫茫无际、萧萧飘洒的木叶和奔流不息、滚滚滔滔的江水，一时感慨重重，从"百年多病"的时间，扩展到"万里悲秋"的空间，在写景的同时，深沉地抒发了自己的情怀。这是以意境深沉、蕴涵宏富见长。

　　一种是名臣贤相，心怀社稷，志存黎庶。在《岳阳楼记》中，范仲淹同样是"登斯楼也"，但他既有异于迁客骚人的"去国怀乡，忧谗畏讥"的"感极而悲"，也不同于迁客骚人的"把酒临风，心旷神怡"的"其喜洋洋"；他则是"不以物喜，不以己悲"，"先天下之忧而忧，后天下之乐而乐"，所谓"乐以天下，忧以天下"。他是以胸怀博大、寄情高远著称。

　　还有一种情况，失意、失位的皇帝，惆怅伤怀。唐代文宗皇帝李昂有一首《宫中题》五绝："辇路生秋草，上林花满枝。凭高何限意，无复侍臣知。"他是唐朝第十四位皇帝。本来，想要有一番作为，但因牛李党争激烈，阉宦执掌权柄，不要说施展抱负，即使皇帝自己的命运也全部"受制于家奴"（李昂语），最后被宦官毒死在大明宫中，只活了三十二岁。这首诗正是他心灵痛苦的写照。

　　而我的登高望远，却迥然有别于上述诸般情景。

　　盛夏的一个早晨，我迎着初升的朝阳，登上了高达四层的章古台防火瞭望塔。凭栏四望，所见尽是葱葱郁郁、莽莽苍苍的松涛林海。那种感觉，同当年我在伊春五营登上三十七米高的瞭望塔时所看到的红松林景区的气象有些相似。

　　当然，需要说明的是，人家那里是莽莽松原、滔滔林海的小兴安岭，而章古台，几十年前，这里还是清一色的瀚海黄沙啊！"章古台"系由蒙古语音转译而来，意为"苍耳甸子"。说来也有千余年的历史了，辽代时，曾经是贵族的狩猎之地；清初在此地设置养息牧牧场，为关外三大牧场之一。据清《文献通考》记载，此间"长林丰草，游牧成群，凡马驼牛羊之孳息者，岁以千万计"。

　　可是，到了近代，随着生态被严重破坏，沙漠南移，章古台绿意完全消失，遍地尽是漫漫的沙丘。此间地处号称"八百里瀚海"的科尔沁沙漠的南缘。一年中风速每秒三十米的狂风，要刮二百四十多次。风沙就像一条黄色的孽龙，横空飞舞，吞噬农田、牧场，掩埋房屋、道路。有的人家一夜工夫，大门和窗户全部被堵塞了；狂风起处，天昏地暗，外出的人无法认出回家的路径。风沙肆虐，席卷着辽宁、吉林、内蒙古几十个县旗的三十五万平方公里的土地。

　　"从沙丘到林海，这部变迁史前后不过六十年，可是，其生动感人之处，却抵得上一部儿女英雄传。"那天，陪同我攀登高塔的一位退休林业技师这样对我说。

　　上世纪50年代初，国家派出科技人员在章古台进行固沙造林试验，从此，打响了治沙的第一个战役。站在沙地森林公园，我们最先想到的就是它的缔造者——固沙造林的英雄们！遥想当年，这些文弱的知识分子，行进在这片无垠的荒漠上。春天，名副其实的"风刀"，裹挟着沙石颗粒，片刻不停地抽打着脸颊；夏天，那些沙窝窝，在50℃以上高温的炙烤下，成了一口口咕嘟咕嘟冒着热气的大蒸锅；寒冬地冻，要提取样土必须刨到一两米的深度。今日的翻空绿浪，全是靠着那些老林工、老技师抛洒青春血汗换取来的。

1952年，章古台固沙研究所宣告成立，首任所长是从义县调来的一位县长，他叫刘斌，是一位抗日时期参加工作的老干部。他在开创基业过程中，有三大突出贡献：一是招揽贤才，慧眼识珠，身边聚集了一大批科技英才；二是自己甘心做这些英才的坚强后盾。面对那些试验中的失败者，他丝毫不加责备，反而热情地鼓励他们"再试再干"。"试验站，试试看嘛，不怕挫折，失败再来，这才是常理。"从而使科技人员愈挫愈勇。三是当好合格的"后勤部长"。困难时期，他带领大家开荒种地，拾粪改土，亲自把收获的辣椒、茄子、黄瓜、豆角，一挑挑送给各家和食堂。对生病的职工、家属，他多年如一日，殷勤探望，关怀备至。他以鬓边的华发染绿了沙丘，最后，像吐尽了丝的春蚕、流干了泪的红烛——倒下了。职工们按照他的遗嘱，将他埋葬在沙丘上。1978年，他曾光荣地出席全国科学大会，受到国家奖励；1988年，省林业厅授予他"大漠苍松"的金匾。他的事迹写入了《彰武史话》；电视连续剧《大漠风流》中的主人公，就是以他为原型拍摄的。

另一位出色的开拓创业者，是老工程师韩树棠。他是到这里来工作的第一位技术人员。那年他已经五十四岁了。他连续多年，探索种草植树、治理沙丘的成功经验。经过多次失败，多次试验，终于创造了"迎风栽锦鸡儿，落沙栽黄柳，丘顶种胡枝，丘腹差巴嘎，丘脚紫穗槐"的灌木固沙系列成果；尔后，又开始了向绿化造林进军。退休后，他已经到遥远的子女处居住，但心里还惦记着章古台。他一次次地回来探望。直到八十五岁高龄，还撰写了《绿化沙荒与生产》的论文，寄到章古台研究所。

章古台以大量种植樟子松，获得了闻名于世的防沙治沙的惊人成效，为"三北"地区创造了极其显著的生态效益、经济效益和社会效益。但是，从上世纪80年代末开始，第一代樟子松示范林出现了明显的生长衰退现象，并有向全省蔓延之势。如何破解这个难题，成了章古台林业科技人员的头等大事。研究发现，其成因主要不在树种本身，而是人为因素造成的：过度开采地下水，使地下水位下降；病虫害防治疏漏；成林树种过于单一和密度过大等。

1990年，负责收购樟子松种球的固沙所工程师张树杰，发现一位农民所卖的种子颗粒大于普通樟子松籽，就特意找到他，询问种子的来源。那位农民告诉他种子是从四合城林场的一棵松树上采到的。多年的工作经验，使张树杰对此加倍关注，他立刻专程赶到四合城林场，并找到了那棵松树。所里针对这一发现，展开了相关育种研究。然而种子繁育出来的二代松树却不够稳定，于是将攻关方向转向嫁接。攻关试验由高级工程师黎承湘主持，经过多次的失败、试验，再失败、再试验，一个新的抗病、抗旱、抗虫、抗风水平都远优于樟子松的新树种诞生了，他们命名为"彰武松"；紧接着，就在固沙所成功繁育了三百多亩成林。

这个新的树种，是由赤松和油松天然杂交形成的，油松是章古台当地的固有树种，而赤松则是科研人员从黑龙江地区引进的抗沙树种。如果没有科研人员为之"联姻结缔"，二者几乎没有相遇的可能；即便是两类树种直接接触了，杂交成功的几率也仅有万分之一。

2007年，彰武松通过了省级林木品种审定。与樟子松相比，它更具有速生性、抗旱性、抗寒性和耐盐碱性，特别是无明显病虫害，不感染对樟子松造成严重危害的松枯梢病，其综合生产指标比樟子松高20%。彰武松亲本鉴定及繁育技术，获得了辽宁林业科学技术一等奖、辽宁省科学技术三等奖、中国第二届沙产业博览会十大优质产品和实用技术奖。

离开章古台之前，我再次登上了四层防火瞭望塔。这次陪同我观看的，是所里一位年轻的技术负责人。当听到我盛赞他们所取得的骄人业绩时，他说，面对着前人所留下的煌煌盛绩，我一方面增添了无穷力量——这是催发我们上进、引领我们前行的明灯；但是，同时也深深感到身上担子的沉重。说着，他指引我举目北望，依稀地看到科尔沁沙漠黄沙漫天，像一头伺机入侵的黄色巨兽，时刻在向这里张牙舞爪。而章古台仿佛是一颗绿色的宝石，镶嵌在通体金黄的茫茫沙海之中。他说："每当我们觉得成绩可观了，心安理得了，所里便带领员工们登高眺望。应该说，只要你面对科尔沁沙漠，哪怕只是一望，就再也骄矜不起来了，立刻会感到担子沉重，任重道远。"

真的，登高，可能为我们提供一个更加开阔、更加宏远的视角。

（2011年）

神话的失踪

我酷爱古典诗词，也喜欢凭借着古典诗词的描述，对我未曾涉足、寓目的风物、景观，作浪漫式的神游、畅想。我以为，这对于素有烟霞痼疾、山水游癖而又难酬夙愿者，未始不是一种补偿与抚慰。

比如，我并未游览过武夷山九曲溪，但觉得对于它却很熟悉，原来是朱夫子的《九曲棹歌》帮了忙：

> 一曲溪边上钓船，幔亭峰影蘸晴川。
> 虹桥一断无消息，万壑千岩锁翠烟。

曲终人杳，余韵悠然，令人怀想无穷。而且，幔亭、虹桥均有实物或史迹可供按察，使人有身历其境之感。

同样，我对于分布在黄海海域中的长山群岛的最初印象，也是从两首诗中获得的。一首是郭沫若 1948 年初冬写的七绝：

> 貔子窝前舟暂停，阳光璀璨海波平。
> 汪洋万顷青于靛，小屿珊瑚列画屏。

寥寥二十八字，把新中国成立后的海岛的晴明秀色写得清丽有致。另一首是胡鉴美的《獐子岛阻雨》：

　　　　　飘然来海上，风雨共徘徊。

　　　　　雪浪千堆起，云涛万顷开。

　　　　　空濛人宛在，寥廓梦难回。

　　　　　幸有奇山水，诗成好寄怀。

　　一幅气势磅礴的《天风海雨图》，令人神驰无限，心向往之。

　　诗词语言高度凝练，而意境悠远、深邃，往往以有限的文字留给读者以无限的想象余地。也许正是这个缘故吧，长山群岛在我的脑海中，被赋予了一派飞动轻灵、苍凉空寂的情境。

　　按照我的经验，这里既然是"小屿珊瑚"，画屏环列，"云涛万顷"，烟雾迷濛，那它一定是个景色绝佳而又荒寂、褊狭，与世隔绝的所在。而且，如同一切交通阻隔，开发较晚，经济社会发展相对滞后的地区那样，那里定然弥漫着一种朦胧、神秘的氛围，广泛流传着各种神话传说，它们作为远古的梦痕、文化的根蒂，以原始思维和幻想形式，由一代代渔民口头传承下来。我企盼着能有机缘亲临列岛，去采撷和欣赏这民间艺术的丰富宝藏。

　　游历长山群岛，我的运气不及郭老，没有赶上"阳光璀璨海波平"的上好天气，却也胜似胡先生，未因风雨停舟。我们在霏微的细雨中登上了海军快艇，迎着五级海风和滔滔白浪，向海天深处驶去，转瞬间，就溶入了黄海海面的烟雨溟濛之中。

　　我不顾剧烈的颠簸，屹立在甲板上，尽目力之所及，按图索骥般地辨识着四周的列岛。像刘玄德三顾茅庐途中误把司马徽、崔州平、石广元、孟公威、诸葛均、黄承彦认作孔明一样，我也曾把迎来又送走的几个岛屿猜想成我们此行的目的地——大长山岛。眼看着又一个面积很大的海岛擦船而过了，却见快艇绕过山头急转身来向北驶去，在一个呈钳形对峙的码头停泊了。

这里是包括一百二十个岛屿的长海县的县府所在地，是长山群岛经济、政治、文化和社会生活的中心。像是蓦然面对神交已久却缘悭一面的老朋友，我亲切而又陌生地细细地打量着它。那一排排矗立着的现代感很强的整齐的楼群，那整洁、开阔、平坦，覆盖着绿树浓荫的柏油马路，那环绕着碧绿的海湾，满布着不同肤色、不同服饰的游人的环海公园，仿佛一齐在向我诘问：这就是你想象中的海岛吗？不必深入访查，单凭上岸后的直观感受，我也要重新构写我的"长岛诗踪"了。

在这里，优美的自然景观、深厚的历史积存与现代文明有机地融合在一起。承主人告知，早在六千年前，远古先民就在这里劳动、生息了。新石器时代、青铜时代、战国时期的贝丘遗址，汉代的屯兵营，辽代的烽火台，清代的石城，近代的北洋水师军港遗迹，至今还般般俱在，可以一一指认。但是，渔民的英雄后代并没有满足于他们先辈的功业，在改革开放的新时代，他们筑起了中国第一座县级民用飞机场；架设了贯穿全县各个乡镇，与国家电网接通，总长达二百多公里的海底电缆，使长山群岛成为名副其实的海上明珠；修建了设备比较先进的科教文卫设施。

长海人惯开顶风船，生就一副副搏击风浪、勇争上游的铁臂膀。过去，他们的船队落后，通过艰苦奋斗，自力更生，硬是建起了抗风、续航、应变能力都很强的大型船队，雄踞神州海域。就连只有三十几个人的县文工团，也敢于去争全国的头排座。他们自编自演的《海蓬花》，竟在全国歌剧观摩演出中夺得了剧目奖和优秀导演奖、优秀演员奖，弄得那些声名煊赫的大型剧院瞠目结舌。

此行破除了我的孤陋寡闻，修正了对于这个驰誉全国的海岛县的一些不符合实际的想象，收获是巨大的。唯一感到缺憾的是，两日的勾留，竟然没有搜集到一则神话传说，这也是出乎意料的。有人把神话传说称作史前艺术的折射镜和显像版，因为透过它可以窥见远古先民的精神世界，捕捉到史前的民俗民风和社会影像。

当然，社会历史毕竟是突飞猛进的。争上游，向前看，又是长海人的特质。新中国成立40余年，尤其是改革开放十余年来，这里发生了翻天覆地的变化。人民创造了一切。他们已经不再相信什么"超人的神力"。正如马克思所说的：

> 任何神话都是用想象和借助想象以征服自然力，支配自然力，把自然力加以形象化；因而，随着这些自然力之实际上被支配，神话也就消失了。

由于生产力发展而神话失踪了，好事一桩，何憾之有？

（1991年）

乾坤清气得来难

城市用不着说了，即使是僻处山坳岭隅的溪谷、林峦，也都被无远弗届的现代文明登录、注册，烙上了开发的印记。于是，它们在面貌一新的同时，也便告别了固有的宁静，失去了昔日的清新，撕下振古如兹的神秘面纱。坐落在辽东山区腹地的抚顺县三块石森林公园，算是一个例外。

这里地处边远的塞外，亘古以来，山深林密，渺无人烟。16 世纪末叶，女真族的民族英雄努尔哈赤在新宾老城以十三副遗甲起兵，与戍守辽东边塞的明军坚持长期对抗，曾以此间为大后方，屯聚兵丁，储备粮草。抗日战争期间，东北抗联战士在这里打过游击，同日本侵略者周旋于深山林海之间，留下了地窖子、碾盘、烟囱等遗迹。三十几年前，有十六户移民从山东迁来此地定居，这里才正式建起了屯落。这个小小的鸽子洞屯，算是三块石森林公园唯一的人烟所在。

整个园区百余平方公里，分布着一百一十二座山峰，五条溪流，森林覆盖率高达 98% 以上。伴随着征鸿南去的嘹亮嘶鸣，公园处处次第换上了冬装，披挂上层层银甲。除了虫吟鸟唱，溪水潺湲，平素也并不嚣烦的沟沟岔岔，此际就更是静默无声了。

一条蜿蜒起伏的山路，牵引着我们的车轮，迅疾地向幽谷林峦的深处驰去。雪的影像，勾摄了整个视界，竟是那样的洁白、干净，用"纤尘不染"四个字来形容，丝毫也没有夸张。我还误认是刚刚落下的呢，待到汽车停泊了，双脚踏在雪地上，发出"咔嚓、咔嚓"的声响，才确认它是已经落地好久了，至少在十天以上吧。我静静地站在一旁，看看远山近树，四野天光，原来六合之间没有一处不是银封素裹，很难寻觅到一方黄土，一缕烟尘，当然不会有什么污染了。

映着雪影、灯光，稀稀落落的房舍，宛如圣诞老人深夜造访的小雪屋，又好似摆放在白色呢绒上面的几堆积木。在"农家客房"里，用过了全部是当地土产的"绿色晚餐"，我就睡在烧得热气腾腾的暖炕上。那种感觉，仿佛是回归到半个世纪前的乡下老家，心头溢满了亲切、温馨，又夹杂着些许的生疏。在梦境的展拓中，一路上的寒凉、倦怠，全都化作了黑甜乡的背景，悠然远逝。一觉醒来，窗子已经泛白，鸡鸣喈喈，此伏彼起。

东方天边上现出一道鱼肚白，镰月渐渐地淡出了。群峰迷迷茫茫，恰如我们这些睡眼惺忪的游客，梦魂都还没有完全醒转过来。微明的空际映出参差的树影，淡淡地描绘出山峦起伏的轮廓。崖下的溪流已经冻结成一片片翠绿、玲珑的碧玉，想是由于冷胀热缩的原理吧，冰层从下面向上凸起，闪射出幽冷的清光。坐落于溪流中段的白龙潭瀑布，已经改换了夏日素练飘悬的袅娜身姿，幻化成一条通体僵硬的白龙，俯首冲下冰溪，蛰伏于高山峻岭之间。

茂密的丛林每一束枝条都挂满了成堆连串的霜花雪饰，呈现出不是雾淞、胜似雾淞的奇异景观，冷眼一看，犹如一列俏丽的佳人，摇着满头翠玉，侍立在大路两旁，迎送着往来的过客。灌木丛中有鸟声啁啾，传送着黎明的捷报。毛色鲜亮的山雀毫不设防地在人前钻来窜去，一会儿飞落在枝头，弹下丝丝缕缕的雪片，一会儿窜到游人的脚窝窝，一边啄食雪粒，一边仄着小脑袋瞅你。这些可爱的小生命，似乎在遗传基因里，根本不存在遭遇过生命威胁的记忆。

我敢说，这里的雪域清景可以和过去到过的任何地方媲美。俄罗斯的贝加尔湖畔，一到冬天，便成了冰雪的世界。清新、净洁，自不待说，只是那里的积雪层实在太厚，人们难以走近，而且，四周过于空旷，有些像空中的云海，可望而不可即，未免有隔膜之感。我也很欣赏日本札幌市藻岩山的雪景，但终竟嫌它游人太多，地方不够宏敞，只可纵目游观，而没有意念回旋的余地。三块石公园兼备二者之长，又避免了它们的短处。

　　通常人们喜欢说："黄山天下奇，青城天下幽，峨眉天下秀，华山天下险"。说明任何一处景观都有它的个性、特色。那么，这座森林公园的个性、特色是什么呢？大家一致认同，"清"是它的灵魂。一路上，人们饱吸着清醇如酿的空气，交口称赞它的环境清洁，景物清幽，氛围清静；也有人称赞它"林谷双清"、"雪月双清"，并且概括为"双清世界"。我很赞同这个"双清世界"的概括，只是觉得需要作点补充：它的内涵应该包括"外宇宙"和"内宇宙"双重意念。"外宇宙"涵盖了园区的大环境和整体氛围，而"内宇宙"就深入一层了，需要从精神层面上，从内心世界上，去感应、去悟解。

　　我们生活在城市的石屎森林里，且不说空气的污浊，噪声的骚扰，已经到了无处藏身的地步；单是世事的纷纭，竞争的奔逐，更是使人心身俱疲，穷于应付。像尼采所形容的，现代人总是行色匆匆地穿过闹市，手里拿着表思考，吃饭时眼睛盯着商业新闻，不复有闲暇沉思，愈来愈没有真正的内心生活。

　　走进三块石森林公园，哪怕只有一天，一个晚上，仅作短暂的勾留，也会通过耳目口鼻心意，直接感触到一种清新的境界。置身林峦溪谷之间，把全副身心统统交付给大自然，放开胸臆，忘怀得失，就可以在这座"世外桃源"中找到精神的归宿，接受灵魂的净化，获得身心的宁贴。单从这一点来看，某些名山胜境、著名景区，由于人满为患，过分开发，也是难以比肩的。

　　说到这儿，人们也可能有些担心：别处的今天会不会成为这里的明天？

　　本来，审美是人类社会所独有的现象，没有人的欣赏，任何自然美都无从谈起；可是，过去的无数事例证明，发现了自然美，往往就意味着同它挥手告别；开发的同时总是带来人为的践踏。这是旅游事业发展中经常碰到的一个颇难化解的悖论。在这方面，三块石森林公园摸索出了很好的经验——

　　近年来，由于受到外间"旅游热"的激发，当地政府也开始策划利用本地现有资源开辟旅游路线，接待游人，增加收入。说起这件事来，他们不无感叹，过去见事迟，反应慢，致使此间开发得过晚，让宝贵的资源空耗了无涯的岁月。其实，晚也有晚的好处，由于充分借鉴了外地无计划的开发、掠夺式地开发所造成的严重后果和惨痛教训，因此，他们一上手便十分重视环境、资源的保护和生态建设，坚持可持续发展战略，走出一条发展"生态旅游"的路子。

所谓"生态旅游"，就是要保护自然生态，维持天然形态，顺应自然，珍视自然，尽量减少景观的人工雕饰、人为设置。因为自然创造是一次性的，既没有副本，也不能复制，而且，自然美是易碎品，一旦毁坏了就难以补偿、重构。

还要倡导对于自然美的欣赏。在他们看来，那种原生状态、荒情野趣，未经人工雕饰的自然天籁，同样是美的极致，是"心物婚媾后所产生的宁馨儿"（朱光潜语）。

整个旅游的导向，应是认识自然，回归自然，热爱自然。为保留下这天造地设的一方净土——人世间最宝贵的物质财富与精神财富，绝不发掠夺财，造子孙孽。

这里的居民不是以开山种地、狩猎砍林为谋生手段，而是在远山封山育林，近山植树造林，充分利用丰富的土特产资源，种植、培育和采集中草药材、山货野果，大力发展养殖业，选优育良，繁殖六畜，羊群全部圈养，为的是保护林木。

我们徜徉在清景如画的山路上。这里离公园的入口处已经不远了，主人指着右侧一片壁立的石崖，说："我们想在这里搞一块（整个公园只此一块）摩崖石刻，起到一点昭示作用，只是没有想出合适的词儿来。你们作家肚子里墨水多，请你帮助想一个。"我想了想，说，不妨用一个现成的诗句："乾坤清气得来难。"大家觉得不错，既概括了公园的特色，把握住了它的灵魂；也能提醒游人，告诫开发、建设者，应该珍惜这美妙的景观。

我说，但有一点应该注意，一定要请字写得好的书法家来题写，因为它是艺术，具有永久性的观赏价值。实在找不到，宁可用印刷体来翻刻，也别由谁随便划拉。

（2003年）

柳荫絮语

在市政协举行的茶话会上，一位去春从台湾归来的老先生告诉我，离开营口已经半个世纪了，踏上二十里长街一看，样样都感到熟悉、亲切，又样样觉得生疏、新鲜，触目兴怀，真有隔世之感。

我问他："故乡风物，哪一样最使您动情呢？"

老先生不假思索地回答："街道两旁的绿柳。"

听了这话我先是一怔，继而有所领悟：先生当日含泪辞别乡关的时候，这座日伪统治下的半殖民地城市，兵连祸结，疮痍满目，漫空卷着黄尘，遍地泛着白碱，萧索破败得很。而今头白归来，登车入市，首先映入眼帘的便是饱绽着春意的青青垂柳。它们像亲人般笑立在东风里，轻摇着翠发，漫闪着青睐，频频招手致意。又好似无数绿色甲兵，排成长长的仪仗队，等候着远道归来的主人的检阅。五代诗人孙光宪就写过这样的咏柳佳句："恰似有人长检点，着行排立向春风。"它们隽美的风姿，给游子以归乡的慰藉，给劳人以亲切的慰安，给远方来客以清新的美感和多方面的联想。这一切，自然要使老人心旌摇荡，欣然色喜了。

其实，不要说一别五十寒暑的天涯倦客，即使一直生活在市区内的人，当看到那满城新绿时，又何尝不为之动情呢？

提起城市的路树，人们自然会想起福州的如云似盖，根须垂挂的古榕，伊宁的直耸云天，葱葱郁郁的白杨，羊城的红花似锦的英雄树，上海的枝叶扶疏的法国梧桐……这些无疑都是颇饶韵致，多彩多姿的。但是，正如一首民歌中讲的："天是故乡的蓝，水是故乡的甜，山是故乡的青，月是故乡的圆。"我总觉得，美化、绿化了辽滨之城的行行路柳，是更值得大书而特书的。

一排排的垂柳，清荫翳日，翠带牵风，着实给熙熙攘攘的闹市创造了一种清新秀雅的气氛。特别是营口街头，由于靠海低洼，盐碱度高，莫说参天的林木，就是铺地的绿草，也一向很少。近年随着城市建设事业的发展，市区主要街道两旁全部栽植了翠柳，背后映衬着整齐的楼房，也称得上是"风景如画"。"杨柳非花树，依楼自觉春。"梁元帝萧绎的这两句诗，用在这里倒也贴切。

柳是报春的使者。当寒威退却、冰雪消融的时节，痴情浓重的春风朝朝暮暮奏着催绿的曲子，鼓动得万里郊原生意葱茏。花丛草簇从酣睡中醒来，急忙抽芽吐叶，点染春光，顿时大地现出了层层新绿。然而，这一切与高楼栉比、车辆穿梭的城内是不相干的。那么，是谁最先把"春之消息"报告给十丈红尘中奔走道途之人的？正是街头的翠柳。

溽暑炎蒸，骄阳喷火，行行路柳为过往行人撑起遮天绿伞，清凉凉的略带咸味的海风扑到脸上，你会感到燥气潜消，无异入清凉国。清晨起来，你尽可以沿着柳林穿行，过了这棵迎来那棵，满路清荫，伴着几声清脆的鸟鸣，偶尔会有一两滴露珠滚落下来，凉生颈际，于恬适、惬意中不觉走出了很远很远。

秋宵漫步，清爽宜人。在城市住房尚较紧张，许多人家还是三世同堂的情况下，这长长的林荫路便成了翩翩情侣的"爱的长廊"。许多热恋中的青年男女，挽手并肩，徜徉其间，悄声地交流着浓情蜜意，一任多事的柳丝在鬓发间撩来荡去。有人调侃地把它比作欧洲的谈情胜地——"维也纳森林"，这当然是过分的夸张。

即使是在寒风凛冽、滴水成冰的严冬，家家紧闭着门窗，地面上满铺着积雪，这行行垂柳也不显衰颓、沮丧之态，依旧温存地摆荡着枝条，似向行人问候，使人们记起往日撩人的春色，憧憬着充满希望的未来。

柳在森林王国中平凡得很，登不上名贵树种的殿堂。但以其特有的风姿和功用，一向受人青睐。柳树是个大家族，世界各地约有五百多种，仅我国就拥有一百九十多个品种。举凡垂柳、龙爪柳、观音柳、馒头柳、长叶柳、小叶柳、白柳、紫柳、旱柳、水柳、沙柳、杞柳，等等，都是比较好的绿化品种。它们适应性强，生命力旺盛，容易栽植，生长快，寿命长。其优胜之处，白乐天在《东涧种柳》一诗中描述得清清楚楚："长短既不一，高下随所宜。倚岸埋大干，临流插小枝。松柏不可待，楩楠固难移。不如种此树，此树易荣滋，无根亦可活，成荫况非迟，三年未离郡，可以见依依。"

柳是生机的象征。相传黄巢起义时，曾规定戴柳为号，就是取其生机旺盛，易得成功的寓意。古时清明节民间有头上簪柳的习俗。"清明不戴柳，红颜成皓首。"头上插柳意味着严冬遁去，春天来临。柳与苍松、古槐不同，给人的印象是清丽、活泼的。本来，营口就是个比较年轻的城市，街市的形成不过百余年历史。市区绝大多数楼房又都是在1975年强烈地震后新建的，年轻的城市衬上这活泼、清丽的夹道垂柳，就更显得生气勃勃，欣欣向荣了。

在一般人心目中，夭桃艳李自是佳丽无比的春色。可是，那位写过《陋室铭》的很有些辩证思想的刘禹锡，却说："城中桃李须臾尽，争似垂杨无尽时！"在诗人的笔下，柳色是十分秀美的。陆放翁说："杨柳春风绿万条，凭鞍一望已魂销。"孙鲂说："春来绿树遍天涯，未见垂杨未可夸。"足见其推崇之至。

也许是这些原因吧，自古以来，从皇家到民户，从军营到田庄，灞桥、梁苑、隋堤、沈园，到处都喜欢栽植柳树。文成公主远嫁西藏，临行时还珍重地带上一株长安的翠柳，栽在大昭寺内，繁衍至今，许多去拉萨观光的人，都愿意一瞻"唐柳"的风采。清末爱国将领左宗棠率部西征，"新栽杨柳三千里，引得春风度玉关"，后人记着他的"遗爱"，亲昵地称之为"左公柳"。

　　当然，就营口人来说，酷爱街头绿柳，不仅仅是珍惜春光，珍惜绿荫，也是珍视自己的茧花汗水，劳动果实。如果说，在其他地方，是"此树易荣滋，无根亦可活"、"无心插柳柳成荫"的话，那么，在这盐碱低洼的辽滨之城，栽活养大一株翠柳却绝非易事。这满城路柳的荣滋，不知要费去几载光阴，消耗多少人、财、物力。单是每年从外地运进城里来的植树用土，即当以数万吨计。换土、栽培之后，还要细心培护——缠裹草绳，围上木障，或护以石栏，定期灌水、喷药，认真照管。

　　去年秋天，我曾亲眼看到这样一个场景：黄昏时分，一个六七岁的男孩儿举着浸过煤油的火把，烧烤窗前路柳的枝干。年轻的爸爸在楼上看到了，慌忙地跑下来，将火把夺过去踩灭，并厉声斥责着："再不许你糟蹋树！"小男孩儿一面委屈地辩解着，一面用脚踩杀熏烤下来的毛虫。爸爸低头一看，知道错怪了孩子，不好意思地重新点燃起火把，和儿子一道继续捕烧其他树干上的害虫。

　　我还听人们讲述过两个青年教师结婚植树的故事：

　　　　在新婚蜜月里，小两口商定在院里栽几棵柳树作为纪念。丈夫喜爱陶诗，仰慕"五柳先生"，提议栽五株垂柳；妻子是现代，主张栽植六棵，理由是：当年贺龙同志趁战争空隙，在晋西北蔡家崖建立过"六柳亭"。正当这对小夫妻含笑争执时，老祖母出来打了"圆场"，说："也别吆五，也别喝六，我说栽它九棵。九柳——'久留'，取个吉利。"就这样，九株新柳绿化了整个庭院，一时传为美谈。

　　面对着鹅黄嫩绿、老紫娇红的千般花木，人们总喜欢把它们人格化，赋予一定的主观意念。其实，花木本身何尝有什么自觉的抱负、理想，无非是物竞天择的生存规律使然。但是，由于它们独具的形象、素质，确确实实容易引起人们的联想和寄托。苍松使人想起坚贞不屈的志士，古榕使人想起胸前飘着长髯的智慧老人，芭蕉使人想起浓妆艳抹的妹丽，而辽滨之城的翠柳，则使人想起具有高尚情怀和献身精神、"吃的是草，挤出的是奶"的"孺子牛"。

辽滨翠柳，植根于贫瘠的盐碱土壤，自从绽出第一片嫩叶，便开始吸吮着苦咸的乳汁，应该说，生计是艰难的。但它们自甘清苦，乐观向上，带着强烈的自豪感，尽心竭力装点着大地母亲，把满路清荫托献给过往行人。

由于工作的关系，我常常同一些教师、医生、作家、记者打交道，了解他们的生活，也熟悉他们的属性。不知为什么，每当我看到一片片一行行从异地移来，在辽滨之城成活长大的绿柳，都情不自禁地联想起身旁这些可敬可爱的知识分子。他们中有许多人来自"海、北、天、南"，告别了繁华、绮丽的家乡，扎根在这座生活、工作条件都比较差，暂时还有许多困难的中小城市，为四化建设倾洒着汗水，所取者少，所予者多。这种风格，不正像那些辽滨翠柳吗！

（1985年）

民 心

丹东素有"中国最大的边境城市"之盛誉，邻江沿海，气候宜人，风物澄鲜，风光绮丽。站在元宝山的半山腰，瞭望整个市区，只见万绿丛中，楼群错落，街衢起伏，雪白的云朵与斑驳的树影上下辉映，你会情不自禁地吟出青莲居士"江城如画里"这一诗句。

偌大一个市区，过去只有一座锦江山公园，坐落在市中心，而鳞次栉比的民居绵延十余公里，两头都够不上。近两年随着城市的飞速扩展，市里斥资两个多亿，作为"民心工程"，在东西两面的元宝山和帽盔山各开辟一处公园，并且改扩建了一些街心广场。这样，广大民众早晚都有个健身的去处，星期天、节假日，一家人也有了休闲、游乐的场所。

这天，天刚亮，我便跟随着缕缕行行、挤挤撞撞、涵盖各种年龄段的人群，涌进了锦江山公园。说来也怪，滚滚人流跨过园门之后，竟然倏忽间便消失在曲折山径、茂密丛林之中，只听得见这里那里不时地传出一阵阵笑语歌声。我见池塘旁有一位老者在独自一人踢着毽子，便凑上前去，与他一边踢着，一边搭话。我说，游人可真多啊！他说，还没到时候呢，半个时辰以后，你再看，山门内外，整个黑压压一片，这边是太极拳、迪斯科、健身操，那边吹拉弹唱。晚上的人更多，称得上"江城一景"。

我随口赞叹："丹东市民有体育锻炼的好习惯。"老者说，不光是"习惯"，也有那份畅快、闲适的心情。如果不是安居乐业，市场供应、社会保障跟不上，公共秩序乱糟糟，就学、就业没保证，随处都有后顾之忧，人们的心还能这么盛吗？心盛，也还因为心顺。群众一看这些"民心工程"都是给自己谋福利、找方便的，便都热心支持，自觉参与。建设元宝山公园，涉及到民宅动迁，三位大娘主动出面，共同做一位大娘的工作，结果顺利达成了动迁协议。再者，这些工程建设，事先都广泛听取民众意见。元宝山公园有一个标志性建筑——牌楼，就是按照公众的想法设计的。咱们这个公园，儿童乐园旁边的一面墙有倒塌危险，市民建议城建部门及时加以处置，结果，第二天上山一看，墙已经拆除了。

"政声人去后，民意漫谈时。"普通民众的闲谈，可以为采风者提供准确信息，有助于把握一个地方政声、民意、舆情的脉搏。

现在，经常可以听到"举全市之力"的说法。那么，"全市之力"怎么"举"呢？其诀窍就在于要把全体民众的积极性调动起来，前提是必须获得群众的信任与支持。去年以来，市里开展了"献策丹东"的活动，发动当地各界人士、广大民众出主意、想办法，也邀请在外工作的丹东籍人士和曾在这里工作、生活过的外乡人，为丹东的跨越式发展出谋划策。有一位王先生，在外地谋生，一直挂念着家乡的发展，总想贡献一份力量，这次，他主动联系在广东银星雨有限公司担任董事长的朋友，动员他到这里投资；市里有关部门获知这一信息后，立即派人前去洽谈。现在这个企业已经入驻丹东，投资两亿元发展 LED 产业。省知识产权局一位副局长，离开家乡多年了，接到"献策"邀请函之后，便发过来一份"万言"方策，就丹东经济发展思路与定位、培育具有自主知识产权的核心产业和竞争力等诸多方面提出建议，使市领导很受启发，市委书记专门回信致谢。

至于市民，参与这项活动就更是积极主动了。有个叫王嘉阅的 8 岁女孩儿，运用自己所学不多的汉字加上拼音写了一封献策信，希望丹东也能像她探亲时到过的南方城市那样，"建设一座大型的多功能书店，让更多的人走进书店看书阅览"。一位从港务局退休多年的程大爷，闻讯后，立即把自己的"发展丹东水上客轮运输业"的建议书，递交给有关负责同志。他说："我早就想提这个建议了，可我既不是人大代表，也不是政协委员，找不到沟通的渠道；到信访局吧，我又不是自己有困难上访的，所以就一直搁置着。现在终于有地方愿意听听我们老百姓的想法了。"这次献策活动，无疑为民众与领导机关交流互动、疏通思想、增进了解，搭建起一座便捷的纽带与桥梁，起到了了解民意、集中民智、凝聚民心的作用。

而最令有关工作人员感动的是，这些献策者没有一个是为个人的事找上门来，大家的共同目标，是"让丹东快点发展起来"。在这种精神的感召下，机关干部白天接待献策群众，晚上整理有关信息，双休日也要来加班、值班。尽管辛苦忙碌一些，可是每个人都感到从未有过的兴奋，用他们的话说，"那些献策信息撵着我们加油干"。此之谓：民众出智慧，干部受教育，政府得实惠。

当然，要得民心，政府必须主动给群众解决问题，不能"剃头挑子，一头热乎"。一位住在青年湖旁边的朋友告诉我，买房子当时是奔着"清波荡漾"来的，可谁知，楼房起来了，这里却成了死水一注，户主纷纷大呼上当。政府知民情、解民意，经过治理，死水变成了活水，这样，老百姓就高兴了。为了倾听市民意见，帮助老百姓排忧解难，市、局两级领导走进电台直播间，直接与市民对话，听取民众的批评意见，回答各种疑难问题。从而增进了民众对政府的了解，看到那些"吃公粮"的干部每天都在想着给大家办事情，市民情绪顺畅了，信心增强了，街头巷尾，埋怨、愤激的声音减少了。

看来，稳定是工作的结果，前提是顺民意、得民心。

（2009年）

龙首寻秋

如同各地都有特产一样，各地也都有独具特色的风物。铁岭龙首山洗心亭上有这样一副对联："本地风光原秀美，出山泉水总澄清。"看了使人想起比利时剧作家梅特林克的童话剧《青鸟》的故事：两个孩子走遍了天涯海角，也没有寻访到象征着幸福的青鸟，最后失望地回到故乡，却意外地发现，青鸟原来就在自己家里。"每叹湖山溢誉多，银州风物果如何？"经过一番实地探访，我觉得它还是当得起"秀美"二字的评语的。

这是九月末一个星期日的早晨。天刚放亮，我便随着坚持晨练的人群涌进龙首山来。一路上，打拳的，舞剑的，沿着山路慢跑的，坐在长凳上聊天的，在林峦掩映之间，随处可见，给人一种生气勃勃、舒适安定的感觉。

龙首山，左俯城郭，右傍柴河，林木葱茏，蔚然深秀，如长龙蜿蜒，绵亘十数里，为古银州之天然屏障。当地民间传说，它原是天上的一条神龙，后来谪落人间，定居在这块物阜民丰、山清水秀的地方。山上古迹颇多。顶巅，俗称"龙头"处，有古刹慈清寺，据碑文记载，始建于唐代，清崇德八年重修，"壮其殿宇，整其廊垣，金碧辉煌，照耀岩谷"。寺院前方，有明代弘治年间修的九级古塔。顺山势迤逦南行，旧有驻跸亭一座，为康熙帝征俄时驻马处。但无论是神龙或皇帝，人们都觉得隔膜得很，因而淡忘如遗，很少有谁去理会它。可是，对一位伟大的无产阶级革命家的胜迹，当地群众却感到异常亲切，引为无上的光荣。辛亥革命前一年，12岁的周恩来负笈北上，就读于龙首山下的银冈书院。这一带是他当年的畅游之地。半个世纪以后，敬爱的周总理于国务繁忙之中，"千里来寻故地"，重临银冈书院，再度登上龙首山，视察了附近农村，在龙首山留下了珍贵的足迹。至今，当地的一些父老，还经常娓娓动听地追述总理回来时走的是哪条路径，怎么样同他们亲切交谈，绘景传神，恍如昨日。

登上慈清寺左侧的宿云亭，凭栏四望，清澈、明净的辽河与柴河，像两条交结的银带，将翠玉一般的龙首山轻轻地缠束起来。中长线的公路、铁路，并排从城里穿出，客货车流，往来如织，一派繁忙景象。极目秋原，黄云罩野，稻海铺金，熟透了的红粱，紫蕊婆娑，随风荡曳，欢快地等候着收割。粮海中，间杂着几片菜畦，宛如绿宝石镶嵌在锦缎上面，益发显示出"辽北粮仓"的丰腴、富丽，看了使人心醉。怪不得寺内一座雄伟的建筑名为"醉翁楼"，它的含义分明是："醉翁之意不在酒，在乎山水之间也。"

看我出神地赏鉴着四野秋光，旁边一位老大姐说："铁岭是个好地方，可惜你来的不是时候，若是春天时节来，那才真有看头哩！"这话自有道理。春天到了，万物昭苏，百花争艳，景色无疑是绚美的。但也不能就此得出一个结论：秋光一定比春光逊色。作家峻青在《秋色赋》里说，秋天比春天更富有灿烂绚丽的色彩，欣欣向荣的景象。毛泽东同志"一年一度秋风劲，不似春光，胜似春光，寥廓江天万里霜"的名句，更是早已脍炙人口了。

流连光景，品鉴风物，往往要受到思想境界和观察事物角度的制约，同当事人的心境有直接关系。所谓"物逐情移，境随心异"，"情衰则景衰，情乐则景乐"。宋玉一生不得志，在《九辩》中一开头就慨叹："悲哉，秋之为气也！"到了欧阳修的笔下，秋，也被描绘得惨惨戚戚："其色惨淡，烟霏云敛"；"其气栗冽，砭人肌骨"；"其意萧条，山川寂寥；故其为声也，凄凄切切，呼号奋发"。可是，旷达、乐观的李白、刘禹锡却大异其趣，他们昂首高吟："我觉秋兴逸，谁言秋兴悲！""自古逢秋多寂寥，我言秋日胜春朝。"叶梦得索性以诗作声明:"何人解识秋堪美,莫为悲秋浪赋诗!"其实,四时有代谢,往来成古今,花开花落,春生秋实,无非是节序的自然更迭而已。对于奋发向上、开拓进取的人来说,没有一个节候不是生气勃勃的。

步出山门,面对着无边的秋色,我突然想到一个问题:本来秋光触目皆是,为什么铁岭八景中却列出一条"龙首寻秋"呢?我向身旁的一位老人请教。他笑了笑,说:"这个'秋'有特定含义,是专门讲红叶的。"我恍然大悟了。原来,县志上记载的明朝进士陈循的《龙山杂咏》:"霜叶变丹红,秋高天气迥,幽人植杖来,踏遍碧峰顶。"讲的正是"龙首寻秋"这一景啊!老人告诉我:龙山红叶,自古有名,霜降以后正在势头上,现在还早一点,不过,说不定也能有,不妨找找看。于是,我便跟随着老人,"踏遍碧峰顶",寻找起来。果然在一处断崖前,有几树新红赫然展现,像一束束烛天烈炬燃烧在青翠的林峦里,把整个山容都点化活了。从这些灼灼醉叶,可以想见那"红云万叠,绛雪千林,十数里山峦艳如霞锦"的奇丽景观。借用一句哲学语言来表述:"无限在有限之中映射出来。"

通过交谈知道,老人是一位离休干部。至于详细身世,他不肯多讲。但他那满头的白发和深刻着皱纹的前额,炯炯有神、沉着坚定的目光,以及旺盛的精神,盎然的兴致,已经揭示出这是一位久经革命风霜的战斗者。油然起敬之余,我不禁想起清代诗人任绣怀咏赞红叶的名句:"莫嫌秋老山容淡,山到秋深红更多。"

(1983年)

洞府云迷

古人有诗云："洞中有洞洞中泉，欲览奇观驾小船。"这天，我们真的来到了一处洞中之洞，而且乘船游览，往返两个多小时，行程六千余米。久居闹市，音尘扰攘，蓦地置身于清幽静谧的洞天水府之中，实在是一种惬意的休息和享受。

水洞地处辽东山区，在本溪的谢家崴山腹部。远远望去，酷似一条鳞毛耸动、蜿蜒卧伏的苍龙猛张着穹隆形的巨口，在等待着吞噬过往游人。洞身下陷，泉流漫涌。入口处，有游船待渡。

从前听一位朋友讲，游江南的某处水洞，游客仰卧在靠绳索牵引、仅能容纳两人的小船上，自后脑勺、肩背以至臀部、脚跟都紧贴着船底，不得稍动。倘若偶一不慎，比如在行船中突然打个喷嚏，抬了抬头，上面的岩石就会把鼻尖划破。我原以为，这里也同样褊窄，不料，上得船来，十来个人竟可同时端坐船上，而且，船工还是站着作业。

一声欸乃，鼓棹开航。泉流闪着暗绿色的波光，森冷湿滑、层层叠叠的石壁仿佛从上下左右一齐排压过来，随之种种景象便在眼前联翩地展现。洞身高低、阔狭不一，有的地方高不盈丈，但走着走着，却像武陵渔人进桃花源洞一样，突然"豁然开朗"。

洞中无昼夜，不辨暑温寒，气温终年都在摄氏 10 度左右。我们游水洞那天，正值溽暑炎蒸之际，外面炎阳流火，热汗淋漓；可是，泛舟水府，竟如置身冰幕之中，顿觉清泠洒然。

洞顶遍布着乳白色、黄褐色的钟乳石，一个个有如利刃、尖锥倒悬头上，令人心旌震怖。任你曾经百战疆场、久经锋镝，面对如此密集的"达摩克利斯之剑"，也会感到目眩神摇，心惊魄动。

与顶间的钟乳石相对应，洞底挺立着难以计数的皎洁、濡滑的石笋。上下相向而生，有的刚好对接到一起，形如玉柱擎天，银峰拔地。洞顶、洞壁以至洞底，还伸出一些扇形板状物，地质学上称为石盾。这些化学沉积物，在幽暗的灯光照射下，或如冰雕玉砌，隽秀空灵；或如斧斩刀劈，峭拔凌厉。

两旁罗列着种种造型奇特、形象逼真的石景，令人目不暇接，兴起联类无穷的想象。诸如群猴嬉戏、大象饮河、玉女焚香、诸佛打坐、雄鸡唱晓、老母望儿，以及绽放的莲花、耸天的白塔、粉妆的楼阁、玉砌的佛龛，纷然万象，惟妙惟肖。至于灯光不到之处，还有些什么景观，就只能留给想象了。

轻舟泛碧，洞府云迷，引发我产生许多联想。五年前，我曾在广东肇庆的七星岩流连竟日。那里的石室、双源两个水洞，也都可以泛舟其间。尽管长度不及本溪水洞的十分之一，但是，由于里面钟乳石瑰奇隽秀，异彩纷呈，仍然博得自唐代以来无数名流骚客称颂不已，仅摩崖石刻就有二百七十余处。其中最饶情趣的当推朱德同志的五言律诗："七星降人间，仙姿实可攀。久居高要地，仍是发冲冠。开心才见胆，破腹任人钻。腹中天地阔，常有渡人船。"

相形之下，本溪水洞就显得过于冷落、清寒了。白居易咏叹晚桃花，尝有"寒地生材遗较易"之叹。显然是咏物寄兴，借题发挥，实际上，是为困处卑微之地的贤才鸣不平。应该承认，这是一个较为常见的社会现象，于自然景观亦然。如果本溪水洞不是置身荒山绝壑之中，而是处于风景名胜的繁华之地，那它也就会名闻遐迩，流誉千秋了。

前人咏岩洞诗："缅怀洪荒初，蕴蓄含万象"，"谁令疏凿手，出此奇险状"。说岩洞的生成乃是肇自洪荒，确实不假；但哪里有什么"疏凿手"？无非是大自然的功力使然。

据地质学家考证，在大约四亿年前的奥陶纪，本溪一带还处在汪洋大海之中。海水吸收空气中的二氧化碳产生碳酸，然后，再与其他矿物质化合成碳酸盐，逐渐地大量沉积于海底，形成沉积石灰岩。有的地方竟厚达一千余米。而后，经过地下水、地面水长期的浸蚀、溶解，石灰岩山体渐渐出现了岩洞。在温度恒定、湿度极高、气流微弱的特殊条件下，含有溶解物质的岩液，长期、稳定、缓慢地渗漏与沉积，遂造成了这千姿百态的迷人景致。

在恍恍迷离的情境中，不知不觉，时间已经过去了两个多小时。谈笑间，突然眼前现出一角"蓝天"，人们都以为游船驶抵洞口。近前一看，原来是光线折射下的荧荧水影。又拐了一个大弯，才真正看到洞口外的白云、青山。走出洞外，但见翠野茫茫，阳光炫目。望天，天更蓝了；看树，树更绿了，一切都是那么清新、隽美，不禁心神为之一快。

回首洞天，仿佛刚刚从梦境中醒来。虽然瑰奇、绚丽的景象已经从视网膜上逸失，但那迷人的意境和隽永的情思却将长存在记忆里。

应东道主的请求，即兴题写了三首七绝：

> 洞府清游赞化工，人间绝景壮关东。
>
> 神龙生怕飞腾去，固闭深藏古洞中。

> 流水声中对画屏，一舟容与往来轻。
>
> 天生怪诞歘奇状，我作平和坦荡行。

> 拊掌倾谈一笑生，沧桑不尽古今情。
>
> 石林钟乳八千岁，洞口桃花一霎红。

（1983年）

二一九公园记

　　每到一座城市，我并不怎么关心商店、餐厅、保龄球场、卡拉 OK 等服务、娱乐性设施的情况，却总要四出转悠一下，看看那里的公园、广场。这首先是因为我喜欢早晚散步，而大街上烟尘十丈，噪声聒耳，避之惟恐不远，当然最好是上公园、遛广场了。

　　我一向认为，对一座现代化的都市来说，公园的作用是其他任何建筑设施所难以代替的，除了流连风景、美化环境，供人赏心悦目之外，往往还具备着休憩所、排气筒、缓冲器之类的特殊功能。

　　从宏观的审美文化角度看，人们之所以喜欢就地就近公园闲步，同热心于外出旅游，历览名山大川一样，都可说是追求一种生命体验，都能发挥使人的生命获得充实与强化的效用，体现了人类生活不断求新求异和回归自然、亲近自然的发展趋向，都出自于对生命、对生活、对艺术、对大自然的强烈而真挚的爱心。

　　整日陷于繁忙、紧张、惶遽、浮躁的现代人群，有谁不想在公余之暇，寻觅一个宁心息虑的处所，解脱片刻，暂得消闲呢！古人说："久卧者思起，久蛰者思启，久懑者思嚏。"人们在床上僵卧了一个晚上，有的是劳累了一整天，晨兴、傍晚，总愿意找个地方散散步，遛遛弯，舒展舒展筋骨，吸入一些新鲜空气，改变一下单调的生活。

　　居家过日子，遇有某些不顺心的事情，或者遭遇挫折，受了委屈，发生变故，人们也总是像想望投入母亲的怀抱那样，愿意投身于大自然，换换环境，调适一下心境，放眼湖光山色、花鸟虫鱼，移情悦性，遣闷消愁。老人们在家里感到孤独闷寂,想到园林里、广场上找个熟人聊聊天,拉拉呱,或者到大树下面的石桌旁杀一盘象棋,甩几圈扑克。情侣们则要找个僻静场所坐下来,情谈款叙,亲热亲热。一些顽童、淘小子,"也无烦恼也无愁",跑到园林中,只是想经历一种梦幻式的自由和惊险的刺激,寻求所谓"甜蜜蜜的无所事事"。至于晴雨无阻,朝朝暮暮,成群结队,坚持锻炼的各种年龄段的广大人群,一向视公园、绿地为至宝,就更是"不可须臾离也"。

论环境条件,钢都鞍山不算太好,但这里的"二一九公园"却是独具风采,令人流连忘返。可以用八个字加以概括:城市山林,天然逸趣。就在这个到处高楼棋布,车辆穿梭,人流潮涌,马达轰鸣的大都市里,居然有一个面积很大的公园楔进了市区,市民们走下楼梯,前行不远,就能够纵身投入到绿树葱茏之中。里面自然不乏一般公园都有的秀丽的亭台桥榭,悦目的花木泉石,逗趣的动物,电动的飞机,但最具特色的还是清波荡漾、首尾相衔的群湖,蜿蜒如带、绿到天边的青山,白杨萧萧、松阴匝地的大片人工林,以及鸟鸣上下、绿染须眉、窈远幽深的林间小径。一切都呈现着那种浩浩洋洋、苍苍莽莽的大气和不事雕琢、不加修饰而整洁自见的本色天然。

由于它的面积十分阔大,气势雄浑、壮伟,就为人们游观玩赏提供了足够的"艺术空筐",进一境又有一境,走一程还有一程,绝无单调、重复、厌倦的感觉。可以游目骋怀,孤心远寄,扇动起遨游天外的想象翅膀;也可以凝心寂虑,谛听着大自然的至美与和谐,或者从容思考全部感官接受到的万千信息。一种宁静、温馨的快感融进了整个生命和记忆,成为日后长期受用不尽,永远不会贬值的精神财富。深者得其深,浅者得其浅,不同层次的游人,都会从中获得自己所喜欢、所期望的情趣。

在公园迎门处,我无意间扫视了一下"简况介绍",得知本园创建于1950年2月,这倒引发了我的一番感慨。其时,共和国成立只有四个多月,鞍山解放也不过两个年头,这个"二一九"正是城市解放的纪念日。

当时，城区处处满目疮痍，道路坑洼不平，高炉四周杂草丛生，狐兔奔走，一片荒凉、破败景象。而鞍钢的恢复、重建，直接关系到人民江山的巩固和全国各项建设事业的发展。市政府面临着艰巨而繁重的组织生产、发展经济、改善人民生活的任务。可是，就在这百废俱兴，千端待举的情况下，他们竟不失时机地想到要划定范围，留出绿地，在城区辟建一个大型公园，真是颇具战略眼光，富有远见卓识的举措。

不妨作个简单的对比。不要说新中国建立初期了，就是到了上世纪七八十年代，全国各地都有一些新的城市拔地而起，工厂、商厦、宾馆、饭店都是应有尽有，而且确属必要；只是有的城市却忽略了应该事先留出足够的隙地，为居民营建一些包括公园、广场在内的活动场所。待到有关领导者逐渐懂得了市民在饱食暖衣之后，还想望着找个地方散散心，聊聊天，消遣、休憩一下，从而认识到了公园、广场的必要性，但已经为时太晚，石屎森林、火柴盒式建筑鳞次栉比，把整个市区填塞得满满登登，早已找不出一方隙地，只能徒唤奈何，后悔无及。

更有甚者，个别地区当政者目光如豆，见识短浅，在"房地产"热潮中，无视广大市民的需要，竟以高额价款卖掉一些本已狭小不堪、蚕食殆尽的园林腴地，去换取暂时的经济利益。

这种种作为，较之新中国成立之初鞍山市领导人的眼光、魄力，何啻云泥、霄壤之别。

（1999年）

山不在高

　　如果说，遍布着红果、白棉、黄粱、绿树的辽南大地像一幅硕大无朋的五彩斑驳的地毯，那么，这座以旧石器时代文化遗址闻名遐迩的金牛山，就恰似孑然峭立在大地毯上的一盘古色古香的天然盆景。上世纪 80 年代初，这里曾发掘出距今 28 万年以上的一具比较完整的远古人类遗骸化石。从此，这座地处大石桥市永安镇的僻陋的小小孤山，便引起了举世的瞩目。

　　这年中秋节刚过，我们便由省博物馆的考古专家导引，循着盘山小径来到了金牛山东南角一处"洞穴堆积"旁边。专家介绍说，这座山由石灰岩、大理岩和菱镁矿组成。由于雨水中的二氧化碳渗入山体，顺着岩层的缝隙流动，对石灰岩产生溶蚀作用，慢慢地形成一些大小不等的岩洞。经过地壳运动，地下形成的洞穴，便随着山峦的隆起，被抬升到地表上面。

　　跟在考古专家的后面，我们走近了一个穹隆形的岩洞。它颇似一只卧伏着的猛虎，此刻正张着门洞似的巨口，威严地等待着我们。

　　"就在这个岩洞里，"专家指给我们说，"发掘之前，那具成年男性的遗骸化石，处在岩洞正中的位置。"

　　"它的下面会不会还有堆积物呢？"针对有人提出的问题，专家回答："现已测出，洞穴堆积物厚达十五六米，越往下年代越久远，甚至可以追溯到百万年以上。它的发现，填补了祖国东北地区远古文化史的空白，也彻底否定了"东北没有古人类"的错误结论，为我们提供了中华民族多源多种的一个最生动的佐证。

　　凝视着这座非同凡响的洞穴，想到自己的脚下，几十万年前竟是我们的先民繁衍生息、劳动奋斗的地方，心头蓦然涌起一种超迈时空、遥接万代的感情。一时神驰远古，幻相丛生，仿佛置身于人类历史黎明时期的洪荒世界。

眼前，原始丛林茂密，河渠、湖泊纵横，许多平生未曾寓目、而今多已灭绝的动物：披毛犀、三门马、变种狼、剑齿虎等，蹿跃其间。这里，气候温暖湿润，雨量充沛，大自然焕发出勃勃生机。透过一处处灌木丛，看到榛莽纷披的荒原上，野牛、鬃马、羚羊、狡兔在往复驰逐，或者安详地低头嚼食青草。

大群毛发浓密、前额低平、眉骨粗大、目光迷惘、口吻突出、腿部弯曲的"金牛山人"，在晴和的阳光下，正利用自己打制的石器或者挥舞着木棒，咿唔呼啸着追逐野兽；有的在集体采集野果，挖掘植物块根。山洞附近，一堆篝火劈劈剥剥地燃烧着……

"人猿相揖别，只几个石头磨过，小儿时节。"我们的考古专家忽然高声朗诵起毛泽东的《咏史》词。莫非他此刻也像我一样，鼓振玄想的羽翼，穿透历史的帷幕，看到了远古的图像，因而思潮涌荡，触景生情？

我却憬然惊寤了。心头的意念一收，时间的潮水，哗—哗—哗，一下子流过了几十万年，回到了20世纪90年代。

但是，熊熊燃烧着的篝火分明还在视网膜上存留，以致看到脚下发掘出的黝黑的远古烬余，竟然情不自禁地弯下身子，伸出手去，想要探试一下是否还存蓄着往昔的余温。

我们上下巡视了整个山峦。原来，它实在是小得不能再小了，周长不过1240米，海拔70米左右。而且，就年岁而言，专家说，也算是年轻的。如果把地球上已经形成了两千万年的山峦比作老寿星的话，那么，金牛山只能算是总角儿童。但是，它毕竟是几十万年前人类刚刚脱离动物境界的黎明时期的直接见证者。单凭着这一点，也就足可以举世骄矜了。

古语说："山不在高，有仙则名。""仙"也者，超越凡品之人与事也。作为一座经历过几十万年风雨沧桑的历史课堂，金牛山使我们超越时空的界限，听到人类远古的足音，披阅那洪荒初辟的皇皇简册，难道还算不上一座名副其实的"仙山"吗！

毋庸讳言，把原始人的创造成果放在现代科学技术的背景上来考察，不啻是沧海中的一粟。比起那些遨游太空的数百吨的飞行器，每秒钟运算多少亿次的计算机，以及把人类观测宇宙的范围拓展到百亿光年的射电望远镜和天文卫星，这些原始时代的石刀石斧，简直窳陋得不值一提。但是，它们却是人类进行真正劳动的标志。这极度简陋、极为原始的工具，如同万里长江源头的纤纤一脉，正是后来的铁器、蒸汽、电气时代以至原子能、空间技术、电子计算机时代的整个机械洪流的滥觞。

我们伟大的先民凭借着粗笨的双手和简陋的石器，为人类文明的大厦奠定下最初的基石，宣告了一个划时代的开始。透过它们，我们看到，彩陶、铜鼎在闪光，指南针、地动仪在运转，金字塔、万里长城高耸云天，敦煌艺术、唐诗、《红楼梦》，以及拉斐尔的绘画、托尔瓦德森的雕刻和帕格尼尼的音乐等文化瑰宝，争奇斗艳。

劳动创造了世界，劳动也创造了人类自身。正如诗人郭小川所咏叹的：

> 尽管
> 人们的灵智高出猿人很远，
> 但若没有猿人坚韧的奋斗，
> 人们至今还是遍体长毛，
> 跟野兽作伴。

想到远古先民"坚韧的奋斗"，我的眼前顿时闪现出两个伟岸的英雄形象：一位是希腊神话中的普罗米修斯，他因为从天上盗取火种给人间，触怒了主神宙斯，被锁在高加索山崖，每日惨遭神鹰啄食肝脏，受尽了万般苦楚，但他坚毅不屈，为了造福人类，完全把个人的安危苦乐置之度外。另一位是中国神话传说中的神农氏，为了拯救生民，疗疾祛病，冒着生命危险，遍尝百草，"一日而遇七十毒"。

虽然这些神化了的传说"古史无征"，但它作为人类发展进程中的远古的梦和文化的根，毕竟在很大程度上反映了当时的现实环境；特别是两位英雄人物的献身精神和高尚志趣，更是万古长新，永垂懿范的。

为着生存和发展，我们的祖先在极度艰难险恶的情况下，勇往直前地开辟着人类的生活之路。在那"宇宙洪荒"的创世纪，绝对的愚昧伴随着生产力的绝对低下。科学文化知识无从谈起，赖以生存的物质条件，且不论质，即以量计，也是微不足道的。所以，尽管我们以万分崇敬的心情缅怀人类远祖的丰功伟绩，面对着原始巨人的文化遗迹充满了自豪感，但是，却绝不想退回到蛮荒时代，重新经历那凄苦、愚昧的生活。

实际上，亿万斯年，先民们几曾止息过对富裕、文明生活的渴望和对美好未来的憧憬？当地一位小学教师给我们讲了一个关于金牛山的民间传说：

很久很久以前，这一带还处在蛮荒时代，周围环境异常萧条沉寂。许多人从这里走过，都不想停顿脚步，定居下来。这一天，有一位老汉挑着担子疲惫地经过这里，实在迈不动步了，就坐在路边上打了个盹儿。一睁眼，突然发现山中毫光四射，一头翘着尾巴、金光闪闪的神牛钻进山洞里去。他想，这里肯定是一块"红花宝地"，于是，便带领家人就地搭起窝棚住了下来。他们天天到山洞去探视，想望着金牛能够钻出洞穴，降福人间。可是，父而子，子而孙，年复一年，望穿了枯眼，痴想——追求——幻灭，金牛却始终杳无踪影。

"呜——"山下汽笛长鸣，中长路上一列火车风驰电掣般呼啸而来，飞逝的车窗像一幕幕历史的荧光屏倏然闪过，山头回荡着隆隆的声响。我的思绪也随之而逸向远方。

（1995年）

眼前道路多经纬

京沈高速公路从我故乡的身后穿过。每当路过这里，我都要临窗瞩目，有时还要停下来，扫视周遭的一切。当年那一条条凸凹不平的泥泞路已经被平整的柏油路所取代，从房舍到环境，村庄面貌一新。曾岁月之几何，而乡园不可复识矣！

百感丛集间，我想起了三年前过世的那位族兄。1956 年，他在邻乡一所小学担任教导主任。这天早饭后，外面大雨如注，学童们一个个"泥孩"似的整进了院子。我那位族兄一向口无遮拦，面对这种场景，就和教研室的几位老师议论："省报上刊登一幅《多情的雨衣》漫画：一对身着雨衣的青年男女，雨中亲密交谈，不料两件雨衣粘在一起，竟无法扯开。漫画家应该有个续篇，名为《多情的泥土》，画一外来串亲的男子，雨天在泥路上穿行，举步维艰，整洁的鞋袜还有裤腿儿，深陷泥淖之中难以自拔，最后只好统统甩掉，穿着裤衩逃出。"为着这个"有趣的"设想，一年后，族兄被抓了辫子，划为右派，罪名是：恶毒攻击社会主义，丑化解放后的新农村。

其实，他所说的尽管有点夸张，但道路泥泞不堪的情景，在地处辽河下游淤积平原的盘锦，当时确是随处可见。东北人都知道，牛皮制作的靰鞡，本是数九寒冬农民或者猎人踏雪出行的鞋具，一以防寒，一以穿行雪路时不致脱落，因有皮条牢牢地绑在双脚上。可是，在我们那里，赶上淫雨连绵的夏秋季节，有的却用它权充雨鞋。再者，地名往往反映当地的自然特征，你看，这里叫"鸭子场"、"莲花泡"、"沟坎子"、"魏家塘"、"小洼"、"四河"之类的村落，比比皆是。

随着社会主义新农村的发展、建设，特别是进入新的历史时期以来，故乡的道路逐渐改观。有的把路基抬高，两旁修了渗水渠，栽上了成排的路树；有的填充了砂石、矿渣；后来又普遍铺设了柏油路面。路上的运载工具，扁担挑换成了手推车、畜力车，换上了"小手扶"、三轮卡，换上了拖拉机、农用汽车。从前，乡村僻塞，"道阻且长"，有的年岁大的人不懂得柑橘要剥皮吃；现在，通过空运，中国台湾、海南岛、东南亚的多种时新水果下树两三天，这里就可以尝鲜。

看到这些喜人的变化，我的那位"老学究"族兄，激情洋溢地给定居省城的我写了一封信，慨乎其言："老夫做梦也未曾料到，一生命运竟同'路'结下不解之缘：年及弱冠，由逃荒求生走上翻身解放之路；后又因'路'而以言获罪；中年之路困惑重重，弄不清'拉车'还是'看路'；及老，适逢改革开放，步入安康富庶之通途。古书上说，'路'字左边是'足'、右边是'各'（每个人），表明人生道路或通或塞，皆出于己；其实未必尽然，人为环境之产物，个人努力之外，还须际会风云，凭借时代之制动。即如吾乡之父老兄弟，处此卑湿之地，如不躬逢盛世，不知摸爬滚打于泥涂中何许年也！"

驾着改革开放的风帆，故乡盘锦奔驰在飞跃发展的大道上。机械化、良种化、水网化，使"南大荒"变成了"南大仓"，盘锦大米、盘锦河蟹作为名牌产品，畅销国内外。世世代代丰衣足食的梦想已经成为现实。全国第三大油田的开发，更为此间的跨越式发展提供了坚实基础。丰收之路从地上延伸到地下。万古沉寂的荒原上，钻塔如林，机声喧响，一批特大型现代新兴工业企业平地崛起，使盘锦这头"新生的小老虎"，在经济发展、财税收入方面跻身先进之林，成为全国13个率先进入小康地区之一。

近年来，看到一些资源型城市纷纷濒临困境，盘锦人产生了强烈的危机感。他们清醒地认识到，如果不能及早推进经济转型，改变一元主导的产业格局，因油而腾飞，也会因油而竭蹶。看来，路在脚下，也在心上，思路决定着出路。眼界拓宽、思路开阔之后，观念也随之发生根本性的变化。一是由单纯地享用资源、固守资源转换为"吃一看二眼观三"，抓紧开发接续产业，凭借现有资源优势努力使生产要素向高端跨越。经过几年努力，目前新兴产业支撑能力已明显增强，以石油化工、装备制造、新型材料、农副产品精深加工为代表的产业体系初步形成，非油气采掘业的经济比重已占一半左右。二是由单独盯住生产企业转换为积极发展现代服务业、公用事业、社会事业，实现全方位的开放，公用设施向广大农村延伸；农业园区与工业园区齐头并进，培育绿色基地，发展设施农业；依托优越的自然环境和独特的湿地资源，建设"湿地休闲之都"。三是由招商引资扩展为招才引智，使拔尖人才、留学回国人员向新兴产业靠拢。辽滨小镇原本一个渔村，居然成为省重点船舶制造基地之一，构建产业集群化、区域协调化、资源集约化的新型产业体系，靠的是什么？就是人才聚集效应。这里的人才崇尚流动、富有激情、强调机遇，具备大海一般恢弘、灵变、豁达的特忭。我问过一位来自湖湘的科技、管理型人才："您离开那里的工业重镇，来到偏僻的辽河边上，看中了什么？"他回答得很干脆："这里有理想的创业平台。"

西方一位哲人说过，谁接近了海洋，谁就接近了财富。一个民族只关注脚下，是不会拥有未来的。盘锦人的气魄很大，他们说，不能拒绝海洋的召唤，要由开拓陆路勇敢地走向开拓海路，打通出海通道，融入海洋经济，以无限的手段竞争有限的发展空间。现在，一座以船舶舾装、油品、散杂货和集装箱运输为主，计划年吞吐量近亿吨的盘锦新港正在兴建之中。与此同时，他们又在河海交汇处着手建设一座功能完善、生态宜居、富有时代感的新型水城，总面积为110平方公里，设计由德国一家城市设计院和国内一所大学完成。现已纳入全省"五点一线"沿海重点发展区域。是的，中国并不缺少普通的城市，缺少的是个性化、诗意化，"来了不想走，走了还想来"的新的天地、新的生存与发展空间。

　　这天，沐浴着湿润、清爽的海风，我和建设总指挥漫步在刚刚铺就的滨海大道上。放眼四望，到处都是一片紧张、繁忙的施工景象。左手边，造船工地上巍峨的船体、高高的吊车，伴着电焊迸发出来的耀眼闪光，掩映着正在施工中的连接盘锦与营口两市的辽滨大桥一座座厚重的桥墩，再远处，掘土机、推土机在往复进退地整平工地。向右边望去，茫茫的海域蜿蜒着一道填海长堤，运输石料的自卸卡车一辆接着一辆往来穿梭，宛如一条巨大的自动传送带，石砌长堤随之而不断地向前延伸。堤堰外有两类船舶作业——运输巨轮满载着石料隆隆驶来；而笨重的大型挖泥船，正通过长长的管道向外喷吐滚滚的泥沙，成片的土地渐渐地露出了水面。

　　总指挥面对金光闪烁的海面，如数家珍地指给我看：水城主体部分由三个岛屿组成。那里是金融商贸区，其中最具特色的是总部的设置，过去我们只注重引进项目、建设厂房，其实，大本营更为重要，那是最后财税结算的所在，现在已有广东与温州的一百多家总部预签了合同，未来将有四百余家入驻；那里是教育科研基地，包括综合性大学和一系列设施齐全的高新产业孵化基地、现代化职业培训基地；那里是原生态体验区；那里是文化娱乐区；那里是水乡住宅区……

　　我说，这真是人间仙境、"诗意的栖居"。清代诗人陈秉元写过一首竹枝词："蜃雨腥风骇浪前，高低曲折一城圆。人家住在潮烟里，万里涛声到枕边。"写的正是这种情境。

　　"要说人间仙境，那边还有一处哩！"他又遥指着正东方向的"鸭舌岛"，说：那里要建设占地四十公顷的体育公园，容纳五万人的体育场和高标准游泳馆；建设别开生面的湿地高尔夫球场；仿建同等大小的苏州拙政园、沧浪亭和留园；还有占地二十公顷的国际会展中心，以及综合办公楼、高级公寓、商务酒店等相关配套设施。

　　我随口插了一句："高尔夫球场，会展中心，还有总部，都需要有优越的交通条件。"

总指挥连声说，是的，当然。河对面就是营口市区，辽河大桥明年建成后，营口、大连乃至沈阳的城市资源，可以充分利用。这里距离即将开工的营口机场不到十公里，有三条高速公路擦身而过，哈大高速客运铁路经过营口市，交通极为便利。

眼前道路多经纬——六十载沧桑巨变，由泥路、土路到砂石路、柏油路、混凝土路，由公路到铁路，由陆路到海路，由地上的路到天上的路，立体交叉，错杂纵横，承载着万种悲欢、千年梦想，引领僻野的乡园跨上现代化的文明、富裕的征程。

（2009年）

买豆腐

黎明即起，我的第一件事，便是到街头去买豆腐。

湿润、清冷的晨风飘送着豆制品厂散发出的浓郁的豆香味，吸进鼻腔，感到分外惬意。不大工夫，一辆辆满放着豆腐盘的推车便在大街小巷中出现了。应着售货员的曼声吆唤，人们端着盆、碗，从各个角落杂沓地攒来。

我一般都是在靠近十字街口的一处摊床上买豆腐的。由于我是常购不辍的顾客，两位卖豆腐的姑娘已能准确地判断出我哪些天没在市内，并能根据我购买的块数，测定我家是否来了客人。

一次，卖豆腐的姑娘问我："你们天天吃豆腐，不感到腻味吗？"我笑着回答："豆腐是美味佳肴。过去说，什么客什么样待，庄稼院客豆腐菜。现在，可发生了大的变化，豆腐已经跨进了富贵之家。'青菜、豆腐保平安'啊！"一番话，引逗得人们发出一阵会心的微笑。

我的这番话，可是言之有据的。科学分析表明，大豆中含有40％的蛋白质和20％的脂肪，大大超过了瘦肉、鸡蛋、牛奶中这两种养分的含量；此外，还有胡萝卜素、硫铵素、核黄素、尼克酸等为人体所必需，也容易吸收的营养素，对人们的肌肉、脏腑、神经、血液、内分泌等都大有裨益。这一点早为古人所认识。成书于宋代的《延年秘录》中说，久服大豆食品，可以"长肌肤，益颜色，填骨髓，加气力，补虚能"。

随着科学知识的普及，许多人家从营养学角度考虑，与豆腐结了缘分；更多的人对豆腐垂青，则是从经济、实惠、方便着眼，特别是城市中的一些双职工。数九隆冬，寒风凛冽，喝上一碗热气蒸腾的豆腐汤，立刻觉得暖意盈怀。若是时间迫促，来不及动烟火，舀上一勺儿碎葱、炸酱，将豆腐搅拌来吃，也照样可以大快朵颐。

豆腐最易吸收其他滋味，同肉、蛋炖在一起便有肉、蛋味，同鱼一块烹调便里外溢满了鱼香。如果煎豆腐汤放些嫩绿的菠菜，那就色、香、味俱全，邀得了"清香白玉板，红嘴绿鹦哥"的芳名。

我们莫要小瞧这道"庄稼菜"，据说，光是传统的烹制方法就在千种以上。相传豆腐的祖师爷——西汉淮南王刘安所在的八公山的豆腐，以用料讲究、研磨匀细、味美鲜嫩闻名于世。也有人认为，桐城豆腐最称上乘，有词为证："桐城好，豆腐十分娇。把足酱油姜汁拌，煎些虾米火锅熬，人喝两三瓢。"

清代宫廷中专门设有豆腐房。康熙大帝南巡时，特赐巡抚宋荦"豆腐宴"以示宠，足见豆腐在清宫廷中之地位。道光年间，山东按察使梁章钜曾在济南大明湖畔的荔枝馆吃过一味豆腐，尔后终生称道，以至"每每触思此味，则馋涎辄不可耐"。

据清代著名诗人袁枚记载：

> 蒋戟门观察招饮，珍馐罗列。忽问余："曾吃我手制豆腐乎？"曰："未也。"公即着犊鼻裤亲赴厨下，良久擎出，果一切盘飧尽废。

因而，这位名闻遐迩的美食家断言："豆腐得味，远胜燕窝。"

也是这位袁公，为了向别人求教一种"雪霞羹"豆腐的做法，主人故意逗他："古人不为五斗米折腰，汝肯为豆腐三折腰，我即授汝。"这位大诗人真的行了三鞠躬礼，遂得其秘。毛俟园曾吟诗记载其事：

> 珍味群推郇令庖，黎祁尤似易牙调。
>
> 谁知解组陶元亮，为此曾经三折腰。

当然也有例外，宋代的理学家朱熹就终生不吃豆腐。但那并非由于滋味不鲜，而是老夫子迂腐所致——他发现豆腐做出后，重量超过大豆、水分、配料重量的总和，"格致"再三，不得其解。

豆腐，早已活在古代文人的笔下。古语称豆腐为"黎祁"，陆游就有"洗釜煮黎祁"的诗句。古籍《坚瓠集》载，豆腐有"十德"，如无处无之，为"广德"；一钱可买，为"俭德"；食乳有补，为"厚德"；水土不服，食之而愈，为"和德"……近代小说家兼戏剧家徐卓呆，曾为一位好友题写纪念册，其词云："为人之道，须如豆腐，方正洁白，可荤可素。"还有一位贫士拟过这样一副诗联："大烹豆腐茄瓜菜，高会山妻儿女孙"，以表现其清苦生活和天伦乐趣。

特别是那首流传很广的《咏豆腐》七律：

> 传得淮南术最佳，皮肤褪尽见精华。
>
> 一轮磨上流琼液，百沸汤中滚雪花；
>
> 瓦缶浸来蟾有影，金刀剖处玉无瑕。
>
> 个中滋味谁知得？多在僧家与道家。

描形拟态，惟妙惟肖，说它是一副道地的"春灯谜"，亦无不可。

至于豆腐同广大群众的关系，那就更是十分密切了，可说是达到了生根发芽、水乳交融的程度。它渗透到日常生活中各个领域，以致许多俚言俗语都用它来作为对照物。形容某人嘴硬心软，叫"刀子嘴，豆腐心"；说哪个人个头儿小，叫"三块豆腐高"；比况两方面实力不等，相差悬殊，叫做"雷公打豆腐"。其他像"小葱拌豆腐——一青（清）二白"，"卤水点豆腐—— 一物降一物”,“武大郎卖豆腐——人熊货软”,等等,举不胜举。连地方戏曲里还有《双推磨》这样一桩“豆腐姻缘”哩。

豆腐在人们心目中的地位,不在鱼、肉、蛋之下。市民主要副食,夏、秋两季是青菜,冬、春便是豆腐。看来,这道家常便菜确是不可或缺的。也正是为此,我便成了豆腐摊旁的常客。

当然,在我来说,买豆腐还有更大的收获。每天同市民一道排队,使相互间的感情贴近了,共同语言增多了,从而,可以获得许多在其他场合难以获得的舆情和信息,及时听到各个阶层群众的不同反映。其中,既有对领导机关善政的揄扬,也不乏对某些工作失误的批评,包括对社会上一些不正之风、个别干部腐败现象的深恶痛绝,以及对于治安秩序不良的忧虑,都是很好的月旦评、群言录。在买豆腐的行列中,常有机关、学校、工厂的一些熟人过来唠嗑儿,趁便谈了心,办了事。

有时,唠着唠着,竟忘记了家里等着豆腐下锅,直到远远地看见扎着围裙的妻子正在楼头焦急地张望,才紧忙道声“再见”,端着豆腐盆抬腿走开。

(1988年)

家住陵西

有趣得很，去年无意中我也当了一回候鸟。还没到盛夏呢，便自南而北作了一次搬迁。不过这个"南"，并非南雁北飞的起点——湖南衡阳的回雁峰，"北"，也不是"牧羊北海边"的北海，而是从南湖迁到北陵，行程不过一万多米。

我的新居，后墙外面就是名闻遐迩的新乐遗址。七千万年前，处在新石器时代的远古先民就选中了这块高地筑室以居，生息繁衍，于今，这里仍是松林掩映，气象萧森。而它的东邻旧日是一片苍苍莽莽、郁郁葱葱的皇家园林，方城"宝顶"下面埋葬着后金第二代帝王皇太极，通称"北陵"。可见，这是一方名副其实的"风水宝地"。

但由此也可得知，当日这里原是一处幽僻的荒郊，因为从古以来，没有哪一个皇帝会选择繁华的市区作为他的终古长眠之地。时间过去了三百五十多年，情况自然发生了很大的变化，但比较起来，北陵一带仍然还算空气清新、幽雅僻静的地段。

有人问：你抛开寸土寸金、灯红酒绿的繁华市区，偏要到这里来住，究竟图个啥？我说：图的就是这个幽静的环境。

过去住在闹市区，整日里市声喧杂，噪音盈耳，车轮"轧轧"声，摩托"嘟嘟"声，小贩叫卖声，加上并不"OK"的卡拉音响，弄得人精神紧张，头昏脑涨。在软尘十丈中，浩荡车流混杂着汹涌人流，首尾相衔地鱼贯穿行于斑马线上、红绿灯下。有人翻用鲁迅先生的话，调侃说：街上本来有路，走的车多了、人多了，也便没了路。

现在，家住陵西，同这些嘈杂混乱现象"拜拜"了，告别了熙熙攘攘的市廛繁华，远离了浓烟四散的车尘、尾气，不见了星级酒店、溢彩霓虹。回归萧散，结缘自然，尽情地享受着盈盈绿意，剪剪清风，一番天籁，几许诗情。

南楼，昨夜，东风。月影悄悄地爬上了前窗，几树长杨欢愉地翻摆着肥硕的叶片，茸茸的嫩草丛中送过来疾徐有致的阵阵虫鸣，听来宛似潇潇的春雨，清极，静极。十年前吟咏白洋淀的诗句中的情境："轮蹄不到红尘远，一枕酣眠梦也清"，想不到竟在这个北方特大都市中展现了。

楼前，隔着一片宽大的草坪，新开河清波一脉，汩汩西流。晨兴不寐，沿着堤边小径闲步，顿觉神清气爽。几只五彩的风筝在晨风中摇曳，高渺无尽的云空荡漾起了美丽的蝴蝶、苍鹰、金鱼、蜈蚣，绘出一幅构图疏朗、设色斑斓的画面；而仰首苍穹，沉酣忘我地赏玩着飞鸢清景的人们，此刻便也化作点缀其间的"画中人"，共同构成一道亮丽的"春郊风景线"。

一场新雨过后，青青无尽的草坪越发显得鲜活靓艳，一眨眼工夫，急性子的报春花便把簇簇新黄挂上了枝条，而野杏、京桃更是忙不迭地在光秃的树冠上扯起绚烂的霞幡，紧接着，小桃红、紫丁香、刺玫瑰、野蔷薇也相继地开花绽蕊，千朵万朵缀满了枝头。就这样，居民们还没来得及静下心来着意地欣赏，春光夏景便已在暗中偷换了，让人蓦然记起宋人的"化工只欲呈新巧，不放闲花得少休"的诗句。

当然，这里的"化工"一词只是借用，若是表述得完备一些，应该说，其间更多地凝结着人工的智慧，勤劳的汗水。岸边草坪上陈列着一张河渠改造前的老照片：一条臭水沟，几间棚户房，旁边丛生着齐腰高的杂草，堆放着一些陈年积淀的垃圾。如果不看说明，外来人无论如何都不会置信，它原是眼前的清波、石岸、碧草、新楼的前尘旧影。

劳动，无论其为精神的还是物质的，同样都可以创造不朽。一幅《蒙娜丽莎》，一支《义勇军进行曲》，可以通过图像、音符传承下去，达到千秋长在；同样，人们对于客观环境的改造，诸如疏浚河渠，栽植林木，筑路修桥，通过物化劳动，也可使子孙后代享用无穷，实现其不朽的价值。

整治后的带状公园，交由"劳模物业"管理。跨越半个世纪的各个时期的新老先进生产者，共同为美化环境、绿化家园倾洒着心血。今年五一劳动节，他们用三天时间，在这里义务栽植了千株青槐，命名为"劳模林"，现在已经生根、吐叶了。前几天，管理人员又在径路两旁的草坪上，每隔几米，栽上一簇簇的串儿红，种植了许多花草。万绿丛中红数点，微风拂过亦多姿。从坚持晨练者的"月旦评"中了解到，市民们对近年来沈阳的市政建设与环境整治工作，是满意的。

我也是晨练队伍中的一员，每天都要循着河干小径散步一个小时、两个小时。从黄河大街旁边的新乐园出发，十分钟后就进入了长江园，再经过较长一段的缓步或疾行，怒江北街便已踏在脚下，抬望眼，隐映在绿树丛中的太平村和塔湾也遥遥在望了。全程往返总有五六千米吧？

细想想，这也是颇有象征意义的。从新乐遗址所在的"辽河"流域出发，一路奔向西南，而"黄河"，而"长江"，最后向祖国的边陲延伸，进入"怒江"流域，几十分钟就心旷神怡地畅游了神州大地。借用清初文学评论家金圣叹的话来抒怀，真是："不亦快哉！不亦快哉！"

穿过怒江北街，循新开河北岸西行，即置身于一片丛生的榛莽之中，蜻蜓翩舞，鸟雀啁啾，透过蒿丛、柳线，依稀可见碧绿的稻畦和菜圃。此时，仿佛回到久违了的童年时代，回到了半个世纪前的故乡。

为了追求那种"城市山林"的逸趣，《红楼梦》里的贾府要在大观园中特意修建一个"稻香村"，依照外面村庄的式样，筑出一道黄泥墙，编就两溜青篱，盖上数楹茅屋，分畦列亩，种蔬栽花，还要在树梢头用竹竿挑出一个酒幌。

我们自有天然野景，无须刻意去摆那份阔气，只要迈开双脚，通过随缘随机的游目骋怀，同样能够赏玩这番清趣，充分领略大自然无尽的恩波。

原来，"趣"字是由"走"与"取"合并组成，说明情趣是靠着行走来获取的。醉拍栏干，也许能够称之为豪情，却与逸趣迥然不同；北窗高卧，东篱啸歌，这些中古时期的文人雅兴也同现代人不相搭界。

记得有个英国人写过一本题为《道旁的智慧》的书。是的，只要这颗易感的心灵时时踱步于人生路旁的小径上，就可以不断掇拾蕴蓄丰富的人生智慧。

家住南湖，我也是经常闲步的。八年过去，人地两熟。穿行于车水马龙的通衢，不出十步，总能碰上三两个熟人。来到这里，觌面相逢的个个都是新面孔。碰头次数多了，招手、注目之余，免不了要唠上几句。

有人问我"在哪里上班"，我常常以问作答："你看呢？"经过一番打量，他笑说：很可能是在大学里教书；也有人猜测我是研究人员。根据之一，是我总好静默地沉思，像个"文化人"的样子；之二，辽宁大学、沈阳师范学院、省社会科学院都在附近。听后，我笑而不答，或者颔首以应。这倒不是有意撒谎，或者附庸风雅，我原本是这三家货真价实的兼职教授和特约研究员。

早春的一个星期天，漫步中突然遇到我的一个邻居。多年前，他是这里的住户，后来随着工作单位迁往南湖。这次回来探望一位老同志，重游旧地，面对着万象一新的般般变化，竟有隔世之感。昨天，他又给我打来一个电话，说我们楼前的那片低矮房屋扒掉后，准备矗起高楼，开辟绿地；马路旁的违章建筑已陆续拆除，人行道较前大大拓宽，美化、绿化有了新的进展。听了，欣慰之余，不免生发出丝丝缕缕的怀恋。

毕竟那里完整地保留着我的一段永生难忘的韶光，不知不觉中我已将生命的一部分封存在那里。

毕竟那里攒聚着、闪烁着人间最珍贵的友情，一些知心朋友通过促膝论道、聚首言欢，彼此的心灵在某一段时空发生过交汇与融合，躯体迁徙了，而这些生命密码并没有随之而流移。

毕竟那里出门办事、购买东西实在是太方便了。

然而，对于迁居，我终竟不悔。人间万事，总是有得有失。舍弃当中自有获取，拥有的同时便是失去，失落是拥有的一种继续与延伸。世上没有不须付出就可以无端得到的东西。选择本身看似获得，实际上也是一种放弃。我选择了清静，就放弃了方便，失去了正常交往。

一千九百多年前，东汉著名隐士严子陵把物质享受与心灵自由分置于心理天平的两端，最后，毅然弃去种种优越的物质享受，以孤贫、潦倒为代价换取了人格的独立与心灵的自由，从而实现了对固有的生存范式的超越。人生在世，每个人都只能选择一种生存方式，而只要选中了某一种，其他种种生存方式就将自告放弃，当然，同时也就独具了其他生存方式所不具备的东西。

选择本身体现着价值取向、生活态度和理想追求。选择总是多种多样的。有一句很流行的话，叫作"趣味无争辩"，意思是人是各从其好，情有独钟的，兴趣不必强求一致，也不可能整齐划一。但自得自适的生命体验，确须经由自我来营造。德国著名哲学家海德格尔说，诗人从跃动、喧嚣不已的现实中召唤出幻境和梦。这里说的"召唤"也就含有"营造"的意蕴。

我想，滚滚红尘中许多叫嚷"活得太累"的人，并非都是甘心沉湎的，可是，却往往缺乏从强大的世俗压力、物欲诱惑中挣脱出来的勇气和毅力。可见，回归自然，确立自我，又谈何容易！

（1999年）

情长在　水西流

一

那个有才无运的倒霉蛋儿李后主，长期住在金陵，后来国破被俘，沦落到了汴梁，出门所见，尽都是黄水西来，大江东去。因此，在他的心目中，江河都是滚滚东流的。这种观念已经形成了思维定式，写成诗词，自然就会反复咏叹："恰似一江春水向东流"，"自是人生长恨水长东"。

其实，世间万事万物，情况都是异常复杂的，河流也是这样。比如，我要写的这条双台子河，它就不是流向东方，而是悠悠西下。倒是东坡先生有些辩证法，他偏要说："谁道人生无再少？门前流水尚能西！休将白发唱黄鸡。"

事物的复杂性表现在各个方面。还说江河，人们的总体观念是，它们的形成已经盖有年矣，用一句老话来形容，真是"粤自盘古，肇始洪荒"。对于绝大多数江河来说，应该说，这种看法反映了规律性的认识。但是，也不能绝对化，有的河流就很年轻。还以这条双台子河为例，它的出现，就只有一百年，今年刚好"寿登期颐"。而它的源头，或者说是上游——辽河，倒是实实在在已经阅世亿万斯年了。

看到这里，读者马上就会诘问：难道一条河流竟可以和它的源头分开来表述吗？一般的当然不能，但是，双台子河却可以，而且必须如此。这就是它的迥异寻常之处。

原来，早在汉、唐以前，辽河在现今的海城市营城子一带入海，后来，年复一年，淤沙越积越多，河流被迫改道，入海处转到了现在的营口市区。明清以来，下游流量过大，水患频仍，田禾漫没，庐舍为墟。为了减轻盘山、台安、海城一带的洪涝灾害，当地名流、清末举人刘春，集中民众意愿，上书清廷，晋言献策，提出了"开浚双台子河，分流导水"的建议。获得批准以后，经过附近四县两万余民工的一年苦战，于 1897 年 7 月工程告竣。从此，神州大地上便出现了一条滔滔西下的新的河流。

原来的辽河于盘山、台安两县交界的六间房村实现了分流：一股照旧南流，途中纳浑河、太子河水，走营口故道；一股入双台子河，途中接收绕阳河水，西流入海。为了进一步开发盘锦垦区，扩大这里的水稻种植面积，1958 年 4 月，辽宁省政府决策，在六间房处将辽河拦腰截断，使下游的浑河、太子河成为独立水系（俗称"大辽河"）；而辽河本身的水全部纳入了双台子河。这样，双台子河也就成了名副其实的辽河。

百年来，随着双台子河的面世，盘锦大地水害渐轻，荒原广辟，辽河三角洲成为最具发展潜力的一方沃土。但是，在最初的二三十年间，由于帝国主义势力的介入，围绕着双台子河开凿与封闭的斗争，一直在激烈地进行着。1864 年营口开港后，英、俄、日、美等十个国家在那里相继设立了领事馆，开设了许多洋商行。当时，辽河沿线通航数百里，两岸地区以至整个东北的粮、林、煤、铁等大量资源、财富，经营口港被源源运出国外。

辽河分流与双台子河的开浚，显然于其航运不利，资源掠夺受到一定的影响。于是，帝国主义势力勾结营口商会，呼吁尽早堵塞双台子河，以振兴营口航运，这一举措激起了盘山民众的强烈反抗。清政府派"南路观察使"前来调解，以"地势低洼，不便设制"为借口，想要撤消县制，解散地方团体，以瓦解和减除民众对堵河的阻力。面对这重重压力、种种威胁，全县人民拼死抗争，终于遏制了这种图谋。

但是，帝国主义势力野心未死，一计未成，又施二计，筹集粮款，佣工两万，历时二年，在双台子河流经的二道桥子与辽河流经的夹信子之间，新开了一条长四十余华里的运河，以减杀双台子河的水势，增大辽河流量，提高运载能力；尔后，又由英国商人出资，在二道桥子新开河口西侧，修筑一道切断双台子河的混凝土大闸——群众称之为"马克顿闸"。

二

如果说，黄河、长江是我们整个中华民族的"母亲河"，那么，双台子河则是盘锦大地的"生命水"，同时也是盘山百岁沧桑的直接见证人。无论是本世纪上半叶风雨如晦，长夜难明，特别是十四载国土沦亡，人民当牛作马的血泪生涯，还是雄鸡唱白天下，红旗飘展南荒，直至近二十年思想解放、体制改革带来经济繁荣、生活富裕的如歌岁月，双台子河都是和生于斯、长于斯的盘山人民朝夕相伴、苦乐同享、荣辱与共的。

它的个性是鲜明的。有时，还不脱其来自内蒙古草原和吉林山区的固有的雄豪粗犷的习性，暴怒癫狂，豕突狼奔，每到七八月间，总要施威肆虐一番，滔天的浊浪裹挟着树木、禾稼，颇有苍空欲破、大坝难容之势。但是，斯文恬静，进退雍容，乃其常态。

夏日黄昏，悠徐曼缓的清流，水波不兴，像慈祥的母亲那样，一任人们在它的怀抱中浮沉戏耍。笑闹间，突然一阵机声轧轧，抬眼望去，一列长龙般的拖船正满载着货物穿波剪水而来。当然，最令人赏心惬意的，还是细雨中一蓑一笠，擎竿垂钓；月夜里，手持火把，沿着长堤去寻访那些无肠公子。

河水清且涟漪，它映照过我童年时代逃荒、避难的凄苦愁颜，也浮现出我迎接解放、欢呼共和国诞生的纯情笑靥。在它的身边，我度过了永生难忘的充满诗的激情的中学时代。

三五月明之夜，行将分手的前夕，毕业班的同学们围坐在河边的沙滩上，畅谈着瑰伟的抱负和闪光的理想。清清的河水在皎洁的月华辉映下，波光潋滟，好似有万条金蛇凌波腾舞。月色是清新的，晚风是清新的，年轻人的心灵也是清新的。那时的中学生，眼界不宽，头脑简单，思辨能力较弱，对问题的认识未免单纯、肤浅；但是，那种充满激情，健康向上，富于理想追求的精神状态，还是很值得忆念的。

我生也晚，没有机缘参与"百万雄师过大江"的人间壮举，可是，作为一员民工，却有幸跻身于八千壮士的行列，投入"导辽入双"的截流激战。时届清明，水寒风劲，人们奋战在激流中，连续三天三夜未曾合眼。四十年过去了，那春夜斩辽河，战天斗地的场景，还时常在眼前浮现。

今天，在改革开放和现代化建设的洪潮中，伴随着位居全国第三的辽河油田的采掘、开发，一座新兴的现代化的石油化工城市正在双台子河边巍然崛起，市区内外密布着一大批石油化工企业，四围井架如林，钻塔耸天。秋风起处，芦荡飞雪，稻海铺金。我漫步在金色的大地上，一时诗兴勃发，随手写下了三首七绝：

> 新城一霎起南荒，钻塔如林插碧苍，
> 千顷芦花九月雪，秋光胜处是家乡。

> 淡霭轻风不碍晴，长河如带伴车行。
> 黄云盖野蛙吹歇，稻浪无声诗有声。

> 长杨夹岸矗天高，巨舸凌波不待潮。
> 百厂机声喧晓夜，轰鸣如听广陵涛。

双台子河畔有着独特的自然景观。河口地处辽河三角洲的中心地带，这里有位居世界第二的大苇田。夏季，一望无垠的绿野中点缀着大大小小的亮色水洼，恰似万千明镜陈列在绿到天边的碧毯上。秋天，遍野金黄，把整个辽河口装点得金碧辉煌。在国家级自然保护区里，栖息着二百多种野生动物。碧苇丛中，黑嘴鸥与丹顶鹤嘹唳和鸣，回旋上下。水鸟格磔，鱼虾嬉戏，汇成一派天然野趣。秋风起处，在宽达千米、绵延百里的海滩上，铺展开望眼无边的由野生植物构成的"红地毯"，其间点染着临风摇曳的丛丛翠苇。——万红丛中几点绿，也称得上是天下奇观。

屈指算来，从上世纪 60 年代之初我离开双台子河边，到这次重游旧地，已经近四十年了。就是说，这期间，双台子河又经历了两万八千次的潮起潮落，而河上的盈盈素月也将要圆过五百回了。在我来说，五百度的月圆月缺也好，两万八千次的潮起潮落也好，双台子河无时无刻不荡漾在眼前，萦回于脑际，枕边清梦婆娑，耳畔涛声依旧。

像许多游子归来一样，我也是怀着一种"近乡情怯"的心态，漫步河干，凝视那悠悠的河水，深情地察看着两岸郊原的千般变化。尽管自己已经由少而壮，由壮而老，但面对着那一处处"背影巷"、"回声谷"，好像又唤回了滔滔远逝的双台河水，重新回到了青少年时代，于是，已经化作温馨记忆的当日同学少年秋宵欢聚的景象，像放映旧时影片那样，蓦然在脑际浮现。眼前的一切，竟是那么亲切，那么熟悉，却又平添几分陌生之感。正是：

百年世事留鸿迹，待挽西流问短长。

（1997年）

泛泛水中凫

从前，读到《楚辞》《庄子》中的"将泛泛若水中之凫，与波上下"和"泛若不系之舟，虚而遨游"，虽然也领略了其中或反说或正说的丰富内涵，但是，对于那种随波逐流、逍遥游世的心态，毕竟缺乏切身的体验。这次的大雅河漂流，算是补上了一堂生活的实验课。

如果说，面对废垒残墟这凝固的历史，是探求静中消息，那么，漂流则是在动态中悟解生之真诠。

漂流，古称"泛泊"、"泛游"。就是像野凫、闲鸥一样，顺着江河的流向，在水中自在自如地浮游着，多见于文人雅士遣兴、消闲之际，普通民众是很少参与的。如今，随着旅游事业的发展、人们暇豫的增多，这种集游观、遣兴、健身于一体的活动，逐渐成为老少咸宜、雅俗共赏的一个"热门"项目。

大雅河是桓仁的一条内河，除了具备一般的漂流条件，如水清、流急、河道较为平浅外，还拥有一种特殊的优势，就是普乐堡一段的十里清溪，曲折有致，而且，峭石壁立，奇松虬蟠，层峦耸翠，宛如一道异彩纷呈的迷人画廊。漂流其间，赏心快意，如行山阴道上，令人目不暇接。

我们乘坐的是双人舱的普通橡皮船，也可以说是一种"蚱蜢舟"吧。随波上下，自在漂流，无须复杂的驶船技术，也没有覆舟没顶的风险，当然，溅湿衣袜是难免的。有时遇到洄流急湍，只须稍一荡桨，便又导入中流，回复常态。

旅游，顾名思义，重在一个"游"字，这是没有疑义的。但是，许多人却是只求游目而未游心，仅仅停留在怡神悦目的层面上，没能在寻幽览胜之中渗入自己独特的感受，做到有所启悟，有所发现，忽略了庄子"乘物以游心"的奥蕴。

其实，这种一舟容与，清溪浅泛的漂流，由于它的弛张莫拘，任情适性，悠哉悠哉，恰恰提供了寄怀遣兴的条件。尽可解开"思想飞舟"的系缆，放纵奔流，以一条心丝穿越时空的界隔，深化对于人生的体悟。

漂流，可说是人生历程的缩微版，既是消磨生命也是享受生命的现场演习。真个是逝水流年！看是漂游在滔滔汩汩的大雅河上，实际又何尝不是穿行在岁月的洪波、生命的溪流里！在这种闲情泛泊中，人们往往只注意到河水的流动，而忽略了正是我们的实实在在的生命，连带着筋骨与气血，在分分秒秒中悄然逝去。

漂流一似人生，逝者如斯，瞬息不止，都是一次性的。江河一去无回浪，前头永远是陌生的水域。所不同的是，橡皮舟到了指定地点之后，还可以由汽车运回；而人生却是一条不归之路，没有哪一辆汽车能够把"过去"的人再载运回来。

时时刻刻，命运长与生命同在。回首前尘，是活得充实、潇洒，抑或无聊、窝囊，都没有更新的余地。这实在是很遗憾的。米兰·昆德拉在作品中曾引述过一句德国的谚语："只活一次，等于未尝活过。"这里包含着两层意思：一是反映了事业无穷，人生有限的悲慨；二是抒发出对于生命不可重复的憾恨——"毫发无遗憾"的人生是不存在的，人们无不渴望着再次获得生命予以补偿，怎奈这是不能兑现的空想。

前几年，有人曾就"假如重新选择"的命题，分别向知名学者、文艺家金克木、季羡林、罗大冈、吴祖光、吴冠中征询意见，五位老人不约而同地一律笑而不答。为什么？也许是因为他们知道"来生"并不存在，所以，也就无从谈起"重新选择"的问题。

由是，我倒想起李大钊的那句掷地有声的名言："世间最可宝贵的就是

'今'。"生命的密度远比生命的长度更重要，更值得追求。我们应该使现实的人生富有价值，充满亮色。

传说，古罗马的门神长着两副面孔，为的是一面省察过去，一面展望未来。可是，它却偏偏忘记了最有意义的现在。忽略了"当下"的惨痛后果，是城池没有守住，罗马被敌人攻陷了。其实，过去是现在的已往，未来是现在的继续，如果无视于"当下"，纵使对过去、未来把握得再好，又有多少实际的价值呢？

一个小时过去了，漂流即将到达终点。这时，我才觉察到，沿途只顾思考人生的妙谛，而忽视了周围景物的观赏，有负于水态云容，林峦佳致。现在，后悔已无及了。东道主欢迎我下次重来。我说，如果有机会再来，希望能够坐在竹筏子上。竹排不挡水，更稳更平，自在漂游的意味当会更浓一些。

（1999年）

一"网"情深

"一年容易又中秋。"银盘似的月亮从东天边上升起，窗外，绵邈、青葱的草坪上撒满了月华的清辉，像是铺上了一层晶莹的露珠。草虫欢快地奏鸣着小夜曲；晚风掠过，几树白杨轻轻摇着叶片，发出了萧萧的声响。

对着盈盈素月，我深情地怀想起了远方的友人。

国外是怎样一种情况，我不清楚；反正在我们中华民族的文化传统里，月下怀人，已经成了一个终古长新的课题。古人没有条件通过电波同远在天边的亲人直接对话，折柬投书又谈何容易，便发挥奇妙的想象力，设想在同一的桂魄下，即使彼此远隔天涯，仿佛也能在这一特定情景之下聚首言欢。

于是，南朝·宋的文学家谢庄便写出了一篇《月赋》，发出"隔千里兮共明月"的清吟；到了唐代，诗人张九龄引吭高歌："海上生明月，天涯共此时"，抒发其望月怀远的情愫；北宋大文豪苏东坡更是深情无限地在《水调歌头》中祝颂："但愿人长久，千里共婵娟。"——就着同一的事物，同一的主题，三个朝代的文人，或者作赋，或者吟诗，或者填词，异曲同工，各臻其妙。

楼上，隐隐传出一片节日的欢声："哗、哗、哗"——不知谁家，在"方城"对垒，激战方酣；隔壁的电视机也正在播放着文艺节目。往日，这时节我已经悠然入睡了；此刻，却未现丝毫倦意。拉拢了窗帘，我把电脑打开，点开了 Outlook Express 的图标，随着"小猫"的一声欢叫，联上了网线。我把"新邮件"打开，填好了对方的网址，撰写了"主题"、"内容"，通过网络，把"望月怀人"的思绪传递给了远方的朋友。

　　这时，我忽然联想到：友人会不会恰在此刻也发过来一个"伊妹儿"呢？于是，又轻轻点了一下"接收"按钮，随之便展现了一个界面："您有一封邮件，正在接收……"打开收件箱，果然跳出一个鲜活耀眼的"伊妹儿"。据说，在互联网上，每一分钟，全世界要有几百万、上千万个电子邮件同时发送与传递。而我们的邮件居然在如此浩瀚的精神牧场上互相"撞击"了，真是"身无彩凤双飞翼，心有灵犀一点通"。怎不令人激动，令人狂喜，令人欣慰呢！

　　友人的"伊妹儿"，原是一封长达两页的节日问候信，也是一篇使人忍俊不禁的漂亮散文。我立刻把它全部下载，打印出来，然后，坐在沙发上轻声地读着：

　　　　……我们已经习惯在网络上交流、在网络上会面了。我
　　猜想，此刻，你定是同我一样，坐在酒吧间（Windows98）
　　里，在善解人意的"爱伊"（Internet Explorer）的引领下，
　　畅游这个名为 INTERNET 的虚拟的现实世界，领略那数字化生
　　存的无限风光。

　　友人学富五车，才思敏捷，生性幽默、风趣，特别喜欢开玩笑。你猜他下面是怎么写的？可真把我逗乐了：

　　　　效法元代散曲大家马致远《秋思》的笔调，即兴胡诌几
　　句歪词："今朝花落谁家，知心人在天涯。伊妹传书递柬，无
　　端受杖，深恩怎样酬答？"

　　仿佛友人就坐在对面，娓娓地絮谈着，说来动情，读着亲切。
　　在网络世界中，"距离"已经失去了固有的涵义。想想烽火关河、他

乡行役的杜陵叟"寄书长不达"、"家书抵万金"的悲慨，体味一番前人为与远行的亲友互通情愫而绞尽脑汁，最终不免嗒然失望的衷怀，怎能不为生活在现代的我们得以尽情享受科技进步的成果，而感到庆幸和自豪呢！

闲翻产生于公元 8 世纪的日本文学名著《万叶集》，发现茅上娘子的一首抒情诗："愿君长行路，折叠垒作堆。付诸昊天火，一炬化成灰。"原来，她的丈夫中臣宅守被流放到边远地区，相逢无日，信息也无从沟通，她便幻想求助于神祇，将横亘于夫妻间的迢迢长路折叠到一起，然后付诸昊天大火，一烧了之。这样，夫妻就可以消除距离，对面倾谈了。

在我国古代先民中，也曾幻想过缩地术、赶山鞭的神奇法术，流传过一些鸿雁捎书、红叶传情的凄婉动人的故事。前些年，我在云南曾听到一个关于"绿叶信"的传说：

> 从前，一个傣族青年离开心爱的姑娘去外地谋生，相约每个月通一次信。开始，青年把信写在芭蕉叶上，由一只鹦鹉传递。空间的代价是时间，经过一个月，信才传到姑娘手中，可惜，蕉叶已经枯萎破碎，认不清一个字了。后来，青年越走越远，便用刀把字刻写在贝叶上，然后交鹦鹉衔回。足足经过一年，姑娘才收到信，幸好上面的字迹还清晰可辨，只是，其时青年早已返回到家里。贝叶刻经，据说就是这样发明出来的。

试想，那时如果像今天这样，他们两人都成为"网虫"，各自拥有一只"鸡"（计算机）、一只"猫"（调制解调器）、一只"鼠"（鼠标），尽可在夜深人静之时，让那个柔情似水的"伊妹儿"充当递柬的红娘，结一番"网上情缘"。那样，也就不会经历那种"信寄经年"的想望之殷、熬煎之苦了。

在尽情享受着网络交流的快捷的同时，我和每个"网虫"一样，还拥有网络时代的海量信息。网上，确实是一个精彩、神奇的世界。只要点开"搜索"的引擎，我们的眼前便仿佛展开一个光怪陆离的万花筒。我观察过昙花的开放过程，在扁平的叶状新枝的边缘，翠玉般的花蕾竟和电影特写镜头里的一模一样，次第地展开了，层层花瓣上的每根筋络都在拼力地舒张，似乎要把积聚多年的心血倾泻无遗，把全部的美感和爱心奉献出来。网上信息的展现同花蕾的绽放有些相似，也像是要在美妙的时刻，毫无保留地向"网虫"们展示出全部的珍藏。

心房疾速地搏动着，手指在键盘上轻快地起落着，一个个窗口被敲开，以复杂的感情、诧异的双眼，扫描这里，窥视那个，充满了冒险、抉奇的快感。此刻，颇像童年时期悄悄地从家里的后门溜出，跑进一个未曾寓目的崭新天地，尽情地浏览着。在现实空间越来越狭窄的情况下，人们竟能在这里开启一扇精神之门，剥离物质世界五光十色的表象，回归人文精神的家园，释放一下现代人过重的精神压力，放飞那不无沉重的浪漫，展示着不倦的追忆，去践履那没有预定的心灵之约，多一份对人生的感悟，多一份创造的激情。

有时我也感到惊讶，曾几何时，还在向旁人询问 DOS 的基本命令，练习 WPS 的排版技巧，仿佛一夜之功就闯入了网络时代。呼呼啦啦地筹划着调制解调器的安装，浏览器的使用，新邮件的收发……应该承认，我们确实是在尚未做好充分准备的情况下，迎接了计算机化、信息化、网络化的到来。面对着这一系列新的技术、新的知识、新的挑战，真有如刘姥姥懵里懵懂地闯进了大观园。

网络，作为一种无法逃避的生存状态，一种加速度的内驱力，正在营造一个与现实不同又紧密结合的虚拟世界，使人们跨越了时间与地域的界隔，迈向无限的自由空间，自然也改变着思想和行为方式。就这个意义说，同网络的结缘，与其说是工具的变换，毋宁说是观念的更新。它使人记起了丘吉尔的话：人们改变世界的速度总是快过改变自己。

事物，通常都是利弊互见的。有人把因特网比做潘多拉的魔盒，人们在充分享用这一技术创新所提供的种种便利的同时，也难免要承受它的负面效应的尴尬。一般地说，在浩瀚的虚拟空间里，人们的心灵既变得容易沟通，也完全可能逐渐走向自我封闭。由于网络的程式化、通用性，容易使人失去特点，泯没个性。上了网，人就幻化成一个以"比特"为单位的符号，一种虚化了的角色，有时，甚至会忘怀那个真实存在的自己，也便远离了现实世界。

运作快捷、量化分割的结果，是过程的简化，情感的弱化，那种温馨、甜蜜的韵味，人与人之间交往的亲切气息，也会因之而变味。假如我们不时时警惕，自觉地和它对抗，就会把鲜活的感情变得生硬呆板，面临着异化的难堪。有如在机制面条布满餐桌的情况下，更多的人仍然钟情于手擀面条；戴上亲人织出的手套，其感觉总和市场上买回的大不一样，

尽管它的保温效果未必有什么差别。同样，邮件的快速传递，终究代替不了那种"草草杯盘供笑语，昏昏灯火话平生"的促膝谈欢的陶然情味。

月亮已经升上了中天，大地一片寂然。我想象着友人此刻也一定还在周游着网络的虚拟世界。既然，人生最苦伤离别，而"千里离人思便见"又不过是《胡大川幻想诗》中的一种虚空的想望；那么，这种万语千言瞬息可通，地远天遥须臾便至的快捷传递，就不失为优化的抉择，堪称现代人的科学的杰作。我绝对相信，只要人们在探索、在创新，总会展现出日臻完善的前景。

因之，对于网络世界，我还是一往情深。

（1999年）

我的四代书橱

古有惠施"腹载五车",边韶"腹便便,五经笥"的佳话。《明史·文苑传》记载:周玄"尝挟书千卷,止高楝家,读十年,辞去,尽弃其书,曰:'在吾腹笥矣。'"腹笥繁富,自是令人艳羡,但其人终属奇才异禀,而平凡如吾辈者流,大概是无法企及的。因此,自幼便渴望有个专门藏书的书橱。

这个愿望,在上世纪 60 年代之初终于实现了。书橱样式,即在当时也谈不上新颖,但十分宽大、坚固。抬将过来,居然有二三同道称羡不已。他们帮我把二十年来积聚起来的书籍一一细心地存放进去。其中,新中国成立后出版的新书居多,也有我在童蒙时期读过的"四书五经"、《纲鉴易知录》《古唐诗合解》《昭明文选》等旧书数十种。

"书卷多情似故人,晨昏忧乐每相亲。"它们原来挤压在几个木箱里,随我出故里、入县城、进都市,历尽流离转徙之苦。于今,看到这些"故人"终于有了安身立命之所,心中颇觉畅然,甚至有一种"向平愿了"之感。

当时书价低廉,但薪俸也少,去掉必要的开支,已经所余无几。每当走进书店,总是贪馋地望着琳琅满架的新书,不想移步,无奈阮囊羞涩,只能咽下唾涎,空饱一番眼福,无异于"过屠门而大嚼"。尽管如此,几年过去,书橱里竟也座无虚席。工余归来,即使再累再乏,只要启开橱门,浏览一番书卷,顿觉神怡目爽,倦意全消。

不料胜景不常,"文革"浩劫到了,"破四旧"的狂飙席卷全城。自忖橱中书籍十之八九当在横扫之列。为了安全度过劫波,只好将它们再度塞回木箱，放置楼顶天花板上。尽管有些过意不去，但形势所逼，也只好屈尊了。转眼间三年过去，我从劳动锻炼的工厂归来，进门第一件事，便是从楼顶上搬下木箱，拂去蛛网尘灰，将书籍重新摆上书橱。"故友"重逢，恍如梦寐，相对唏嘘久之。

70年代后期，大批新书上市，许多旧版书也陆续重印。冷落已久的书店，又是熙熙攘攘，门庭若市了。我呢，由于十年间物资匮乏，开销不大，手头略有些许积蓄。这样，几乎每次从书店出来，都要带回几本新书。加之，在"海、北、天、南"等大都市工作的朋友，知我嗜书如命，也都纷纷为我代购。一时间，床头、桌下，卷帙山积，竟然"书满为患"。于是，我又添置了两个新的书橱，是为第二代。

80年代中期，散文集《柳荫絮语》出版后，我开始了随笔集《人才诗话》的创作。当时，做了两方面的准备：一是购置与借阅上百种历代诗词别、总群集，从中选出三百余首与人才问题有关的诗词；二是搜集、研读各种人才学论著，以及古今中外关于人才问题的故实、轶闻、佳话。在此基础上，兼顾"人才诗"（这是我杜撰的一个名词）的内容与人才现象、人才思想、选才制度、成才规律等各方面课题，拟定近百个题目，边准备，边构思，边创作，以文学的形式、史论的笔法，把情与理、诗与史熔于一炉，每月可得五六篇。其中有些篇章，曾在《人民日报·海外版》"望海楼随笔"专栏中刊载过。通过这部书的写作，使我有机会研究了大量诗文典籍，也积聚了相当数量的书籍。为此，我又新置了两个书橱，是为第三代。

进入90年代之后，新书出得更多，但书价之高昂，令人瞠目咋舌。这个期间，虽然我又出版了三本散文集、一本旧体诗词，但稿费无多。好在"天无绝人之路"，因工作之便，可以定期收到省内各出版社的样书。日积月累，数量也颇为可观。我还利用业余时间，从事美学与清前史的研究，相应地置备一些有关学术著作。适应这些方面的需要，我添置了两个高与梁齐、装上有机玻璃拉门与铝材滑道的现代化书橱。后来居上，这第四代可称是"佼佼者"了。

多年来，书籍随进随放，见缝插针，有些杂乱无章。最近，我运用宏观调控手段，对它们进行一次综合治理，实行分级管理，分类陈放。藏书中，以散文与诗词为多，我让它们进驻第四代书橱；史书与理论、学术著作，由第三代书橱安置；第二代书橱中，一个用于存放诗词、散文以外的文学著作，一个用于存放各类社会科学杂著，三教九流，百家诸子。

与上述三代书橱相比，制作于上世纪60年代的第一代书橱，未免有些寒酸、陈旧，有的朋友劝我改作它用，另置新橱，我却敝帚自珍，割舍不得。算来，它已经与我同甘共苦三十年了，伴我由青春年少到绿鬓消磨，渐入老境，彼此结下了深厚的情谊。"贫贱之交不可忘"，我为它派下了特殊用场，专门陈放各地文友签名、惠赠的书籍，现已达到几百种了。

四代书橱，比肩而立，占去了我的卧室与客厅的半壁江山，使原本就不宽敞的居室显得更为褊窄。但环堵琳琅，确也蔚为壮观。纵然谈不上桂馥兰馨，书香盈室，但"四壁图书中有我"，毕竟不失雅人深致。尽可以志得意满，顾盼自雄，说上一句："丈夫拥书万卷，何假南面百城！"

清夜无眠，念及众多古圣先贤、硕学鸿儒、骚人墨客，各以其佳篇名著，竞技闲庭，顿觉蓬荜生辉，萧斋增色。陶彭泽当年不为五斗米折腰，而今却伫立橱中，静候主人光顾；而开创了中国大写意派，"病奇于人，人奇于诗"的徐文长，也居然俯首降心，屈己以待。

惭愧的是，橱中只有部分书籍我曾匆匆过眼，余则连点头之识也谈不到。我当在有生之年，焚膏继晷，夕惕朝乾，加倍地黾勉向学，以不负诸贤的青睐。

（1994年）

东风染绿三千顷

稻乡初夏，翠色迷人。火红的朝阳刚刚从地平线上露出笑脸，那齐整整、平展展、灌满了"瓜皮水"的高产稻田里，便到处响起马达的轰鸣。我跟在农业技术推广站技术员老赵的后面，沿着田塍，趟着露珠，穿过一个又一个地段，看插秧机在一帧帧巨幅"素笺"上飞花点翠，彩绘新图。这时，幼年读过的一首宋诗蓦然浮现在脑际：

> 一把青秧趁手青，轻烟漠漠雨冥冥。
>
> 东风染尽三千顷，白鹭飞来无处停。

多么清丽的一幅烟雨栽秧图！难怪早年我曾为之神往。

但是，我的故乡当时并不栽培水稻，放眼平畴，遍是青葱、蓊郁的高粱、玉米。直到上世纪 60 年代初期，作为一名报社记者，我才亲眼看到农民插秧的实景，恰巧也是在这个村里。沐着霏微的细雨，男女社员雁字排开，头不抬、手不歇地奋战在方方稻畦里。劳作十分紧张，全不像诗中描绘的那般轻松、逸致。倒是另一首宋诗《插秧歌》，绘影传神，庶几近之："……笠是兜鍪蓑是甲，雨从头上湿到胛，唤渠朝餐歇半霎，低头折腰只不答。"

尽管时隔上千年，封建制度下匍匐在泥土之上的古代劳苦农民，已经换成了开始掌握自己命运的大地的主人，但在实现农业机械化之前，农民始终还未能从笨重的体力劳动中解放出来。

　　记得那天中午，我在田间访问了一位插秧能手。她叫秀英嫂，非常爽快利落，插秧赛得过金鸡啄米。周围的人都夸赞说："真是铁打的金刚啊！这样又累又重的水田活，难得她能坚持下来。"

　　秀英嫂却说："铁打的也不行啊，谁累谁知道。我只是要强罢了。"她打开背兜给我看，"这一包正痛片，都是我在低头插秧时吃的，——一天到晚，头痛得受不了。"说着，她抬头往远处望了望，嫣然一笑，深情地说："什么时候插秧能像翻地那样，人往机器上一坐，刷刷刷，秧苗就栽齐了，那该多好哇！哎，我真是做梦上飞机——想得高啊！"

　　二十年过去了，秀英嫂的话一直留在我的记忆里。"四害"横行期间，她的愿望自然是无法实现的。"机械化压革命化"的大帽子，和"宁要社会主义的弯把犁，不要资本主义道路上的拖拉机"等奇谈怪论，压得基层干部和技术人员喘不过气来。没想到，我们真的没有想到，改革开放没过几年，秀英嫂的机器插秧的理想就在本村成了现实。

　　欣慰中，我问赵技术员："你常驻这里，知道村里有个秀英嫂吧？啊，她叫罗秀英。"

　　"知道，知道。你这个大记者，记性还不错哩。现在，她是村民委员会副主任。"老赵讲，这一带稻草和芦苇资源丰富，副业门路广，各家各户都有些剩余劳动力，在她的带动下，发展起来家庭编织生产，产品销路一直很好。

　　说着，他抬头向四周瞭望一下，便拉着我跑前几步，在一台迎面驶来的插秧机前停了下来。只见女机手稳坐在驾驶台上，头上罩着一帕花巾，看年纪不超过二十岁，操作却十分从容、熟练。那豪迈的神情仿佛在向人们宣告：几千年落后的农业手工操作，将在我们这一代结束！我们要给农业装上现代化的金翅膀，让它在社会主义航线上振翼飞翔！

　　老赵告诉我，她就是罗秀英的女儿。用这台机器，她完成了自家插秧之后，又出来帮助病残户干活。这时，插秧机已经开到了地头。女机手扭动着方向盘，机身便灵活地转了个身开走了，身后描画出齐齐整整的几行新绿。那种爽快劲，颇有阿母之风。我不禁啧啧称赞。

老赵像突然记起了什么事，忙着从衣袋里摸出来一张纸，递给我说："这姑娘还会作诗呢。你看看，能不能在报纸上给登出来？"原来是一首新民歌：

> 姥姥逃荒走东西，芦根野菜苦充饥；
> 妈妈栽秧没比的，弯腰曲背面朝泥；
> 小丫我赶上新时期，
> "突、突、突"，开起了插秧机。

一件普通的事物发生在特殊的环境里，有时会使人产生一种强烈的感受。在现代科学技术蓬勃发展的今天，应该说，机器插秧已是一件平常而又平常的事情，然而，当我们想到自从远古的先民发明水稻栽培技术以来，人们一直弓身俯首地艰辛劳作着，而今一步跨越了几千年，解放了双手，直起了腰杆，昂首阔步地向现代化迈进了，感情的潮水又怎能不激荡翻腾呢！

（1984年）

红叶晚萧萧

秋深时节，我又一次来到了辽东著名风景区天桥沟。一进山门，就感到弥望的金色秋光醉人心魄，仿佛置身于金碧交辉的缅甸的佛刹之中，整个身心笼罩在一种圣洁、肃穆的氛围里。此刻，夕阳的猩唇刚好吻合在天际的峰峦上，一炉晚霞的赤焰喷射着万缕金光，为远处的丛林勾画出参差错落的剪影。山岭上，沟壑边，径路旁，枫之夭夭，其叶灼灼。穿行其间，觉得头上浮荡着红云，全身披上了霞彩，一时竟分不清是醉叶的烽燧点燃了高耸的云天，还是黄昏夕照映红了千林万树。

我禁不住激情的飞越，热烈地赞美着这秋山红叶的人间佳景。而陪同我闲步的风景区总管老王，倒是见惯不惊，（或许因为心事重重）表现得十分平静。他眯缝着细眼睛，随意附和着："是哩，是哩。"当然，那种得意的心境还是可以感受到的。由颇堪入画的现实美景，我又想到了长期在这里定居、朝夕寝馈其间的摄影家韩忠老人。前面就是他的住所，几间石头砌就的小平房，坐落在向阳山坡上。窗前那株老人手植的丹枫，红叶翩翩，临风摇曳；房门两侧，大丽花娇娆地绽出硕大的花朵；一畦白菜、萝卜展开青翠的嫩叶，等待着主人采摘。我看天色还没黑下来，便提议进屋去看看老人。还没等我的话落音，老王就陡然震动一下，声调里有些呜咽：

"别去啦，老人过世了。"

过世了？这简直像一声晴天霹雳，震得我半晌说不出话来。虽然他已80多岁高龄，但身体一向健朗，没听说患过什么病啊。成德告诉我，那天上午，老人还曾登上莲花峰，拍摄了四山的红叶。夜间，心脏病突然发作，没有抢救过来。这几天，他就像丢了魂儿似的，茶饭无心，闭上眼睛就做噩梦。

"可惜呀，可惜呀，太可惜了！"老王心情沉重地说，"天桥沟风景区能有今天，韩老是功不可没的。"

"真是万万没有想到。我晚来了一步，没能和老人见上一面，也是很遗憾的。"我接上说。霎时，脑际便浮现出他那矍铄的身影——高大的身材，背部有些微驼，肩头总是挎着一架带有长镜头的照相机，手里还拿着一副三脚架；一头蓬松、粗糙的灰白乱发，一圈布满唇髭和下颏的花白胡须，配上红润的脸膛和几块褐色的老人斑，苍老中充溢着一种粗犷、豪壮之气。山间简单而平静的生活，再加上艺术家所特有的专注，使他养成一副安详、平和的心态，丝毫不现峻急的神色和衰飒的情态。

老人原在辽宁电影制片厂工作，离休之后，1983年偶尔到此间旅游，便被这四时迭变的旖旎风光迷恋住了，此后，每年几次都从沈阳赶到这里来拍片。到了1995年，他索性在天桥沟安了家，揽明月入怀，与山灵为伴，在"红叶晚萧萧"中登临啸傲，欢度晚年。为着记录天桥沟壮美的丰姿，也为了向外地游人介绍此间的秀美风光，老人把生命的最后20年奉献给了这片山山水水。一年四季，阴雨晦明，天天都在山林里转悠，在各种光线下，从各个角度，拍摄风景照片数千幅。

十年前，正是他拍摄的一组风光照片把我吸引到天桥沟来的。接触的时间多了，我们渐渐地成了知心朋友，坐在一起，谈文学，谈艺术，交流对开发、建设天桥沟的看法，共同语言很多。我每次来天桥沟，他都陪伴着四处游观，带着浓郁的感情为我讲说各个景点的特点，描形拟态，如数家珍。使我每来一次，都会有新的感悟，新的发现。

他曾在一篇文章里写道：

我的照相机是我的眼睛，是爱的显像仪，是我生命的组成部分。在半个多世纪里，她陪伴着我走南闯北，无数次登临祖国的名山大川，记录下数不清的美景。然而，在这些倾注全部爱心的作品中，我更垂青于辽宁天桥沟的景色。那层峦叠嶂，怪石嶙峋，古木纵横，曲水潺潺，朝晖夕阴、气象万千的种种奇观，不啻鬼斧神工，使我的心灵的窗子倏然敞开了。

老人以摄影艺术为生命存在方式，此外，不知其他，不问其他。风景区领导曾经建议他到外地举办摄影作品展览，然后，通过市场运作，使其广为流传，并增加一些收入。因为是宣传天桥沟，办展览，老人答应了；但拿照片卖钱，他不表赞同，说："艺术是我心目中的圣女，并非谋生的手段。"

韩忠老人对艺术的"之死靡他"的执著追求和献身天桥沟的忘我精神，使我想到了国外的一位令人敬仰的老人。为了破解秘鲁的"纳斯卡线条"这一神秘的文化疑团，德国女学者玛利亚·雷彻，放弃了繁华都市生活和优裕的教学职业，只身来到南美洲这片荒无人烟的沙漠里，以全副身心投入到解读"纳斯卡线条"、保护"纳斯卡线条"的神圣事业之中。她终身未嫁，在这里一住就是60年，直到1998年以95岁高龄去世。人们说：她是为"纳斯卡线条"而存活的。

她的生活简单而充实，素食粗衣，住在一间当地民众提供的土坯房里，每天早早起来，戴上一顶草帽，背上那台老式的照相机，骑着一辆破旧的自行车，在纳斯卡地区往复默默地勘察，拍摄地图，清理地面，探明、修复了上万条线条和各种动植物、人形、几何形图像。为了不致因为修路、旅游造成人为的破坏，她走遍了秘鲁全境，奔波、游说，耗尽了心血。随着年龄一年年增大，她的身体也渐渐衰弱了，但还坚持实地测察，有时累得寸步难行，就躺在线条旁边歇歇脚。后来完全走不动了，眼睛也看不见东西了，还请助手背着她到处转悠。就这样，把整个生命都献给了"纳斯卡线条"。最后完成一部学术著作：《沙漠的神秘》。她用所得稿费雇了四个警卫人员，日夜守望着这片浩渺的荒漠。当地的民众和政府特别尊重和敬佩她，称她为纳斯卡的保护神，在她生前，就为她塑造了一尊雕像。她死的时候，纳斯卡小镇万人空巷为她送行，把她安葬在附近的沙丘上。

岁月蚀损了他们的肉身，但留下了美丽的灵魂和不朽的精神。他们都是普通至极的人，却都活得有声有色，有光有热，放射出生命的七彩火花。

天桥沟风景区已经决定把韩忠老人的住宅辟为永久性的纪念馆，展出他的摄影作品；并在旁边的山坡上修建他的墓地。把这作为一处景点供游人缅怀、凭吊。生前，韩忠老人用照相机为天桥沟留下了珍贵的艺术精品；死后，他的高贵品格和感人的劳绩，还将如丹枫红叶，为他的第二故乡点燃一炬光辉的火把，朗照着万千游人的心扉。

（2008年）

老窑工的喜悦

经过十多年的波折，东窑村的花盆窑又开炉升火了。

老窑工李大伯坐在盆场窗前的老槐树下，深情地注视着窑上腾起的烟云，心头翻滚着层层浪花，忆起了几十年混杂着苦辣酸甜的往事：

给盆窑主蹬轮子的苦难童年；

整天弓腰驼背，掬坐抢盆的凄苦生涯；

赶上毛驴，哼着小调，送新婚的妻子回门的翻身日月；

在全省能工巧匠授奖大会上和省长亲切握手的动人情景；

哎，还有刚刚合作化那几年，日子可真过得像火炭一样红啊！"罗锅李"远近驰名，东窑村的花盆远销各地。一车车瓦盆拉出去，一袋袋化肥、一件件农机具运回来。村民们都高兴地称它为"聚宝盆"哪！

可是，风云突变，"史无前例"的狂潮，猛烈地冲击到这个紧靠铁路线的村庄。"罗锅李"再次挣扎在厄运之中，他被挂上"心不向农，手不务农，专为资产阶级效劳"的大牌子，走村串镇，巡回接受批判。连用花盆换回来的脱谷机、磨米机也被拴上黑布条，说成是"来路不正的资本主义私生子"。为着彻底决裂，铲掉"修"根，在一个郁闷的夏夜，村里的"造反派"用一包炸药把花盆窑送上了半空。

窑在地面上毁掉了，可还在李大伯的心头屹立着。那通红的炉火，翻滚的烟云，时时闯入他的梦境。那双劳作惯了的大手，早已无盆可抢了，可他还是常常把两手架在胸前，搓擦着，抖动着。混浊的双眼里隐藏着一种凄楚的哀情。

十月的阳光照临了大地，村中震响起欢庆除"四害"胜利的鼓声。大伯拖着两条粗细不匀的腿（这是童年蹬轮子的印记），兴冲冲地登上庄前蜿蜒如带的黄土梁，巡视一番，又慢慢地走下来，在当年窑场的废墟上久久地伫立着，很晚很晚才回到家里。从此，这冷落了多年的黄土梁，便时时印上这位老窑工的足迹。

三年过去，转眼间，又到了桃红柳绿、春色宜人的时节。大田种罢，大伯被在城里做工的女儿接去。看，柜橱里摆满了长寿面、老白干，床头堆放着关东烟；女儿早就作好准备，要给老父亲美美地办一次寿筵了。

这一带聚居着几百户职工。每天清晨，大伯都早早起来清扫街巷，然后伛偻着身躯到各户去看摆在窗前、院内、阳台上的盆花。人们不了解大伯的经历，以为他特别爱花，就怂恿老人家去逛逛公园。这在大伯来说，活了六七十年还是第一次呢。园中花事正盛，游人摩肩接踵。清新的空气中弥漫着沁人的芳香，眼前出现了紫舞红翻的鲜花世界。他穿过芍药花丛，观赏了一阵海棠、月季，又看过了许多叫不出名的花儿朵儿。他正徜徉于人潮花海之中，忽见一老一少谈笑着走来。

"养花还是用黏土素烧的瓦盆好，它比瓷盆通透性强，更适于花卉生长。可惜现在有些瓦盆质量太差。我们园林处准备去关内定货。"年轻人的话刚落音，那位须发皓白的长者便摇头笑道："何必跑那么远？若论花盆，东窑村的就是上品。那里的黄土，黏度适宜，光润细致。'罗锅李'手上的功夫也最好。不过，那些年他被折腾得好苦，即使活下来，怕也未必肯干了。"

大伯听了心里热乎乎的，真想主动上前通报姓名，但他又踌躇了——哪能空着两手去回答人民的期望呢！他悄悄地闪进了花丛。这时，有几位远洋归来的捕鱼工人来买盆花。长期的海上生活，使他们养成了对花卉的特殊感情。他们习惯于把夺取海上丰收的美好愿望和对陆上亲人的思恋之情寄托在赏心悦目的盆花上。其实，何止出海的渔工，对所有的劳动者，盆花不都是可以寄托工余情趣，体味生活的温馨吗！

看到这一切，李大伯感情的潮水被猛烈地掀动起来，胸中像是塞进了团团烈火。他再也无心赏玩花卉，匆匆地赶回女儿家里。第二天清早，不顾亲人们百般劝阻，径自乘车返回了村里，当即向队委会提出修窑、传艺、烧花盆的建议。队长高兴地扶着大伯坐下，说："这事儿我们也议过了，感到确是一条很好的致富之路。我们应该充分发挥本地的优势，把这项传统生产恢复起来，增加集体的收入，满足社会上的需要。只是……"

"怎么，怕我年迈上不了阵？"老人霍地站起来，把粗大的双手往桌子上一拍，"佘太君百岁还挂帅呢！"……

绚丽的夕晖给黄土梁上的草丛、树冠抹上层层金色，晚风轻拂，盆窑上空烟雾缭绕。大伯仿佛看到一套套精美的花盆，飞出窑场，载满鲜花美卉，摆放到家家窗下，户户楼头，点染着无限的春光。

他欣慰地笑了。

（1979年）

联　想

此刻，他的心已经飞向了那个偏远的山村。

辽西部分农民还没有脱贫解困，这成了他的一块心病。

他在不久前召开的领导干部会上讲到，我们要加快农业和农村经济结构调整，推动传统农业尽快向现代化农业转变，特别是面对着我国即将加入世贸组织的新形势，这项工作就显得尤为迫切，尤其重要。讲着讲着，脑子里立刻浮现出他的扶贫点的影像。

山路弯弯，尽管还没有铺上柏油，但坦平如砥，通行还是很顺畅的。"沙沙沙"，车轮飞速地转动着，爬过了一个山坡，村庄就遥遥在望了。前些日子，这一带下过一场轻雪，大地上的雪已经化净，山峦的背坡还披着一层银甲。路树的叶子几乎全部落光了，庄田里游走着一些散放的黄牛。太阳扑到脸上暖融融的，一切都显得静穆、和谐。带着一种类似归乡的感觉，他的心头浮现出一丝甜意。

这已经是第六次"进点"了。对村里的一切发展，种种困难，他都牢牢地挂记着，可以说，已经在这里扎下了深深的根子。他透过车窗向远处瞭望着，心里却在盘算，全乡三千多户，困难户竟占了将近四分之一。去年人均收入610元，今年能够翻番，有可能还多一些。

他反复咀嚼着党的十五届六中全会文件中那句话：党的作风建设的核心是密切党和群众的血肉联系，什么叫血肉联系？首先要感情联在一起。是呀，不了解下情，不知群众之所盼、之所求，不了解群众疾苦，何谈血肉联系！

　　这次蹲点调研的中心课题，是深入开展农村"三个代表"学习教育活动，具体落实在农村整体脱贫和发展教育事业、培养当地实用技术人才上。他在听取了乡、村干部的汇报之后，照例地走村串户，访贫问苦。记得老托尔斯泰在一部名著里说过，幸福的家庭都差不多少，不幸的家庭各各不同。看来，贫困的村屯与此类似，困难很多，而且各各不同，上回解决了一大箩筐，下次来不定哪里又会出现新的难点。种种情况，他都耐心、细致地搜索着，但着眼点却并不止于这个小小村落，也不完全在一个乡、一个县上，而是立足一点，放眼全省十个贫困县的全局。因为规划已经制定，"十五"期间他们要全部脱贫。

　　他情况掌握得非常多，而且富于联想，常常是一面观察着某地某事，一面联类而及其他，由此及彼，由表及里。说不定，此刻他已经从辽西山村联想到辽东林区或者辽北平原了——这里如此，其他地方又是怎样？这里出现的问题、取得的经验，究竟属于特例，还是带有普遍性呢？

　　他喜欢和困难乡村的干部群众一起探讨问题：

　　为什么不像别处那样，想办法开发、引进一些项目？答说：没有门路。

　　为什么找不着门路呢？答说：思路太窄。

　　为什么新品种、新技术推广不开呢？答说：脑袋不开窍。

　　为什么脑袋不开窍呢？答说：文化水太少。

　　……

　　他深知，农民收入增长缓慢，农村经济结构调整滞后，这些问题都是"硬头货"，需要实打实凿地采取措施加以解决。这个"实打实凿"，就包括着治标与治本，"输血"和"造血"两个层面。根本问题在于提高干部群众的思想文化素质，为经济发展提供人才保证和智力支持。譬如一个人患病，其表象或为红肿、高烧，或为贫血、虚弱，病根却要到五脏六腑里去查找。及时消肿退烧，固属当务之急；但同时还须考虑如何固本强根，增强自身生命活力。

　　为此，对于发展教育事业，他怀有特殊的紧迫感。越来越清楚了，把科教兴省列为全省三大战略的首位，把抓人才、抓教育看做是经济社会发展的治本之策，确为明智的选择。原来，"穷"和"白"是一对连体婴儿，经济上不去与人才匮乏、文化教育落后是互相制约、互为表里的。治贫首先治愚，帮困先帮教育，这个思路，他已经筹之熟而虑之审矣。

　　吃过了午饭，他继续在村里开展调研活动，突然，一个小女孩儿从斜对面跑了过来，双膝跪下，大声哭叫着：

　　"爷爷，我要上学！"说着，泪水已经扑簌簌地流到了脸上。

　　这种出其不意的遭遇，使他们愣了一下，但立刻就弯下身躯，亲切地把小女孩扶了起来，爱抚地说："好孩子，有话慢慢讲。"

　　原来她已经14岁了，父母都已过世，现与年过80的老奶奶相依为命，由于家计艰难，没有上学条件。听到这里，他果断地告诉她，这个要求是正当的，能够满足，回去做好上学准备吧。

　　这件事对他的震动很大，使本来已很沉重的心又添上了一块石头，但也进一步扩展了工作思路。

　　他联想到领导机关的工作作风问题。全省普及九年制义务教育，两年前就已经验收合格了，它的准确程度还须进一步考察、验证。

　　他联想到经济欠发达地区如何发展教育这个先导性、全局性、基础性的知识产业问题。

　　他联想到，开展"三个代表"学习教育活动的目的，是要使干部受教育，就是要提高自身素质，转变作风，能够始终代表最广大人民群众的根本利益；使农民得实惠，就是要着力解决发展中存在的问题，走上富裕之路，切实体现先进生产力的发展要求。没有教育事业的发展，何谈始终代表先进文化的前进方向，始终代表先进生产力的发展要求？自然也就谈不上始终代表最广大人民群众的根本利益。所以，看一个领导干部是不是具有长远发展的目光，是否真正落实"三个代表"的要求，一个重要标准就是要看他是否真正重视教育。

返回机关后，他立即召集省直有关部门和市、县负责同志研究、布置：首先，要在各个县乡，挨门逐户摸清失学与辍学人数，初中、小学各占多大比例，还要弄清楚他们没有上学的实际原因。第二，对因家庭困难而失学、辍学的，各对口帮扶单位要负责解决他们小学、初中这段所需的学杂费和生活费。第三，省、市要支持贫困县乡改善办学条件，提高教学水平，对现有教师逐步进行培训，并扩大职业教育中心规模。上述所需资金，由省、市分头负担，确保一一落实。

应该说，问题已经得到解决了，但他一点也没有感到轻松。他觉得，没落实到位的，恐怕不只教育一项，其他方面"翘脚"的事也不会少。

他在继续地联想着。

（2001年）

书　缘

　　每到一个地方，我都关注那里是否有图书馆——我把它看做充实头脑、净化灵魂、安顿文心的处所。从前我一直认为，这不过是个人的兴趣，恐怕没有普遍意义；想不到，"海外存知己"，竟然也有与我同好的。十多年前，我到旧金山访问，拜访了原东北大学校长宁恩承老先生。当时，他已经九十出头了，却依旧精神矍铄。叩其健康长寿的诀窍，答复是四句话：勤用脑，腿不闲，图书馆，游乐园。老先生听说我当时执一方思想文化之政，分手时，郑重地嘱咐：咱们那里（先生籍贯为辽中县）图书馆、博物馆太少，应该设法尽快改变这种现状；你不妨打听一下，整个旧金山市这两项设施有多少。接着，就讲了图书馆在教化、育人、启智方面的特殊作用。

　　是的，书籍是知识的源泉，高尔基誉之为"人类进步的阶梯"；而图书馆丰富的馆藏资源则是读者赖以增长知识、开发智力的物质基础，造福人类多多，堪称无尽的宝藏与圣地。不独我们常人，即使那些伟大的革命家、思想家、科学家，又有哪一位不是赖以成长的？马克思就说过，自己平生最喜欢的事情就是"啃书本"。伦敦大英博物馆，中央四层楼高的大厅是图书馆的阅览室，马克思经常到那里去读书、写作。他每天早上九点钟就到阅览室里借阅书籍，作摘录，写笔记，一直到晚上七点钟才回家。十多年如一日。直到把座位下的水泥地板磨出了脚印。俄国科学家齐奥尔科夫斯基年仅 20 岁，就以优异的数学才能闻名于世，有人问他："你是哪个学校毕业的？"他的答复是："莫斯科最大的一所学校——图书馆。"又问："那你的老师是谁？"答曰："书籍就是我的老师！"

在这方面，我也有同样的体会。数十年来，我与图书馆结下了不解之缘。远的不说，我只想谈谈近二十多年到省城工作后，同省图书馆、沈阳市图书馆、大连市图书馆以及省委党校图书馆和辽大、沈师大两校中文系图书馆的密切关系。

我以一种攻城拔寨、克坚破难的精神，到图书馆去获取文化知识，增长人生智慧。这从1991年5月间我为沈阳市图书馆新馆落成所题写的一首七绝中可以充分地体现出来：

> 四壁琳琅照眼明，高文典册满楼楹。
> 攻坚何惧书城固，驱遣胸中百万兵。

我还写过这样一首七绝：

> 绠幽探险苦千般，夜半神劳入睡艰。
> 设问存疑挥战帜，堂堂书阵百重关。

二十余年，我一直是省图与市图的常客。由于它们地处市中心，我经常趁开会或参加活动的剩余时间，到那里去转悠一下，翻翻杂志，看看进了哪些新书；而更多情况下，是事先拟定一个借阅书单，有计划地、有目的地索求。其间也曾多次出差大连，尽管市里都把我安排到棒槌岛下榻，但我却往往要住在大连市图书馆西邻——市纪委招待所，为的是看书方便。

公共性图书馆，作为没有围墙的社会大学，在强化全民读书气氛、丰富市民文化生活，提高广大读者的知识水准和文化素养方面，发挥着市民第二课堂的作用。省市几家图书馆正是这样。他们注重提高工作人员人文素质，重视开发智力、培养人才，及时解决文献资料丰富性（数量剧增、内容广泛、分散交叉）与读者需求的特定性所造成的矛盾，使读者在了解有关借阅程序、规章制度、藏书结构和布局、文献分类排架、目录种类的同时，还能逐步掌握使用文献资源的能力，扩大读书视野，提高学习兴趣，增强阅读效果。

初始时期，我到图书馆借书主要是三个方面内容：关乎个人以至宣传工作者人文修养的书籍，多为哲学、史学著作；有关思想文化方面的中外学术著作；围绕个人创作，所需参考书籍。这些书，涉及范围广，而且选择性强，需要图书管理人员有相当广阔的知识面和较高的学术水平。记得二十年前，有一天我接到了辽宁大学中文系客座教授的聘书，当即就去了市图书馆，准备找些有关文学创作方面的文献资料。接待我的是馆员李东红，她根据我所研究的课题的需要，不大工夫就从书库里搬出十多种国内外有关的权威性著作。还有一次，我省史学界承办国际清史研讨会，我应邀在会上发表了《努尔哈赤迁都探赜》的学术论文。在准备过程中，也得到了小李的帮助。

从这里我体会到，图书馆汇集的人类文明成果是进行知识再扩大、再生产的重要资源。这些文献信息资料，看似以静止状态陈列在书架上，实际上却是一种鲜活的富有生命力的资源，面临着一个如何开发、利用的现实课题。为了开展好馆内外信息咨询和读者服务，引导并帮助用户最大限度地利用好书刊文献，充分实现其认识价值与实用价值、社会价值与经济价值，对于图书馆每个从业人员确实提出了很高的要求。

近些年来，我常以作家身份，应邀到国内外采风、观光、讲学和参加会议。每次出发之前，我都要在文献资料方面进行充分准备。一般地，都要到省、市图书馆翻阅报纸杂志、选借图书文献，常常是开列一个很大的单子。每次都得到管理人员的热情支持，最后满载而归。有一次应澳门基金会邀请，前往考察、访问。事前，除了阅读澳门历史书籍，了解葡萄牙占领的有关史实，还要对那里的地理环境、建筑艺术、文物古迹、风土人情和历代旅澳名人，作全面的把握。本来觉得已经够充分了，一天，展读汤显祖《牡丹亭》，突然从第六出《怅眺》、第二十一出《谒遇》中，发现了汤显祖的澳门之旅这一新的线索，便又立刻作进一步的补充搜寻。试想，如果身后没有一座大型图书馆作支撑，怎么能做得到！

我的文学创作以历史文化散文为主，所需文献资料十分广泛、分量很重，而且专业化、学术性都很强。比如，我写《面对历史的苍茫》《沧桑无语》《历史上的三种人》《龙墩上的悖论》，牵涉到的历史人物多达数十位，有些人又需做重点研究，如李白、苏轼、陆游、纳兰性德、曾国藩、李鸿章、刘邦、成吉思汗、朱元璋、溥仪等人，我都读过他们的多种传记和大量的评介文章；而少帅张学良，我专门列出了15个专题，组成一部五光十色的"人格图谱"。显然，只靠个人藏书是难以完成的，这样，就必然要依赖图书馆。而给予我帮助最大、在这里应该特别提出的，是以高效、优质服务于读者的省、市图书馆管理人员。因而，我对他们从心底里生发出一种深厚的感激之情。

五年前的秋天，我在大连市图书馆苦读经日，馆长张本义、副馆长辛欣提供了大批文献，包括新进馆藏的《四库全书续编》。当时曾即兴题诗纪感：

> 一览琼华眼倍明，霜鸿高骞海天青。
> 美他万管玲珑笔，血写哲思泪写情。
>
> 嗜书不讳一生贪，得味庄骚史汉间。
> 目涩始惊天向晚，悠然回首见南山。

应该说，为一个作家提供阅读服务，是一项难度颇大的差使——如果他是从事史学研究，所需图书只限于通史、断代史以及人物传记等各类史书，还不算难办，只要书库里存有充足的文献资源，而且经过科学分类，具备检索功能，就可以胜任愉快。而我写作历史文化散文，是进行文学创作，"文学是人学"，这就要透过事件、现象，致力于人物特别是心灵的剖析，拓展精神世界的多种可能性空间，发掘出个性、人格、命运抉择、人生价值等深层次的蕴涵，并且鲜明地亮出作家的史识与见解，进而承担起人性烛照、灵魂滋养的责任。这是因为，作家写历史人物，不在于带着读者重温历史事件，说出一些更背景化的真实，而在于站在一个较高的视界上，引领读者思考当下，认识自我，提升精神境界。我要以崭新的史眼、史观、视角，从中探索深刻的而不是肤浅的、独创的而不是因袭的新的认知。为此，对于所写的题材，必须进行新的组合，通过对那些历史人物性格、命运、人生困境、道路抉择的剖析，揭示出一个个哲学、史学的命题，如古代知识分子的历史命运，封建制度下皇位继承问题，少数民族与宗教问题，全面接受汉化之得失，古代士人的仕与隐，封建藤蔓上的毒瘤——宦官，人性弱点——嫉妒、奴性、贪婪等，以及历史中的悖论与二律背反等几十个专题。这些问题没有现成的书籍可供查询，只能在一些散见的报刊上探索到只鳞片爪，需要穷搜苦觅，披沙拣金。即使作家本人能够提出来明确的线索，要一一检索、搜寻，也需要很高的文史功力和相当的学术水准。在这些方面，得图书馆员之助者实多。

看来，一座图书馆高效、优质的服务，端赖于高素质的管理人才。这种高素质，应是文化的历史积淀及个体自己长期内化的结果，并通过行为外显，且能不断地进益与升华。而要养成良好的素质，就必须坚持先进的社会价值观念导向和个人自觉地持久塑造自己。作为高素质的管理人员，怀抱"读者是上帝"的虔诚，具有恳挚认真的服务态度，无疑是万分必要的；但与此同时，还须具备能够胜任各种实务的素质与本领，应有高度的知识水准和专业修养。图书馆读者是多种多样的，他们有不同专业、不同学历、不同的职业特点、不同的知识结构、不同的阅读需求、不同的心理特征。为此，能否切实把握各种层次的读者借阅心理和规律，有针对性地实施阅读指导、文献钩稽、课题研究，就成为高层次图书馆服务领域的现实课题，也是高素质图书管理人员的应有条件。

　　省、市图书馆在积极开辟各项服务业务的同时，对于本地文化资源也十分重视。仅我个人实际经历的，就有多次。1998年4月，沈阳市图书馆成功地举行了"知音知友书话会"，我曾应邀就文学创作问题与读者对话。十年后，又欣逢市图书馆百年馆庆，他们隆重地举办了一次"本地知名作家作品展"，我也有幸参与其中。欣感之余，当时即兴题了一首七律，并书写成条幅，作为百年馆庆献礼：

　　　　　　琳琅书阁影参差，我欲鹣鹩借一枝。
　　　　　　千古名贤传妙慧，万方典籍启新知。
　　　　　　沧桑入眼增禅悟，悲喜经心惹梦思。
　　　　　　展卷临风饶意兴，百年馆庆漫题诗。

（2008年）

城市的灵魂

现在，城市精神问题已在世界各发达国家中引起广泛的注意。它的定位各式各样，或高雅或通俗，或突出个性或强调共性，或始终如一或应时而变，可说是丰富多彩。我国的一些先进城市，同样普遍关注这个问题。比如"深圳人的精神"，开始是：开拓，创新，团结，奉献；为适应新的形势发展，又增加八个字的内容：诚信，守法，务实，高效。在这些发达地区，人们早已不满足于物质生活的改善，不停留于经济指数的增长，而在更高的层次上追求生活质量的提高，追求社会经济的可持续发展，绝不像外面讽刺的，"穷得只剩下钱了"。整个"珠三角"和"长三角"，各个城市对于精神文明建设普遍重视，其成就高居于全国前列。

日前，《沈阳日报》的记者征求我对城市精神的看法。我说：作为一种新的城市精神的坐标，应该具备下述要求：一是体现当地的特色，从当地的实际出发，反映出这一城市的个性、特点来；二是具有时代性和先进性，使城市精神既体现优良传统，又反映时代特征，能够代表先进文化的前进方向；三是具有广泛性，全面反映市民的价值取向，具有凝聚最广大人民群众的向心力。培根说过，科学的力量取决于大众对它的了解。其实，文化的力量也同样取决于大众对它的了解；四是具有科学性，体现科学的发展观。城市精神应能促进市民的理性意识，并以此为基础，促进法治社会的发展。

美国著名城市规划学家沙里宁说过："城市是一本打开的书，从中我们可以看到它及其居民的抱负。让我看看你们的城市，我就能说出这个城市居民在文化上追求什么。"这里说的其实是城市的灵魂。既然称作灵魂，那它就不是物化的一切，而是物化背后的文化生命。文化建设说到底是人的建设。文化塑造人，文化是一种生活方式，它涵盖了生活态度、生命意义的追寻、生命目标的设计，等等。文化的基本功能是对人的教化与培养，追求更高层次的人生境界。这是人类精神生活的永恒主题。

文化关系到人的精神需要。人类生活从脱离动物界的第一天起，就是二元的：物质世界与精神世界。二者相互平衡，才能引导社会健康、心理健全地发展。随着高科技和现代文明的发展，人类心理内涵更为丰富、复杂，对于精神生活的需要越来越迫切。按照马斯洛的学说，人的需求是多层次的，而精神需求属于高等层次。在物质生活水平不断提高的情况下，人们对于精神方面的需求，越来越提高到新的层面上。

文化是城市的灵魂，城市是文化的容器，是文化的平台。城市如果缺乏人文特色，就会失去魅力，失去光彩。明代学者文震亨提出：好的居住环境，应该让人进入"三忘"境界：居（常住）之者忘老，寓（暂住）之者忘归，游之者忘倦。城市是市民的家园，应该让人们可游、可望、可撷（如采撷风光，摄影留念）、可忆。

为此，城市的雕塑显得极其重要。现代城市雕塑，作为城市公共空间的三维造型艺术品，是与城市的宏观环境和微观环境相统一的。城市雕塑不同于其他雕塑的根本点，在于它是一种环境艺术，讲究的是雕塑主体与环境背景的有机结合，环境整体的审美效应。在这方面一个最大的误区，是把城市雕塑当作城市建筑的附属物，结果被视为无关紧要、可有可无。有的甚至认为，在未解决城市住宅、交通等实际问题之前，搞雕塑属于浪费。

关于城市雕塑的功能，一般认为，包括历史纪录、缅怀先辈、反映传统、文明象征、思想教育、陶冶情操、审美享受等方面，这是毋庸置疑的。但是，认识还有待于深化，还应从更深层次上加以理解：

一是它具有心理调适的功能。人类在城市化发展进程中，一方面得以创造和享受城市的物质文明，使生活的物质质量大大提高；另一方面，现代生活中所产生的各种矛盾又使人的精神生活出现了新的困扰，特别是城市在现代化之初所造成的交通、住宅、通讯联系、人际关系等压力，又会导致精神上的焦虑、烦躁，心理冲突层出不穷。这就有赖于公共政策、公共艺术的调适，其中包括城市雕塑、环境美化，都会起到良好的缓解作用。

二是城市雕塑的经济效能。它可以构成一种高雅的美化环境，使生活其间的人有一种审美体验，随之而来必然带来良好的投资环境。从这个意义上说，它具有巨大的经济功能。城市雕塑是一个国家和地区综合国力和经济实力的表征，前苏联的"祖国——母亲"的雕塑，主雕高于美国的自由女神，主要目的在于显示其综合国力。城市雕塑作为旅游景观，更能直接产生经济效益。像巴黎、雅典、华沙、奥斯陆、罗马、佛罗伦萨等城市，都是以城市雕塑驰名于世，成为世界性的旅游胜地。

三是文化积累功能。在欧洲一些城市，雕塑往往凝聚着民族发展的历史，凝聚着民族发展的每一阶段的精神面貌，反映人民在不同历史阶段的信仰与追求，标志着价值观念及相应审美趣味的变化。文化，从最本质意义上说就是人化，是人的创造能力和创造物的总和。雕塑作为人的创造本质的一种特殊表现形态，在人类现代城市化的发展道路上具有里程碑的意义。任何真正具有艺术价值的城市雕塑一旦形成，便作为民族文化的永久性物化形态，具有永恒的意义。而且，由于城市雕塑代表着一个民族在不同历史时期的审美探索，体现着超越物质生活的精神追求，是对生活方式最佳标准的艺术表达，因此，具有文化开拓的战略意义。

如果说，过去由于城市绿化与美化欠账太多，城市雕塑尚属不急之务，那么，现在这个问题已经提上了重要的议事日程，城市雕塑建设不能过远地落后于城市建设的总体步伐。

（2003年）